我一定要去寻找，就算无尽的星辰令我的
探寻希望渺茫，就算我必须单枪匹马。

——［美］艾萨克·阿西莫夫

鲲鹏
青少年科
幻文学奖

陨星

徐炜轩 著

中国大百科全书出版社　　知识出版社

图书在版编目（CIP）数据

陨星 / 徐炜轩著 . -- 北京 : 中国大百科全书出版社 , 2025.1. -- (鲲鹏科幻文学奖丛书). -- ISBN 978-7-5202-1662-3

I. I247.5

中国国家版本馆 CIP 数据核字第 20248W3K09 号

YUNXING

陨 星

徐炜轩　著

出 版 人　刘祚臣
策 划 人　姜钦云　张京涛
责任编辑　李现刚
责任校对　王云霞
封面设计　罗　艳
美术编辑　侯童童
责任印制　吴永星
出版发行　中国大百科全书出版社　知识出版社
地　　址　北京市西城区阜成门北大街 17 号
邮　　编　100037
网　　址　http://www.ecph.com.cn
电　　话　010-88390725
印　　刷　文畅阁印刷有限公司
开　　本　710 毫米 ×1000 毫米　1/16
字　　数　235 千字
印　　张　17
版　　次　2025 年 1 月第 1 版
印　　次　2025 年 1 月第 1 次印刷
书　　号　ISBN 978-7-5202-1662-3
定　　价　55.00 元

目　录
CONTENTS

一　开端 /001

二　弑星计划 /008

三　引力波 /015

四　基地往事 /025

五　红矮星 /042

六　叛徒 /055

七　计算机 /066

八　抓捕 /080

九　陨星计划 /085

十　封锁 /094

十一　斩首行动 /102

十二　意识上传 /107

十三　核爆前奏 /119

十四　核爆 /136

十五　太空军 /147

十六　太空法 /153

十七　核爆危机 /155

十八　地球联合 /160

十九　破局 /163

二十　启程 /168

二十一　日记本 /173

二十二　曙光 /196

二十三　冬眠 /205

二十四　前行 /211

二十五　苏醒 /216

二十六　战斗前夕 /224

二十七　信念 /231

二十八　博弈 /235

二十九　冲锋 /251

三十　全球广播 /260

三十一　重生 /262

一　开端

一切的一切，都始于那场答辩会。

一身正装的主持人走上了被聚光灯照亮的讲台，他面露笑容，以一段对参会导师的介绍开始了今天的答辩："大家好，今天的答辩会即将开始。在答辩开始之前，请允许我为各位参会者介绍今天的导师。首先，让我们欢迎：曾参与过我国核电站三期工程的核物理学泰斗——张德胜先生！已经培养出数名院士的物理学博士生导师——刘健先生！以及今天答辩者的课题导师——徐若怀先生！"

三位导师颔首微笑。

张彦成有些紧张，他在心里默念着准备好的开场白，那些乱七八糟的数字和公式在他脑海中如流水一般涌过。主持人还在拿着麦克风念词，坐在台下等待上场的张彦成握紧了满是汗水的右手。

"接下来，有请今天的答辩者，来自物理研究所的研究员——张彦成！"

张彦成努力挤出一丝笑容，迈开步子走上了他梦寐以求的舞台。

他推了推眼镜，深吸了一口气，注视着眼前的麦克风，脑海中闪过一些辛酸的往事：由于自己对原子物理痴迷，他为了追求自己的梦想做了太多傻事。如今，他的努力终于获得了回报。他得以站在演讲台上，让自己的思想之花绽放在原子物理领域最顶尖的学者面前。

他鞠了个躬，然后开始了开场白：

"尊敬的各位导师、到场的同人们，你们好！感谢大家参加今天的答辩会。我叫张彦成，在答辩开始之前，请允许我先说说我是怎么爱上物理的。

"第一次接触原子物理，是在初中的物理课上。老师机械地讲述着原子的定义，'原子是化学变化中的最小粒子'。当时的我对这句话的理解很片面，很无聊。当时的我只是把它当作又一个应对考试的知识点，并没有多大兴趣。

"直到后来的一次电力故障。那是一个寒冷的冬夜，电脑、互联网，甚至是台灯……电力故障将当代社会所有引以为傲的科技结晶，从我的世界里尽数剥离。百无聊赖之余，我走出了屋子，站在庭院中。那一刻，我感到世界脱下了繁华与喧闹，以最为原始和朴素的状态出现在我的面前。唯有刚升起的那轮新月，漫天闪烁着的繁星，零星散落下的雪花，与我一同沉默着……沉默着构筑成一幅完整的画面。

"某一瞬间，一个不知名的鬼灵从一点寒星、一片雪花中飘出，猛然闯进我的脑海。原子是化学变化中的最小粒子——在那一刻，我突然明白了这句话的含义。在我眼中，那些平常的树木、砖头、木栅栏、鸡舍，甚至脚下的每一寸土地、每一粒灰尘，突然变成了由千千万万块积木搭起来的样子。这一观察世界的全新视角深深震撼了我，我的思想穿越了美丽的星空。这些积木无限重复，最终搭建出了我们宏大的宇宙。

"第二天，我上街买了好几本物理书，开始了对物理的学习。从此，我彻彻底底爱上了物理学。如果没有那次突然的停电，我可能不会迷上物理，也不可能站在这个舞台上，向你们讲述我和物理的故事。"

张彦成这段简短的介绍收获了一片掌声。在大家的赞许声中，他进入了正题：

"谢谢各位老师的鼓励。今天的答辩会，我的主题是近几年的热门研究领域——弦理论。我主要分享一下我对弦理论的理解以及弦理论今后的发展方向。

"弦理论认为，构成物质的最小单位并不是粒子，而是一根根弦，各种基本粒子，如光子、电子、质子，其实是弦的不同振动激发态。这个理论看上去似乎并不伟大，但实际上，弦理论是人类科学史上第一个将现代物理学界两大基础理论，即广义相对论和量子力学结合的理论，是人类物理学发展的里程碑。

"在弦理论中，有许多极小的额外空间维数。微观世界并不像我们普遍感觉到的那么简单。在宏观尺度上，弦理论也可能用来解释宇宙大爆炸的发生和黑洞内部的各种现象，而这些问题是以前的物理理论，包括爱因斯坦的广义相对论都失效的地方。现在发展的弦理论是有关时间和空间的量子理论。"

坐在前排的刘健教授微微点头，对眼前这个侃侃而谈的年轻人轻声提问道："很好。你可以说说弦理论和粒子的关系吗？"

张彦成听到老师的提问，在各种实验中积累的知识一一闪现出来。

"谢谢老师的提问。依照弦理论，每种基本粒子所表现的性质都源自它内部弦的不同振动模式。每个基本粒子都由一根弦组成，而所有的弦都是绝对相同的。不同的基本粒子实际上是在相同的弦上弹奏着不同的'音调'。由无数这样振动着的弦组成的宇宙，就像一支宏伟的交响曲。"

另一个教授提问："说得很好。那么，你可以解释弦理论中弦的几种形态吗？"

"好的。弦本身很简单，弦可以闭合成圈，也可以像头发丝一样展开。一根弦还能分解成更细小的弦，也能与别的弦碰撞构成更长的弦。一根闭弦可以分裂成两个小的闭弦；两根弦碰撞可以产生两个新的弦。这也对应了核物理中的核裂变与核聚变。

"利用弦的这个特性，研究弦在现实生活中的应用，就是我现在的研究课题。关于弦理论未来的发展方向，我有以下几点浅见……"

张彦成热情洋溢地讲述着自己的最新研究成果。他在这方讲台上充分展现着自己大胆的想象，并用严谨的理论与实践将其验证。在听众的掌声中，答辩会圆满落幕。张彦成跟导师们一一握手道别，随即准备离开大厅。就在他背上背包要走出大门的时候，一个穿蓝衬衫的人叫住了他："你好，是张彦成吧？我叫马晨，是国际刑警组织的刑警，后面这两位是世界联合会地球防御组织的成员。他们有事找你。"

张彦成觉得这三个人真是一个奇怪的组合：后面两个是举止文雅、身着正装的世界联合会工作人员，而前面这个拦住他的人则穿着松松垮垮的衬衫，而且看上去还有点粗鲁。张彦成转过脸，一脸疑惑地问："有事找我？我好像并没做过违法的事情吧？"张彦成的回答显然在那个刑警的意料之中，他撇了撇嘴说："你看你这个人！我说你违法了吗？你们这些文化人，怎么都这么个脾气！"

见张彦成转身准备离开，后面的两个人急了。他们连忙追过去，拉住张彦成，将马晨挡在身后，说："张先生，您别生气！这个马警官啊，他就这么个脾气。您别放在心上。我们来呢，是想邀请您今天下午乘世界联合会的专机到总部参加个会议。这次会议很重要，全球大部分顶尖科学家都会参加。上级指定要您去，所以我们才来找您。看，这是纸质的邀请函和证明文件，电子档的文件已经发送到您电子邮箱里了。"

张彦成接过盖有世界联合会徽章的邀请函，站在原地迅速思考了一番，还是觉得这事儿挺蹊跷的：自己莫名其妙地被请到世界联合会参加重要会议，他们怕不是骗子吧？但是看那两个工作人员的严肃模样，又想到一般人员也不可能随便进出演讲厅，他开始有些相信了，但还是转过身，试探着说："我今明两天都有重要的研究任务和实验。另外，世界上优秀的科研工作者那么多，我一个刚毕业不久的物理学博士，哪有资格参加世界联合会的会议？"说着，他就听见手机隔着口袋发出沉闷的提醒音。他迅速掏出手机，打开一看，邮箱里果然收到了邀请函和证明文件。

马晨听到这话一下子急眼了。他有些看不惯张彦成冷冰冰的说话方式，气冲冲地准备离去，还对着张彦成喊了一声："不去就不去。矫情什么，反正不缺你这一个！"待他的背影完全消失在大街上，其中一名工作人员数落起了马晨："这个马警官，怎么这种态度！这种人是怎么被世界联合会挑中的？"另一个则赶忙对张彦成说："唉，我也说过了，马警官就这脾气，但他肯定有过人之处，要不然怎么会被世界联合会选上？我发现他虽然脾气火暴，但办事还挺利索的。哦，张先生，我们知道，您今天下午3点到5点要参加物理所的会议，晚上要进行弦理论模型的计算研究，明天早上还订了到HO州的班机，明天到大后天都要待在HO州粒子研究室做粒子对撞实验。这些安排，我们都已经帮您调好了时间，确保您明天能出席世界联合会的会议。"他皱着眉头看了看表，继续说，"现在是下午2点23分，我们的专机和平号将于下午4点起飞，从这里到机场大约要1小时，如果不赶紧出发就来不及了。"

张彦成站在原地思索了一会儿，最终还是艰难地开口道："既然这样，想必我是非参加不可了。需要准备什么吗？"

"我们会顺道去您家楼下，您有10分钟时间准备您的私人物品。至于其他的，世界联合会将提供您需要的一切资料，您只要专注于会议的内容即可。请上车吧！"

汽车开了近一个小时，路上行驶很顺畅，午后的阳光透过车窗洒进黑色皮革座椅上，照在他们的身上。眼前的这一切让张彦成觉得临时被派去参加这场会议变得顺理成章。

张彦成坐上了世界联合会的专机，感到紧张不已。他有种预感，这次的世界联合会之行一定非比寻常，一定有比较重大的事情发生。刚刚还在答辩会上谈笑风生，此时却坐在前往世界联合会的专机上，而对于将要参加的会议内容，他一无所知，正想闭目静一静，一阵粗哑的笑声传来了。张彦成扭头一看，那位马晨刑警正穿着一套深蓝色的制服向他走来。

马晨一屁股坐在旁边，张彦成立马将头转向窗外。马晨凑过来讪笑着解释："张博士啊，我呢，今天下午是情绪不太好，朝你吼了几声。我这个人呢，脾气就这样。我之前就因为审讯的时候情绪失控，写了份检讨，现在又被降了职。要不是上级明令要求，我会穿着那件衣服去世界联合会开会。"

飞机发动机在一阵轰鸣声中启动了。张彦成坐好，系上安全带，然后对马晨说："飞机要起飞了。安全起见，航班上的手机联网系统需要关闭，系上安全带吧。"马晨关上了手机，嘴里嘟囔："你是空乘啊，管得真严！飞机还有好几分钟才起飞呢，哪至于这么紧张？"

飞机在跑道上疾驰起来，一股自下而上的力量将整个机身推离了地面。伴随着发动机桨叶的响声，飞机迅速向上攀升，终于穿破了云层。没有云层阻挡的太阳看起来格外耀眼，像个黄金铸成的大盘子，发着金灿灿的光。

在发动机的轰鸣声中，太阳渐渐掉下了地平线，天空不一会儿就被涂成了如墨的黑色。星星像一粒粒发着光的宝石，撒在天鹅绒般的夜空中。经历了繁忙的一天，张彦成倍感困倦，于是轻轻地靠在椅子上，睡着了。

就在这时，飞机窗外的景象突变。太阳，这颗刚落下的大金球，突然从地平线的另一端飞速攀升。当爬到最高点时，攀升戛然而止。此时，硕大的太阳像被引力吸住了一般，迅速向下坠落。太阳就这样反复升起又落下，地球的自转似乎加快了数十倍，潮汐系统早已完全失控，高速的旋转使海水被甩了出去。上百米的海浪构成的水墙横扫着广阔的大陆，将地面上的一切冲刷得一干二净。而在这混乱的世界里，唯一还保持原样的便是张彦成乘坐的飞机。

就在这时，肩膀上的拍打让张彦成从混乱的梦境中醒了过来。然后，他便听到马晨那粗哑的声音："我说张老弟啊，做什么噩梦了，表情那么狰狞？你昨晚怎么没吃晚饭就睡了？这会议可费脑子，得吃饱肚子！"张彦成迷迷糊糊地睁开双眼，睡眼蒙眬地回答："做噩梦不是很正常吗？话说回来，飞机还有多久降落啊？怎么飞这么久？"马晨又嘿嘿地笑起来："我不就关心一下你嘛！飞机还在太平洋上面飞着呢，应该还有……还有3小时才到。这新型号的飞机，怎么比以前还慢？以前睡一觉就到卡俄斯市了。"

张彦成拉开窗户上的遮阳帘，还好，那个耀眼的大金盘还照常挂在碧蓝的天空中，将云层照得发亮。他向空乘要了些吃的，昏昏沉沉地填补了一下肚子。经过缓慢的降落，飞机终于在机场的跑道上稳稳停下。

二　弑星计划

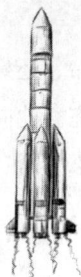

在张彦成的印象中，世界联合会总部大厦不过是一座经常出现在新闻里的摩天大楼，但当他亲自站在这栋大厦前时，他还是感到一种神圣感。他对自己忽然被邀请至此参加会议仍旧感到不可思议。大厦正前方，飘扬着世界各国的国旗。他们径直走进广场。

一大排由蓝色玻璃和冷灰色砖块建成的建筑物构成了宏伟神圣的世界联合会总部。而来此地参会的科学家和政界领导们已经早早地出现在了广场上，往会堂汇集着。

金碧辉煌的会堂里充斥着嗡嗡的交谈声，并没有平日里的那种肃穆和寂静。张彦成抬头打量着这个他曾无数次在电视上看到过的地方，他完全无法理解建筑设计者的设计理念。正前方那面高高的金色墙壁上镶嵌着世界联合会徽章，作为主席台的背景，以锐角向前倾斜着，像一面陡峭的悬崖。

人流不断涌入宽阔的会堂，随着座位被一点点占满，世界联合会秘书长程玥稳步走到主席台前。21 世纪 50 年代末，世界各国在"大国救治小国"的思潮下变得空前团结，世界联合会秘书长的人选也不再受国家之间的政治斗争影响。程玥就是出生在 K 国、由 K 国培养的第一位世界联合会秘书长，也是第四位来自 Y 洲的秘书长。虽然刚上任时，她不太丰富的政治履历遭到了许多人的质疑，但她成功调解了几次大国纷争，大力开展了国际间救助活动，完美化解了一次又一次的国际危机，程玥终于赢得了世界人民的信任和尊敬。

待程玥启动麦克风，会议就在她铿锵有力的讲话声中开始了。"各位代表，大家好，欢迎来到世界联合会第 16 次公开会议，会议开始时间是2066 年 5 月 9 日下午 4 点。各位参会代表应该注意到，台下坐了许多非联合会成员的科研人员。至于为何要请这么多的科研人员，和我们今天探讨的主题有关。这次发现可以说是以一种戏剧化的、谜团重重的方式，让我们意识到人类文明已经陷入重大危机。接下来有请来自 R 国航天局的地面观测员亚历山大为我们概述情况。"

坐在发言席上的亚历山大凑近桌子上的麦克风，开始了介绍："各位代表，大家好，我国航天局建造的太空观测站于昨天上午探测到了约 16光年外的异常引力波。在调取了观星者号空间望远镜拍摄的影像后，我们发现一颗小行星正以异常的速度向地球袭来。接下来请太空观测站的两位观测员马克西姆和阿廖沙汇报现场情况。"

场景转入以下画面：在高度 400 千米的环地轨道上，由巨大的钢铁部件组成的太空观测站正安静地飘荡着。这座人类史上首个用于宇宙观测的空间站由乘员舱、返回舱、应急逃生舱和观测系统组成，整体呈一个正方体。在宇航员活动区域上方，立着巨大的引力波观测天线。天线呈圆盘状，缓慢地转动着。实际上，整个观测站都是引力波天线，当强劲的引力波作用于天线上时，整个舱室内都会感受到引力波轰击空气产生的微微震动。天线将收集到的引力波信号通过电缆传输到中央显示器里，显示巨大质量天体在时空上掀起的涟漪。

空间站还有一个小小的伴飞航天器，即于 2047 年升空的观星者号空间望远镜。观星者号的设计风格和观测站类似，但体积小很多，像一只轻盈的白鸽，两边插着太阳能板。观测人员可以通过空间站计算机上的软件控制观星者号进行最远 500 亿光年的观测。观星者号的最高分辨率为 0.01 角秒，是人眼的 6000 倍，是哈勃太空望远镜的 5 倍。而在观测站内，被人工重力牢牢抓在椅子上的马克西姆正百无聊赖地盯着引力波天线收集的毫无变化的引力波信号。

　　自 2063 年观测站乘员舱发射起，马克西姆一直驻扎在这个活动面积仅为 95 平方米的小型空间站中，尽管乘员舱的内饰简洁得让人感觉有些压抑，但马克西姆并不感到枯燥，反之，观星者号每天拍摄的数百光年外的影像让他仿佛置身于整个广袤的宇宙中。他整天整夜与漫天的星辰做伴，俨然一个忠诚的哨兵，在天体物理的最前沿日夜守望着。他在太空中独自度过了整整三年，直到 2065 年，第二批航天员带着扩充舱室乘坐中子号核聚变火箭升空，驻扎在了观测站，空间站的生活这才变得丰富多彩起来。空间站的活动面积增加到 298 平方米，除了完备的科研设备和超级量子计算机 RSC600，还增加了娱乐设施，如健身单车、跑步机、小型超市、自动料理机等。"宇宙快车"型货运飞船每个月光顾一次，从地面带来生活物资和科研资料。几个航天员中，最年轻的叫阿廖沙·克谢列夫。天性好动的他却选择了一个大部分时间需要安静下来的工作，这让他在观测荧光屏上的数据时有些寂寞难耐。

　　此时的阿廖沙正坐在观测位上，在荧光屏前紧盯着引力波天线收集的数据。这时的空间站异常安静，除了核聚变推进器低功率运行时发出的嗡嗡声和引力波天线刷新信号时的滴滴声，只剩下一片死寂。在这寂静中，引力波天线接收的数据变得诡异起来。

　　那条引力波曲线的曲度不正常！马克西姆的神经顿时紧绷起来，他拍打着有点瞌睡的阿廖沙，然后在屏幕上按着按钮，开始快速调取观测数据。"阿廖沙，赶紧过来，有些不对劲。你看这条曲线，弯得不正常，对不对？引力波太强了……什么样的物体才能在移动时产生如此强烈的引力波呢？不行，我得用计算机看看。"

　　马克西姆打开了计算机，那台巨大的超级计算机便亮起了一排排指示灯，开始了对引力波信号的可视化分析。RSC600 是 R 国维尔科夫研究所和国家航天局合作的产物，量子体积是 8192，计算能力极其强悍。经过一段时间的计算，可视化结果重现在显示屏上。马克西姆顿觉不对。他搬起计算机终端——一块轻薄如纸张的显示屏，拿到阿廖沙面前，急速地说："你看，可视化结果已经确定了引力波源的距离——16 光年外的天体。它在移动的时候产生了如此强烈的引力波，请你想一想，这天体的质量该有多大？"

　　"频率是 0.01 赫兹左右？这似乎是一个移动的大质量黑洞？"阿廖沙若有所思地回答道。"不一定。"马克西姆说着，又跑到了观测台的另一端，"让观星者帮我们看看吧！"他按下一个按钮，在空间站窗外，观星者不动声色地开始了影像扫描。计算机已经定位了引力波源，所以观星者只需用庞大的反射镜在那个位置对准就能拍摄，即便是 16 光年外的一颗太空灰尘，观星者也能获取那颗天体的清晰影像。

　　等待观星者拍摄照片时，阿廖沙又开始开玩笑了："那个位置怕不是一颗小行星吧？"马克西姆耸耸肩，他早已习惯了阿廖沙爱开玩笑的性格。就在谈笑间，一张极其清晰的照片传送到了控制系统。马克西姆看到照片的那一刻，一种强烈的恐惧感顿时包裹住了他。

　　那确实是一颗小行星！尽管遥远的距离将细节完全抹去，但从灰暗而不规则的轮廓上看，这的确是一颗小行星！

　　马克西姆颤抖着将屏幕搬到阿廖沙面前。两人怀着巨大的惊恐用眼神交流起想说的话来：

　　你的玩笑成真了。

　　不可能！绝对是观星者定位出错！

　　这同样不可能。我已验证过计算机的分析结果。

　　在无言的沉默中，两人惊惧地凝望着那张令他们恐惧的小行星照片。一颗小行星，一颗灰色黯淡的小行星，产生了大质量黑洞才有的引力波……更诡异的是,这颗小行星的尾部,拖着一条蓝色的尾巴。而这蓝色的尾巴,分明就是推进器喷出的火焰!

马克西姆没有说一句话,而是用计算机开始了对画面中那条蓝色尾巴的光谱分析。天体的光谱中有一系列吸收线,如果天体远离我们而去,我们观测到的这些吸收线就会向光波的红端方向移动,称为谱线红移;反之,当天体朝我们迫近时,观测谱线会向光波的蓝端方向移动,称为谱线蓝移。测出谱线红移或蓝移的量,根据多普勒效应的公式,我们就可以得出天体朝向或者远离我们的速度了。在可怕的沉默中,计算机给出了更加可怕的答案。

"这颗小行星的运动速度达到了光速的16%?那一定是有外力在驱动它!"阿廖沙若有所思地说着。而此时,表面平静的马克西姆早已因诡异的数据而胆战心惊。"我觉得小行星后面那条蓝色的尾巴,就是帮助我们探索小行星驱动方式的线索。我觉得要对小行星的运动轨迹进行分析,这对我们研究它的推进方式有帮助。"

马克西姆又走到计算机前,输入了一串数据。计算机又开始了运算。在计算机运行的嗡嗡声中,两人的后背早已被冷汗浸透。终于,计算机给出了结果,而这个结果,让他们彻底瘫坐在了椅子上:小行星正以光速的16%,以一条精准的直线,直奔地球而来。

小行星的目标,正是马克西姆所在的观测站下方400千米的那颗美丽的蔚蓝色星球。

"马克西姆?"阿廖沙用颤抖的声音问道,马克西姆示意他说下去,"你觉得,小行星可能拐弯吗?"

"不可能,在这种速度下,让一颗有月球四分之一质量的天体转弯,所需的能量可能比驱动小行星的能量还大。当然,事情还没糟糕到极点,它目前距离我们地球还有整整16光年。在这期间,也许我们可以让小行星慢慢转弯,绕过我们的星球。"

"关键是我们能做到吗?"

"这个问题，只有宇宙能回答。"

会堂里的人听完报告后，像当时观测站里最先知道消息的那两个人一样，全都陷入了沉默，大家都明白事态的严重性。他们知道，就在他们沉默的这一小会儿，那颗以 16% 光速运行的小行星，又朝着地球逼近了几步。那颗小行星真的很小，小到微不足道，从宇宙的尺度看，也许不过是一片辽阔土地上的一粒灰尘。但就是这一粒灰尘，将会给地球文明带来不可预知的灾难。

发言人无力地坐回自己的座位，会场仍然是一片可怕的死寂。一颗小行星只给人类文明留下八十年的时间，而这八十年的艰苦征途才刚刚开始。人类从未停止过对宇宙的探索，也曾凭借人类的智慧化解了一些不太严重的太空危机，但这一次，很显然是有史以来最严重的一次太空危机。我们可以化解吗？当理性终于战胜了情绪时，程玥重新登上了主席台：

"如大家所见，这颗微不足道的小行星，将给人类文明带来巨大的生存危机。而面对这个宇宙给我们带来的超大难题，我们要做的，并不是消极等待。而是要团结起来，共谋良策。这就是邀请诸位参会的原因。由于观测站提供的资料中仍然有谜题，如蓝色尾巴以及异常引力波等，因此在研究解决危机方案的同时，我们也必须思考这些谜题，要想办法弄清楚这些谜题的答案。当然，渡过这次危机将是长达八十年、异常艰苦的斗争，而我们全人类唯有在这危难关头齐心协力、团结一致，才能让危机成功化解。所以，世界联合会将这次危机称为'陨星危机'。而应对'陨星危机'，我们初步统一了作战方针，也就是我们制订的'弑星计划'。'弑星计划'的流程如下：

"首先，全世界的天体物理学家将对引力波和'蓝色尾巴'进行分析，弄清楚'陨星危机'发生的真正原因。此阶段需要科学家们相互配合，像侦探一般对每个线索进行分析，从中提取有用的信息，最终得出谜题的答案。

"在分析原因的同时，全球各地的军事领域和科学领域的专家，将针对'陨星危机'，提出多个完备、实现可能性强、效果显著的作战方针。此阶段的主要目的是提出想法，并绘出人类渡过本次危机的一幅蓝图。

"为了保证'弑星计划'的顺利执行，我们成立了专门分析解决方案可行性的'地球防御理事会'，简称EDC。每一个人类个体，都应该为地球的安全负责。所以，这个星球上每一个勇于抗争的人，都将成为这次伟大计划的一员！

"不管怎样，'弑星计划'和'陨星危机'将是人类文明史上一次伟大的抗争，我坚信，只要人类怀着必胜的信念奋斗，我们必定渡过这次难关，继续在这颗蔚蓝的星球上创造我们的史诗！我作为世界联合会第17届秘书长，在此宣布：弑星计划，正式开始！"

三　引力波

　　程玥的演讲并没有振奋人们绝望的心，反而让一些参会人员陷入恐慌。纵观整个人类史，虽然曾会经历各种天灾人祸，但人类总是坚强地将其克服。而一路走过无数坎坷的人类文明，如今却很可能被宇宙中的这一颗尘埃终结。

　　会议在压抑的氛围中结束，人们鱼贯走出会堂。张彦成心事重重地在世界联合会大厦前停下了脚步，马晨也跟着停了下来。会前广场上的那种嗡嗡的说话声现在完全消失了，但张彦成知道，没有一个人的内心是平静的。人们都在死死捏着自己的心，将来自宇宙深处的恐惧隐藏了起来。但这种隐藏并没什么用，很快就有人在广场上疯闹起来。离开会场的程玥在人群中穿行，她毫不理会那几个朝她吼叫的人，依旧带着职业性微笑，有种胜券在握的风度。张彦成凝视着湛蓝的天空，仿佛在找寻那颗直奔地球而来的小行星。在漆黑又浩瀚的宇宙中，那颗渺小如尘埃的小行星正拖着一条诡异的蓝色尾巴，在漫天的繁星之间穿行，而那条蓝色尾巴，则向着人类文明跳着美丽的死亡之舞……

　　"没有意义，一点意义都没有……为什么偏偏是我们这个时代？"张彦成眯眼看着天空喃喃道。

就在张彦成被巨大的危机感包裹住的时候，那熟悉的粗哑嗓音又将他拉回了现实："我说张博士，你不会也被吓住了吧？我大概听懂了，就是一块很远很远的大石头，朝地球撞过来了。你给我解释解释呗，那个什么多勒效应，什么引力波的，我不太明白。"

张彦成并没有回答，仍然凝望着天空。马晨等了很久很久，张彦成才轻声回了一句："你不明白……你不明白……"

马晨又急了："不是，张博士，你这是怎么回事儿啊？我问你问题呢，你好好回答！"

张彦成突然将挨在他身边的马晨推开，大吼道："你这个人，真是无知者无畏！你好好想想，一颗有月球四分之一质量的小行星，以光速的16%朝地球撞来！人类文明危在旦夕！什么弑星计划，什么EDC，在危机面前都是空谈！人类制订这些应对方案，只是在宇宙这个大舞台一个隐秘的角落无用地安慰自己罢了，我完全明白这颗小行星对地球来说意味着什么，以当前的科技水平，我们束手无策！我们所做的一切，人类文明的一切痕迹，一切伟大的科研成果，都将在这场灾难中变得毫无意义。你、我、他，所有的一切，都将灰飞烟灭！"

马晨见张彦成有些失控，便试图安抚他："张博士，你冷静些！你不是觉得人类要完蛋了吗？我以我活了这么多年的经验告诉你，只要我们敢于抗争，我们就不会完蛋！你们这些文化人，一口一个什么效应什么波的，还没有我们这些大老粗懂的道理多！那个什么亚历山大不是说了吗，石头还有八十年才撞到地球上，八十年的漫长时间，我们有很多事情可以做，别这么轻易就被打趴下了！你们科学家可是应对危机的中坚力量，要都这么脆弱，那人类别生存了。地球经历过的灾难多着呢，每一次人类都成功渡过难关。"

张彦成坐了下来，靠在了路边一个石凳上。他和来这里之前的那个意气风发的青年不同，他一头被汗浸湿的乱发，惶恐的眼睛里充满了绝望，脸颊铁青铁青的，靠在石凳上喘着粗气："就在我们说话的这一会儿……小行星又前进了一点……"

马晨依然淡定地说："哎呀，忘掉那些什么引力波吧！我告诉你，面对未知的力量，你首先要做的，就是在一开始要站直了，别趴下！"

张彦成站起来大吼："你真是糊涂，喊口号就可以渡过难关吗？要尊重科学，你懂吗？要面对现实！还站直了，别趴下，八十年后，小行星就撞过来了，你想站直倒是站直啊？"

马晨将张彦成一把按在石凳上："你真可笑！你为八十年后的小行星撞击担心，就像石器时代的人们为现在的你担心一样可笑！记住我这句话，站直了，别趴下！当你不再惧怕它，而是把这个危机当成你的敌人之后，你就不会害怕了，会冷静地想办法解决它！

"为啥发生在我们这个时代？运气好呗！在我们这个时代又怎么样呢？总有一天外来的灾难会降临，不过是刚好出现在这个时间点罢了！只要听世界联合会的，尽自己的能力为 EDC 提供技术支持，我相信那个什么弑星计划是能成功的！退一万步说，就算真的出现什么地球爆炸，什么小行星撞击，那至少我们已经尽了全力。我相信，地球会记住我们，太阳系会记住我们，宇宙会记住我们！走，吃饭去！"

张彦成安静了下来，他乌黑的眼珠里，像一潭死水一样，没有掀起一丝波纹。他安静地坐在石凳上说："马晨，我不想吃饭。你这么淡定，一定知道些内幕吧？你把你知道的告诉我吧。"

马晨呵呵笑了起来："就你问我这话，我刚才问我领导好多遍了，我也什么都不知道啊。我本来就是个普通刑警，谁能想到昨天也被世界联合会要求加入他们的什么防御理事会啊？谁能想到有小行星要撞地球啊？我告诉你，站直了，别趴下！面对危机，我们不能还没开始就被打趴下了，对不对？"

张彦成看着马晨，没再说什么，而是掏出口袋里的一根能量棒，大口咬了起来，他感受着大块的蛋白质在他的咀嚼中变得细碎起来，他将包装袋塞进自己的口袋里，然后慢慢站了起来："我吃这个足够了，我们走吧。""去哪儿？"马晨问。"回国，还能去哪儿？"他走在前面回答道。

马晨见他脸上恢复了血色，得意扬扬地笑道："哈哈，我就说嘛，张老弟你没那么容易被打倒，好样的！"张彦成没有理会他，而是整理起了衣服和头发。

坐上返程的专机后，马晨继续追问他之前的问题："张博士，你看你现在没事儿了，是不是都忘了我问你的那两个问题？那个什么多普拉效应和引力波是什么意思？"

张彦成望着窗外绵延的云层和蔚蓝的天空，慢条斯理地回答道："多普勒效应可以这样理解：当你站在路口时，你会发现汽车开向我们的时候声音是越来越大的，而汽车远离我们的时候声音是越来越小的，由此可以计算出汽车的速度。应用在天体上也是如此，天体发出的光可以被分析成光谱，通过计算光谱的蓝移量或红移量，就能得到天体运行的速度。这样能听懂吗？"

"差不多能理解。"

"引力波可以这样理解：一张绷紧的床单，你往上面扔一个小球，再扔一个大球。假设小球的重量不足以产生明显的凹陷，而大球的重量则在床单上形成了一个小坑。小球受到地心引力的影响，就会向坑内移动，宏观上就好像是大球把小球吸引过去了一样。这样能懂吗？顺便提一嘴，爱因斯坦的广义相对论就是和引力波有关的最早的理论。"

"懂了。你看你们这些搞科研的，本来这么简单的事儿，非得弄些让人听不懂的词汇糊弄人，这不就是专门坑我这种人吗？"马晨笑着说。

"但宇宙尺度上的引力波可没这么简单。在物理学概念上，那张绷紧的床单就是宇宙中的二维时空，而能使时空发生凹陷的物体，必定是质量极大的物体。连地球绕太阳运动也只能产生极其微弱的引力波，而只有月球四分之一质量的小行星却能产生如此大的引力波，背后的原因是无法想象的。另外，以光速的 16% 袭来，你知道是什么概念吗？"

"我只知道很快，但没什么具体概念。"

"你想象一下，我现在对你说一句话，我发出的声音在一瞬间进入了你的耳朵。而这颗小行星的速度，是这句话进入你耳中速度的 18 万倍！这样的一颗小行星，如果以恒定不变的速度直接撞上地球，那地球一定会直接解体。"

"我明白了。怪不得你们这些科学家在那儿发疯，这事儿是挺吓人的。但不管怎样，这才刚刚开始，我们要做的就是尽自己的全力！别再发疯了，你这人看着文质彬彬，发起疯来那么吓人，可把我吓坏了。"

张彦成笑了笑："没想到你这个人看着大大咧咧，实际上还挺会安慰人的。"

飞机刚在机场的跑道上落地，马晨就接到电话："是马晨吗？我是何龙。今天上午接到正式通知，你已被调往 EDC 陨星危机调查组，跟你同行的张彦成也是 EDC 成员之一。办公室给你们分配好了，你将和那个年轻人一起协作调查陨星危机的前因后果。地址发给你了，机场 B1 层的东出口有车接你们两个，车牌号 UC-E0328，你们尽快过去吧！"

"老何，我是一个什么科学知识都不懂的刑警，而张彦成也只是搞物理研究的，又不是研究天文学的，我们能调查出什么？"

"所以我才给你们安排了另外一个人嘛。他叫梁龚捷，天文研究所的研究人员，26 岁的年轻人，研究方向是天体物理，已经在办公室等你们了。尽快赶过去吧！"

何龙挂了电话，马晨急急忙忙向机场电梯走去。"你要干什么？我们不是应该直接从 1 楼通道出去吗？"张彦成紧跟了上去。"我们有新任务了，有车接我们。你别急，我跟你一样疑惑，但这是世界联合会的命令。还是乖乖执行吧。"

车子在 K 国首都车水马龙的街道上一路飞驰，很快就将两人带到了一座大型建筑前，这便是 EDC 在 K 国首都临时租用的指挥部了。乌黑光亮的镜面墙壁转折起伏，构成了一座奇形怪状的多面体建筑，像一块不规则的黑色魔方。在这块黑色魔方的正面，用银色的黑体字雕刻着 EDC 三个字母，旁边则镶嵌同样是银色的 EDC 图标，即一颗行星的周围伴着一圈星环。这里本是刚刚建成的某个科技公司的办公大楼，还未投入使用，没想到世界联合会的那场会议结束后，整座建筑就被改建成了 EDC 的指挥部。张彦成禁不住在心里感叹有关机构办事效率之高，可是即便如此高效，人类在面对被小行星撞击的厄运时依旧束手无策。

组织安排给他们的办公室在二楼。他们走在安装了隔音镀膜玻璃的走廊上，四周格外安静。走过国际会议室，两人就来到了第二调查办公室的门口。几扇紧闭的自动门上贴着办公室使用者的名字，所以很好找。

黑铁色的自动门缓缓滑开，里面暖色的灯光顿时照亮了幽暗的走廊。而在一张铺满资料的大桌子前，那个叫梁龚捷的青年正皱着眉头坐在那儿认真查看资料。见两人进来，他立马站起来："张博士、马警官，我是梁龚捷。很高兴能和二位合作，幸会幸会！"

马晨摆摆手示意他坐下，张彦成这才注意到，马晨在飞机上趁他睡觉时又换上了那件蓝衬衫。

张彦成正急着工作，梁龚捷忽然递给他一个温热的白盒子，说是工作餐，叫他们先吃饭再谈工作。张彦成连连道谢，把另一个盒子递给马晨后，撕开保温膜。看见里面色香味俱全的饭菜，张彦成才意识到自己自从吃了那根能量棒，就没再吃什么东西了。盒饭分为两边，一边用隔水材料盛着黄澄澄的鸡汤，一边是香气扑鼻的炒饭。他先把汤勺掰开，小口地喝起了鲜香滚烫的鸡汤。一小碗下去，酣畅淋漓的汗水打湿了他的衬衫。接着，他狼吞虎咽地把饭菜塞进嘴里，若有所思地咀嚼着，用舌尖感受着一颗颗豌豆、一粒粒米饭、一块块炒肉的咸香。他已经很久没有这么大快朵颐了，虽然只是一盒简单的炒饭，但涌进口腔的热气还是把整个身子都打通了。他顾不上饭菜烫嘴，风卷残云地吃完了盒饭，然后麻利地叠好环保饭盒，看着回收桶把折叠后的饭盒吸进了回收管里。

"哦，这是观测站传给我们的资料。第一张是小行星的图片，第二张是引力波数据曲线。其他的我还没细看，你自己看吧。"梁龚捷说。

翻开引力波曲线示意图，上方的引力波曲线让张彦成吃惊不小。"应变波峰达到了 5.6？观测站的那帮家伙在开玩笑吧！这已经是一颗脉冲星产生的应变效应的五六倍了！梁博士，能证明这些资料的真实性吗？"

"能。除了观测站，我国也有两个可以进行引力波观测的站点，一个是在 XN 省的梦想基地，臂长有三公里。还有一个是天上的观测卫星老虎号，但老虎号的数据我目前调取不到，所以可以利用梦想基地的数据来验证。我们可以向梦想基地请示配合调查。"

电脑上发来了梦想基地观测到的同一时段内的引力波数据。张彦成连忙打印出来反复比对，发现两个观测站的两组引力波数据几乎完全一致。

马晨听着两个人絮絮叨叨地讲着难以听懂的话，便忍不住插了一嘴："两个问题。第一，我一个刑警，为什么世界联合会要叫我和你们一起调查引力波？第二，我还是不明白，这小行星和引力波到底有什么关系，为什么那些科学家那么害怕？"

梁龚捷是研究天体物理的，而且他比两人早一天来到第二调查办公室工作，算是三个人中资历最老的了，所以他回答了马晨的问题："第一个问题，你们刑警在调取资料，锁定相关人员，以及查找资料等方面更有经验，EDC 需要专业的刑警来协助我们研究。第二个问题，我可以在黑板上给你解释。"

他掏出一支数位笔，捻了捻笔头，开始讲述一大堆在马晨听来犹如天书一样晦涩难懂的理论和概念。

"明白一些了吗？"梁龚捷好不容易逮到一个好学的新生，恨不得将自己所学倾囊相授。他满怀期待地问马晨，同时告诉马晨，听了这么多专业的知识可不是白听的，要像嗅觉灵敏的猎犬一样，从中找到蛛丝马迹，进而找到突破口。

"我明白了，意思就是非常剧烈的天体运动才能产生引力波。你们这些科学家真啰唆，用词太刁钻，让普通人怎能听懂？再说，哪有那么容易找到突破口，这活儿，有难度啊。"马晨胡乱关闭屏幕上那些密密麻麻的窗口，又阅读起了那些资料。

"等等。"张彦成推了推眼镜，起身，把纸上的资料扫描到计算机主机上，那张曲线图和下面的一堆资料顿时显示在数位板上。其实，黑板也是一块屏幕，但这块屏幕可以识别数位笔笔头的代码，而且内置了一个软件，起到与传统黑板一样的使用效果。

张彦成拿起数位笔，开始在黑板上写写画画。马晨看着那些生涩难懂的物理公式，皱了皱眉，又拿起观测站的观测记录看了起来。而黑板前的张彦成，眉头紧锁，乌黑的乱发被汗水浸湿，他手握着数位笔奋笔疾书，即使这样，他写出的字母和数字仍然工整得像阅兵方阵。旁边的梁龚捷一脸困惑地看着他的公式，但看到某一行的时候，梁龚捷突然露出一副茅塞顿开的表情。

最后，张彦成点击了左下角的一个按钮，整个黑板上的公式，立刻被计算机转化成一张可视化波形示意图。张彦成满意地打量着这张足足用了10分钟才生成的图片，提了个问题："你们看看这张图，有什么发现？"

马晨并没回应，梁龚捷倒是又开始长篇大论地解释："我知道，这张引力波波形图片有个特点，那就是很像曲率驱动。我发现了，引力波源前方的引力波很密集，曲率较大，而后方的引力波比较稀疏，而且非常平坦。通过把后方的空间曲率烫平，天体就会被前方曲率更大的空间向前拉。这种方式，可以使天体到达光速，甚至超越光速。不过，这颗小行星的驱动方式是不是曲率驱动，我就不知道了。"

"什么意思？"马晨又急着发问。

张彦成回答道："假如小行星真是用曲率驱动前进的话，我们还算是幸运的，因为它并没有采用'宇宙折叠'的方式前进，不然它可能一瞬间就会撞击在地球上，还可能永久改变宇宙空间的曲率，使其变得无限大。但如果真是曲率驱动的话，我们就不得不考虑某些更可怕的后果，因为……"

梁龚捷帮他把话说完了："因为这说明，那颗小行星上很可能存在地外文明。"

梁龚捷的话音未落，屋子里令人眼花缭乱的那些全息信息窗口突然全部熄灭了。梁龚捷用来搜索资料的笔记本电脑也突然蓝屏。就像谁关掉了这里的电源开关，所有电脑上显示的信息都消失了。

张彦成连忙蹲下，开始排查线路，但他在下面找了半天，才发现电脑主机没有一点障碍，散热风扇还好好地旋转着。梁龚捷立马跑出办公室去看一楼的情形，发现一楼的全息窗口也被掐灭了。而三人刚刚返回办公室，半空中就突然浮起一个巨大的全息屏幕。三人瘫坐在椅子上，紧盯着全息屏幕，希望那巨大的虚拟平面上能显示点什么内容。在这静谧之中，一副他们熟悉的、世界联合会秘书长办公室的背景图浮现在全息屏幕上。

程玥一身西装，庄重地走进办公室，然后轻轻在椅子上坐下。她用稳重的语气说出了最新的信息："你们好，我是程玥。目前世界各地的EDC成员都在紧急调查陨星危机，而观测站也将探测范围锁定在了小行星周围。目前，太空站发来的报告为陨星危机的调查带来了突破性进展。以下是观测员马克西姆和阿廖沙发来的现场情况。"

马克西姆日夜颠倒地研究着引力波天线发来的数据，计算机一直处于全功率运作中。引力波天线的嗡嗡声在耳边回荡着，马克西姆打字计算的啪啪声也在空间站里急促地响着。尽管这样，研究还是陷入了瓶颈。自从发现引力波的波形异常后，他就再也无法取得任何实质性进展。他金色的头发揉得乱蓬蓬的，像一个大毛毡盖在头上。他衣冠不整，显得很邋遢，地上到处是被揉成一团的纸质资料。

　　阿廖沙这几天没怎么研究资料，只是时不时凑过来看看马克西姆的进度。此时他正走过来，拿起马克西姆正在研究的资料。很快，他便发现了端倪。

　　"你看，"阿廖沙冷不丁地说道，"引力波源的后方似乎存在航迹。从这个第一次被观测到的距离，到现在移动的距离之间，留下了一道不会消失的航迹。你看这道航迹，正在不断发出引力波信号，你不觉得很奇怪吗？"

　　"难道说……我知道了！航迹内的光速是 0，只有在这种条件下才会形成这种波形的航迹！这的确可以为我们提供证明其驱动方式的证据！只要周围的时空发生轻微扰动，这条航迹就会无限扩大，形成一个光速为 0 的区域！"

　　"有了这个证据，我们就基本可以确定小行星的驱动方式了。"

四　基地往事

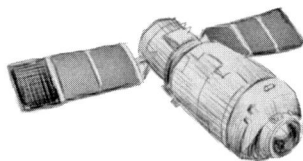

　　"这就是他们两人的最新发现。接下来，科学家们可以把研究目标转向对曲率驱动的调查了。"程玥郑重地交代，然后全息屏幕啪的一声关掉了。霎时间，那些凌乱的信息窗口又在房间里显现了。马晨轻轻起身，拍拍两人的肩膀，用粗嗓门说："你们俩可以啊，和世界联合会想到一块儿了。"

　　"还不能确定，我们需要更多学者替我们验证。我们的主观想法或者说世界联合会的主观想法不能代表客观现实，我觉得我们需要咨询其他天体物理专家，看看他们是怎么想的。"

　　就在这时，自动门缓缓滑开了，一个穿着墨绿色军装的中年人迈着稳健的步伐走了进来。他的衣服整齐得像刚烫平一样，身板结实。在他戴着的墨绿色军帽上，镶嵌着一枚 EDC 的将军帽徽。马晨连忙起身，随即说："何龙将军，您好！"那人摆摆手，在椅子上坐下，张彦成第一次见到何龙将军，忍不住偷偷打量起来。只见他眼神坚毅，粗糙黝黑的脸颊上满是细细的皱纹，却显得非常精神。张彦成注意到，何龙将军的额头上留着一道浅浅的疤痕，那是爆破子弹隔着纳米头盔在他脸上留下的痕迹。

稳健沉着的嗓音在屋内响起："想必我面前这两位就是张博士和梁博士，幸会幸会。我刚才在门外听你们说要咨询其他天体物理学家，我刚好有个合适的人选，他应该可以帮到你们。这人叫张兆和，是 K 国资深的天体学家。他曾经参与过 Quest 基地最初的探测实验以及前期的建设，还写过十几篇关于引力波的论文，引发了天体物理学界的轩然大波，在天体物理这块儿可以说是权威人士。他是 EDC 的重点关注对象。本来计划邀请他参加弑星计划，老人家脾气倔啊，跟世界联合会说自己不参加，但允许 EDC 成员登门协商。所以，这是个好机会，你们现在就去吧。"

说完，何龙健步如飞地走出了办公室，留下三个人愣在原地。梁龚捷小声说了一句："张兆和……这个名字我感觉很熟悉啊……"马晨没有理会，赶紧背上包，另外两人迅速将一堆文件存进电脑里，收拾了一些必要的资料，也扛起背包出发了。

午后的空气格外清新。稀薄的鱼鳞云飘荡在高空上，没有了厚重云层的阻挡，一座座高楼大厦直插云霄，大楼上环绕的全息新闻屏幕影影绰绰，显得天高地阔。微微偏西的太阳仍然用耀眼的白光烘烤着大地，因为心中有事，张彦成三人倒也并不觉得炎热。

三人走进了地铁站。这时，列车开进了站台，银灰色的车身上穿插着两条青色的线条。他们踏进敞开的车门，在平稳的车厢里坐下，安静地靠在椅背上，等待着地铁到达目的地。

到站后，三人用虹膜检测仪支付了乘车费后，径直走出了车站，一幅繁华的城市景象浮现在三人眼前。在张彦成的印象中，老知识分子大多会远离喧嚣的城市，喜欢待在安静的郊区，但这个张老前辈，却住在灯火辉煌的、喧闹的市区里，真是令人好奇！

马晨掏出口袋里的手机，打开手机上的定位器，手机前方的激光投影仪就在地上标注出张兆和住处的方向。他们穿梭在繁华的市区。看着这一派平和的景象，他们禁不住有说有笑，似乎那颗正朝着地球冲撞而来的小行星与他们没有关系。

　　走了一段路，他们就来到了张兆和居住的公寓楼下。这栋公寓和一个三棱柱差不多，但三个棱被改成圆角，而且整座摩天大楼像是往左边扭了一下，构成一个不规则的圆角建筑物。马晨不由得发出一句感慨：

　　"看看这年头，一个公寓都得建这么高，那帮设计师真会玩儿！"三人走进了建筑物内，在飞速上升的电梯里，他们一言不发看着落地窗外的城市鸟瞰图。一座座高楼错落有致地分布在城区。想到繁荣的城市很有可能被一次小行星撞击毁灭，他们的眼神中充满着焦灼。

　　穿过环形的走廊，走过了大半圈，他们终于在一扇虹膜识别门上看到了用荧光显示屏投影出来的房号"3508"。

　　张彦成急不可待地伸出手指敲了几下门。他不仅没敲响，还把自己的手指敲得生疼，禁不住嘶嘶呻吟起来。马晨把张彦成推开，自己上前，很快便找到一块操作面板，上面显示出几个绿色按钮。他边找电子门铃边说："现在的房子装的都是防盗门，你拿斧头都劈不开。为了应对这玩意儿，消防部门只好专门开发出一种破门钻。要按门铃得在这面板上按，你这个大科学家居然没弄明白？不过也是，谁能想到老人家也能玩转这么高科技的玩意儿。"

　　马晨很快找到了门铃按钮，在屏幕上轻按了几下，就听见屋内响起了悦耳的门铃声，然后是急促的脚步声。滴滴声响起，门上的一个全息投影仪立刻被激活，上面没有显示画面，只听到稳健、祥和却略显苍老的声音："请问是哪位？"马晨想凑近麦克风，却被梁龚捷拦下了。梁龚捷挤到最前面，对着麦克风说道："张老师，您好，我们是世界联合会地球防御理事会的工作人员，我叫梁龚捷，还有两位同事。我们现在正在调查'陨星危机'，在引力波波形上有些问题想找您请教，请问您现在方便吗？"

　　对面的声音变得格外愉悦："啊，是你们三个，快进来吧！"话音刚落，他们面前的门就打开了。当他们踏进房间，看着一尘不染的洁净地板，正准备掏出口袋里的折叠拖鞋时，那个慈祥的声音又响起了："啊，没关系的，那地板是自动清洁的，我到现在还没弄清是怎么做到按一下按钮，就能自动吸掉全部灰尘并倒进垃圾篓里的，你们说科技神奇不神奇？哈哈。"

他们循着声音，发现一个坐姿端庄、神态放松的老者正坐在茶几前的沙发上。他正在笔记本电脑上操作着什么。环顾室内，这里到处是当下最新潮的科技产品：自动清洁地板、自动料理机、轻如薄纸的笔记本电脑，甚至还有一套 VR 装备，老爷子真是位与时俱进的科学家！

尽管老人家已经八十多岁，但依旧精神矍铄。他眉眼长得很开，半黑半白的发丝盖在头顶上，戴着一副圆框眼镜。隔着眼镜片，他慈祥而热情的眼睛温和地望着三个年轻人。梁龚捷看着眼前的老人，总觉得一种奇怪的熟悉感弥漫在心头，但又不清楚为何熟悉。

他连忙叫三人在茶几前坐下，然后问："你们来这里是要商谈关于引力波的问题，对吧？能给我看看引力波的曲线数据图吗？"

梁龚捷赶紧从包里掏出几张数据图递给张兆和，然后解释说："第一张和第二张是观测站传给地面的数据，第三张是我旁边这位张彦成博士分析制作的物理模型和可视化数据。"

老先生非常认真地一行行阅读着资料，很快就看完了。他的表情先是很凝重，继而又不由自主地露出赞许的微笑，然后清清嗓子说："不愧是世界联合会聘请的科学家。现在的年轻人真是有才，能分析到这一步，很了不起！稍等，我用我自己写的引力波信号分析程序验证一下。"

张兆和打开电脑，在一行用户名下输入了一串密码。出于职业习惯，马晨快速瞟了一眼电脑屏幕，并把那串电脑用户名记在了心里。电脑上的加载条闪了一阵，然后，老人轻轻地笑着说："孩子们，你们的判断是对的，就是曲率驱动，妥妥的曲率驱动！"

那波动的线条在老人的内心泛起了一圈圈涟漪，老人能想象到，那颗小行星在深邃的宇宙空间正不知疲倦地发出强劲的引力波。

那颗能毁灭一切的小行星……

梁龚捷环顾四周。客厅的布局很简洁，墙上没有一张装饰画，只在电视机旁边悬挂着一张巨大的彩色照片。照片上，张兆和站在一个锅状的巨型机械前方，脸上洋溢着自豪的笑容，满头乌黑的头发，显得很年轻。梁龚捷对背景中的机械有种莫名的熟悉，于是随口问道："张老，墙上那个照片的背景是 Quest ？"

"哦，那个……"张兆和抬头指着照片说，"那是 Quest 射电望远镜，当时全世界最大的单口径射电望远镜，这照片是 2026 年建成时我们研究所拍的纪念照。"

梁龚捷结合他所有的记忆，马上猜到眼前的这个老者很可能就是当年引领父亲走上科研之路的那个人，于是忍不住急切地说："请张老给我们讲讲有关 Quest 的故事吧。"

"好吧，如果时间允许，我就跟你们聊聊当时的经历。或许对你们眼下的工作有些许帮助。"

三个人很热切地表示同意，老人家便滔滔不绝地讲了起来。虽然老人的记忆力有些衰退，导致一些细节模糊不清，但能听到 Quest 的工程师亲口向他们讲述在 Quest 工作的日常，三个人满心期待……

1994 年 7 月 8 日，在 A 国 NM 州的奥古斯丁，那一片绿色无垠的土地上，坐落着聚合射电望远镜阵列。乍看上去，整个硕大的望远镜像是一个巨人用手小心翼翼地托着一个光洁的玉盘。

在巨大的天线下方，那个绿草盈盈的小土坡上，站着三个如蚂蚁一般细小身影的人。咔嚓一声响，孩子的父亲放下了举着相机的手。同时，一个少年问道："爸，我还是不明白，为什么你非要带我来这儿？"

"兆和，你要知道你爸的工作是研究射电天文学。国家安排我来考察 A 国的射电望远镜，是要建造由我们国家自主设计的射电望远镜。爸希望你能子承父业，成为一个天文学方面的研究者，或者至少从事跟天文学、物理学这些学科有点关联的工作。毕竟，咱们祖国在这方面的技术还很落后，需要新一代的年轻人努力奋进。"

父亲的话还未说完，立马被母亲打断了："你说你自己成天泡研究所就算了，还给孩子灌这么多晦涩的东西。"

而那个十二岁的六年级学生，正用一种虔诚的目光凝视着巨大的射电望远镜。父亲的眼里则满是欣慰。

在那个不平常的暑假，张兆和的心中已经悄悄埋下一颗天文学的种子。

张老先生继续讲述着往事。

2018 年，已经博士毕业十年的张兆和此刻正坐在天文研究所的实验室中，他手捧一本《天文学》杂志，戴着一副圆框黑眼镜。距离他随父亲前往 A 国"聚合"基地考察已经过去二十多年，父母已经退休，家里一脉相传的科研血统在这个青年身上得以延续。

就在他津津有味地阅读着一篇论文时，实验室的门突然被推开了，穿着一身白色实验服的研究所领导迈着急促的脚步跑进实验室。见到张兆和的那一刻，领导急切地说："张兆和先生，好消息！我们国家提出要建设巨型望远镜。研究所领导鉴于你的职业素养和科学造诣，决定让你参加这次 500 米口径球面射电望远镜的建设。望远镜的地址已经经过专家评审会和地质勘测队的论证。这个工程是我国成立以来，天文学界进行的最大规模的建设工作，希望你在这次建设工程中能表现突出，为我们研究所争光！还有就是 12 月 26 号，将在建设地址举行奠基仪式，所以你过几天就要坐飞机去建设基地。要做好思想准备，一到那儿估计得有四五年时间回不来，你要安排好这边的工作。"

张兆和故作平静，他感激地握着领导的手，内心却早已波澜起伏了。从事科研工作已近十年了，这是他第一次有机会参加国家最重要的工程项目。何况是 500 米口径的射电望远镜，这不仅在 K 国，在整个世界范围内都是史无前例的！

各个部门之间的协调以及初步的设计工作纷繁复杂，一晃距离奠基仪式已经过去三年了，现在是 2021 年。张兆和站在一个土坡上，那个土坡不知怎么就让他想起了 1994 年。在那个阴云密布的异国他乡的平原上，他初次见到射电望远镜时的震撼。这里的四周都是黄黑相间的巨型挖掘机，它们用有力的巨爪，在这块广袤空旷的土地上刨着土坑。今天是 Quest 项目破土动工的日子。周围的绿水青山起伏绵延，馈源塔的设计方案刚刚递交给最高决策层，而他们一边动工兴建基础设施，一边等待着上级的批复。挖掘机吵闹的吼叫声让他的耳膜嗡嗡作响。于是，他向山崖上那几栋蓝色屋顶的房子看去。那里既是他们的研究中心，也是上千名工程人员居住的地方。推土机已经开辟出一条曲里拐弯的土路，这条路沿着较为平缓的山坡，盘旋在山脉之间。深山老林里，空气格外清新，相比于张兆和的故乡——那个繁华聒噪的 K 国首都，他更喜欢在这种令人神清气爽的地方工作。更重要的是，这里除了研究中心和那些工程车在晚上发出星星点点的灯光，没有任何光污染，这使得星空格外清晰，可以完整地看到令人陶醉的银河。为此，张兆和甚至带了一架天文望远镜，让他在夜晚的闲暇时光有机会观赏一下太阳系里那几个美丽的行星，甚至可以进行深空观测，看到清晰的星云影像。

当然，如果 Quest 建成后能发挥研究所规划的性能，那么它对深空的探测能力，将远强于张兆和的这架天文望远镜！

几天前，张兆和的父亲去世了。对他而言，这是一个巨大的打击。对国家来说，他父亲作为一个优秀的射电天文学家，他的那次 A 国之行为 K 国射电望远镜的设计打下了基础，是无可争议的功臣人物。在 Quest 计划初期，已经退休的父亲仍然工作在第一线，指导着整座望远镜的设计。而现在，张兆和再也听不到父亲的教诲和指导，在他迷茫的时候，他再也得不到父亲的鼓励和鞭策。这个打击让他一度有些颓废。

同事的叫喊声打破了张兆和的沉思:"张兆和先生!张兆和先生在这儿吗?"张兆和连忙转过身,一个手上拿着一堆纸质资料的人跑了过来,朝他招手。白衬衫,黑裤子,典型的科研工作者形象。张兆和朝他盯了许久,终于从那熟悉的面孔上捕捉到了一些信息。哦,原来是他,当年的舍友!他从土坡上跳下来,和多年未见的老友紧紧地拥抱在一起,然后握着他的手激动地说:"好你个刘建国,你怎么来了?"

张兆和接过刘建国递过来的资料,老同学在这里相见,不免分外开心地寒暄起来,想起自己还得尽快看完刘建国刚给他的论文,他便急不可待地回到宿舍阅读起来。

待他合上论文时,太阳已经落下地平线,银白色的月光轻柔地照在这片广袤的大地上。漫天的星空十分璀璨,他把写了满满几页笔记的论文整理好,放在柜子上,接着连忙扛起天文望远镜到山崖上观测星星了。他脖子上挂着一台黑色大相机,它能清晰地拍出月球的每一个陨石坑,甚至能瞥见土星那独特的香草色星环,那强大的拍摄能力令无数天文爱好者折服。他架好望远镜,把寻星镜和相机安装好,然后打开寻星镜和相机的开关。望远镜在寻星镜的引导下缓慢地转动,张兆和轻轻在钓鱼椅上坐下,抬头看着满天的星辰。

他清晰地看到了令人激动的蓝紫色银河,甚至还能分辨出猎户座的那几颗星星。在波特尔暗空等级几乎为1的这个小山村,星空自然比K国首都市中心的研究所璀璨得多。拍下他想要的木星和月球影像之后,他便惬意地躺在钓鱼椅上,静静观赏着这一片星星。

山崖下吵闹的挖掘机停了下来,璀璨的星空和静谧的山村跳起了轻快的舞蹈。

这是宇宙的舞蹈……

当张兆和被闹钟惊醒,从床上爬起来的时候,阳光已透过窗子,在宿舍白色的地板上洒满了一地。张兆和一直有早起的习惯,他迅速换好衣服，戴上手表，拿起一堆资料，去会议厅等待七点半开始的会议。

研究员们陆陆续续走进了会议室，各自对号入座。张兆和注意到，一位正襟危坐的设计师胸前挂着高级工程师的胸牌，上面赫然写着三个字：王启明。他是天文技术方面的权威人物，这次会议的主讲就是他，张兆和十分期待。

会议准点开始，虽然王顾问外表像个粗犷的大汉，但讨论学术的时候却透着一丝儒雅："各位参会者，大家好！我是王启明。今天的设计商讨会正式开始！不讲废话了，先说说我自己草拟的一个方案吧。

"本次 Quest 建设项目，由我们天文所承担设计以及建造任务，最高决策层要求我们必须在五年半内建成。工期紧，任务重，所以必须尽快制定方案，从馈源塔开始一步步完成望远镜的建设。

"我们讨论的结果是制定了目前首推的'索网'方案。我们要像编一张渔网一样建设望远镜。最高决策层要求的望远镜尺寸对我们很有挑战性：口径 500 米，周长要达到 1.6 千米，我们要让 Quest 的主动反射面精确变位。在国际上，这是一项难以突破的技术。"

索网的建设并非易事，水木地基刚打完，馈源塔也刚刚完成建设，Quest 项目就遇到了难题。整个索网中有 6670 根主索，2225 根下拉索，在一共 8895 根钢索中，相同的不超过十根。每根钢索的长度、直径、安装位置和设计强度，都要经过反复计算，反复推敲，绝对不允许搞错。

经过几年的反复实验、比对，当八千多根钢索和几万个安装部件在卡车上缓缓驶入工地的时候，张兆和正站在山崖上俯瞰着壮观的场面。一整圈令人眼花缭乱的，由三角结构搭建而成的圈梁与外围六座高耸的馈源塔交相辉映，远处的青山绵延起伏，在橘黄色和鱼肚白交叠的天空下也闪着金色的辉光。此时正是黎明，太阳刚刚从灰白的云层后方露出小半边脸，一道耀眼的金光顿时划破了山区的黑暗。太阳的金光一开始只是给飘荡的云层镶了一圈金边，渐渐地，太阳像是被某种力量托举了起来，那金橘色的晨曦便在张兆和的眼前完整地铺开。云层带着微弱的黄色光芒缓慢地掠过工地，拂过张兆和头顶。风把晨雾吹散了，山崖下繁荣的景象便清晰起来。

各种安装复杂的工程机械缓缓驶入工地，货车老旧的轮胎碾过粗糙的土地，被货架上的重量压得吱吱作响。热闹的工地充斥着轰隆隆的噪声，在寂静的山区中添上了几笔喧闹。张兆和看着那一根根数千名工程师夜以继日制造出的钢索被小心地连着货架卸下货车，不禁感叹 Quest 的建设终于走上了正轨。馈源塔和圈梁设计建造时，他就出了不少力。而当六座高塔和一圈稳固的圈梁逐渐在眼前落成时，身为研发者的他感到无比自豪。待索网工程结束，便是反射面的制造与安装，然后就是电子观测系统和一堆复杂设备的设计研发，那才是他大展身手的时候。

那只巨大的蜘蛛，开始织它的网了！

如果把射电望远镜比作人的眼睛，那馈源舱就是人的睫状体，它可以调整射电望远镜的观测焦距，让观测效果保持最佳，是极为重要的部件。它看似是夹在索网和反射面两大庞杂工程中间的一个小工程，但在望远镜的观测中有着极为重要的地位。馈源舱需要地面上的操作中心协同合作，才能在 500 米的高空完成精准的位置变化。但这并不简单，馈源舱整合了电磁波接收器、波导转换器电磁屏蔽罩等多种装置，非常笨重。为了精准操控馈源舱，科研人员研发出了国际首创的光机电操纵系统，用六根大跨度柔性钢索，采用三维空间扫描保证馈源舱变动位置的精准。这种设计将馈源舱系统自重降至 30 吨。馈源舱已经可以达到毫米级精度变位，实现对天体运动的实时监测，各项性能指标在全世界遥遥领先。

银灰色的反射面在错综复杂的索网上一块一块地铺设了起来。张兆和眯起眼睛俯视着修建中的望远镜，在模糊的视线中，他似乎看见了一口大锅，工程车正从锅底开始，沿着锅壁一点一点往上修。反射面的安装已经过去了一个月，顶部的馈源舱似乎一直凝视着面积逐渐扩大的银灰色区域。当太阳升起时，哑光的银灰色反射面迎着金黄的晨曦，在工地上闪耀着朦胧的光辉。张兆和的工作很繁忙，虽然望远镜的建设已经进入最后冲刺阶段，但仍有不少事务要处理。他作为众工程师中精通计算机技术的人，也参与了控制软件的调试。他清楚地记得，在那个狭窄的控制房中，看着模拟程序跑起来时的满足感。这里的群山一年四季郁郁葱葱，六座早已建成的馈源塔在日渐完善的望远镜主体四周屹立着。

Quest 射电望远镜项目的建设地点与相关技术，目前还是绝密级的国家秘密，张兆和此行是以"乡村教师"的身份来到这里的。为了增加掩护身份的真实性，张兆和要到附近的初中给学生们上几场公开课。

午后的大山里十分清凉，张兆和望着眼前这个破旧的二层小楼，觉得有些不可思议，这就是全校 300 名学生奋力求学的地方。楼前的木质主席台，不知经历了多少风吹日晒，布满粗糙的木纹，千沟万壑的表面上隐约可见用红油漆喷绘成的校徽。学校四周甚至没有围墙，半公顷不到的土质操场向四周伸出几条土道，通向村子的四面八方。而在这片操场上，学生们正整齐地排好队列，队列第一排的学生们正举着一个纸质的红色横幅，上面用黑色毛笔写着"热烈欢迎张兆和老师"几个大字。

在首都长大的张兆和从未见过这样的学习环境，望着孩子们朴实的笑容，一时间竟有落泪的冲动。接着，他迅速打起精神，在学生们那带有四分好奇和六分求知欲的眼神中，用有趣的语言风格，深入浅出地讲述着天体物理的知识。

那群初中生中，有一个叫梁恺的人。

梁龚捷终于找到那种熟悉感的源头了。眼前的这名老人，在 QUEST 工作时就结识了正在上初中的他父亲梁恺。后来，梁恺这个山村长大的娃常常到 QUEST 基地向张兆和请教问题，渐渐地，两人的交情加深了。张兆和这个名字他曾经在父亲那里听说过无数遍，今天，他居然见到了这位素未谋面的父亲的天文学引路人。

时间很快就过去了，转眼就到了 2026 年年初的除夕夜。张兆和下班后天已经完全黑了，基地里的人大多已经返乡，平日里喧闹的走廊，此时一片寂静。张兆和不习惯这种寂静，他落寞地回到自己的宿舍，但他深知自己责任重大，春节期间也得留在这里监督反射面的建设。他来到外面的山坡上，心中空荡荡的，只有大山和月亮陪伴着他，未免孤寂。外面的寒夜中，晚风呼啸着，隐隐约约地传来远处村庄的鞭炮声。即便这里的冬夜并不是特别寒冷，但孤独仍像一只巨掌一样压着他，他感觉自己被越压越小，最后仿佛缩进了山坡上的土缝里……这时，急促的呼叫声传了过来。他朦朦胧胧地听见几个孩子在喊自己。张兆和向声音传来的方向望去，发现几只手电筒发出的光亮像几个大光球悬在半空中。他摘下眼镜仔细看，才在黑暗中辨认出那几个孩子。他连忙小跑过去。即使在有些寒冷的冬夜里，那几个孩子也大汗淋漓，喘着粗气。"大晚上的，你们跑到这里来做什么？"张兆和边问边掏出几张纸巾擦拭着那几个孩子头上的汗。那几个孩子递出手来，他看见孩子们的手里捧着几个用棉手帕包住的铁罐子。一个女孩儿说："张老师，我们听说基地的人好多都回家过年了，这里就您一个人，过年也没吃顿好的。我们爸妈让我们送些饭菜给您，您看！我们给您送来了辣子鸡、炸酥肉、萝卜汤。您暖暖身子。门卫叔叔还告诉我们，您是北方人，所以我妈专门煮了饺子，白菜猪肉馅儿的。您尝尝！"张兆和掀开铁罐的盖子，一股香气扑鼻而来，他的眼镜蒙上了一层白雾。他的鼻子有点发酸，嗓子像被卡住了一样，什么话也说不出来……

转眼间，2026 年的夏天已经到来。张兆和在这个山村度过了八年，他只回过两次老家，其余时间一直坚守在这个他倾尽心血的地方。今天是 2026 年 7 月 3 日，一个将被载入史册的日子，是望远镜主体工程结束的日子。

天文台台长就站在旁边。他庄重地一声令下，话音刚落，那块悬在半空的银灰色反射面板开始沿着钢缆，向最后一块空缺位置徐徐下降。伴随着一声轻柔的咔咔声，最后一块反射面稳稳地卡在了索网上，遮挡了最后几条钢索。当他们托起彩色的气球，看着它伴随着礼炮飘扬在望远镜上空时，张兆和由衷地感到自豪。他们抬头仰望着缓缓向上飞远的气球，内心非常明白，从今往后，这座全球口径最大的球面射电望远镜将要行使历史赋予它的使命。张兆和的目光快速掠过眼前庆祝望远镜落成的人群，又抬头看了看天空。这只巨眼将会仰望的天空。

"关于研究脉冲星的部分，我的记忆很模糊。但是有一件非常重要的事情，我觉得有必要让你们知道，那是当年轰动整个基地的一个发现。我记得很清楚，那是 2034 年的 9 月 23 日，我在这里工作的第十六年。就在那一天，我们发现了来自周边星系的异常信息！原本上级打算让我第二年回首都工作的，所以我抓住在这儿工作的最后一年，做了许多研究。"

张彦成三人的兴趣更浓了，期待着老人家讲述当年的惊人发现。此时屋内的光线变得暗淡起来，不知不觉已是黄昏时分，但他们谈性正浓，丝毫不觉得疲倦，继续认真听着老人的叙述。

嗡嗡的手机声将熟睡中的张兆和吵醒，他噌地一下爬起来，边接电话边穿工作服。

"张兆和吧？我是刘建国！我现在在数据中心，你换好衣服赶紧过来，数据库里收集到了我们没法解释的信息。快点儿，你第一时间过来！好，一会儿见。"

张兆和从没听到过刘建国用这种语气说话，他刚跨出房间，又反身抓起桌上的手机和眼镜，在走廊里飞奔起来。他很快就跑到了数据中心。刘建国和黄梦林两人已经满头大汗，看到他来了，才算有了主心骨。

刘建国一把将他拖到电脑前，用颤抖的声音说："你自己看吧！这到底是怎么了？"

张兆和迅速扫了一眼显示器，眼前的电磁波是被智能调制过的！张兆和迅速冲到另一台主机前，查看多个时间段的数据，无一例外，它们都是经过调制的信息！

张兆和抓住刘建国的肩膀，大声问："这些信息是实时接收的吗？"

"是，但目前正在进行对其他频段的观测，没有集中精力观测这个频段，所以还没法分析。"

话音未落，张兆和便拉着刘建国冲出屋外。他大吼道："去总控室！我需要对这个频段进行焦点锁定观测！"

总控室里本来非常安静，但急促的脚步声顿时打破了这种宁静。几名观测员扭过头来，见张兆和来了，连忙问好。只见张兆和万分急切地说："快，调整望远镜和馈源舱的角度，我们要对一个方位进行实时观测！"

"总得有个理由吧，毕竟我们总控室……"

张兆和的眼睛似乎在冒火，他的声音已经嘶哑："快！没时间解释了，初步判断那个方位可能存在来自外星文明的信息！快进行焦点锁定！"

观测员听完这话就像吞了一个柠檬，一时说不出话。他立马对着总控室的广播系统说："全体工作人员注意！Quest 观测系统第 257 次焦点锁定即将开始，请各单元组做好准备！"这句话立刻点燃了总控室中凝固的空气，偌大的房间里顿时充满了各个小组急促的汇报声。

当那台信息分析计算机的终端屏幕上亮起实时观测到的电磁波形时，他们便向显示器奔去。在波形图下方，出现了一行令人震撼的文字。

"智能识别度：极高。"张兆和颤抖的嗓音如同一道闪电，击穿了所有在场人们的心。总控室又安静了下来，唯一在做着事情的，便是激动至极的张兆和。

张兆和打开 Quest 的信息译解软件。这个软件可以对智能识别度大于"较高"的信息进行翻译，在 Quest 正式运行的八年中，这个软件从未被打开过。原本翻译一段电磁波信息需要长达数个小时的时间，但这次，电磁波信号图刚提交没多久，屏幕上就显示初步翻译完成。

于是，人类文明第一次读到了来自宇宙中另一个文明的信息。

向收到该信息的文明表示美好的祝愿。
如果你们的文明能够翻译我们的电磁波信息，那么说明……

张兆和的心脏狂跳不止，他在心中一遍又一遍地念叨着翻译出来的信息，然后在令他头晕目眩的激动中，接着用操作软件翻译了所有包含智慧信息的电磁波信号。

向收到该信息的文明表示美好的祝愿。
如果你们的文明能够翻译我们的电磁波信息，那么说明你们的文明已掌握足够的电子信息、射电天文等各个领域的科技。再次向收到信息的文明表示美好的祝愿。
我们的世界位于银河系猎户旋臂，红矮星星系中的是一颗宜居星球。我们的行星是一个美丽、富饶的岩质行星，我们的文明也在为过上更美好的生活而努力发展科技，目前已经发展至恒星文明层次。
但我们这个美丽的世界即将毁灭。我们的科学家观测到，我们的母恒星——一颗红矮星，一颗为我们带来源源不断的光和热的恒星，即将在约两万时间单位后耗尽所有的氢燃料，成为一颗死亡恒星。因此，我们为了延续这个伟大的文明而努力着。
我们向宇宙广播这条信息，也只是为了探索宇宙中其他文明的存在。如果真的有文明接收到这条信息，那么我们将怀着美好的心愿，希望能和该文明建立合作关系，一起为文明的延续做出努力！

看着显示屏上闪动的文字，张兆和越发激动起来。他费了很大力气才理解以下的事实：在数光年之外，有一个发展到二级的高等文明，他们在生存危机之下向宇宙发出了一声啼鸣。这声啼鸣在广袤的银河系中不断穿梭，最终被人类文明捕捉到了。

"能定位发射源吗？"张兆和抓住观测员的肩膀问。

"以 Quest 的技术，只能判断距离，不过结合信息中提到的一些数据，基本确定是格利泽 832 星的第二颗行星，这颗行星直到现在还是有史以来和地球的生态环境相似度最高的。想不到……"

张兆和看看显示终端。源源不断的电磁波信息已经结束，他打开另一个接口，把翻译后的内容，那封来自外星世界的信，保存到了数据中心的电脑中。

此时，东方晨曦初露，他的目光越过窗外被晨光微微照亮的山坡，凝视着远方的天空。望远镜无声地向宇宙深处探视着，晨曦透过窗户在他背后照出黑色的剪影。初升的太阳令本就激动的他头晕目眩。

张兆和在几秒钟内考虑了无数种可能性，但他知道，唯一可以确定的是，刚才的一切是真真切切的事实。

"我知道你们现在肯定很吃惊，毕竟当年这么大的事儿，新闻都没有任何报道。但实际上，由于后来一直没找到大功率星际通信的方法，再加上上级对脉冲星研究的重视，对这个红矮星文明的研究也就胎死腹中了。这是一个只有当年在场的工作人员才知道的秘密，我告诉你们是想提出一个设想。毕竟现在通过对曲率驱动设想的证明，也确定了陨星危机是地外文明造成的，所以你们有没有一种猜测：陨星危机的诱因也许就是那个红矮星文明。"张兆和讲完了整个的故事，他的话顿时把张彦成三人拉回了危机中的现实世界。

"如果这两件事有联系的话……"张彦成思考了好一会儿，才缓缓吐出这句话，"那么还是有问题啊。红矮星文明在广播信息中提到，如果发现新的文明，希望能和该文明合作，并不是一味地入侵啊……"

梁龚捷也已经从巨大的震惊中冷静下来，抢先回答了问题："当下热议的黑暗森林理论听说过吧？我们不能确定对方是否有善意，也许这仅仅是一个圈套。他们等着其他文明阅读并相信这段信息，并做出回复，然后他们就可以定位并入侵该文明。如果真的是红矮星文明制造了陨星危机，他们的文明技术水已经达到了二级文明，但依旧无法解决恒星所导致的灾难，为了生存下去，他们首先想到的方法就是入侵其他星球。"

此时的马晨却望向窗外，发现城市的灯火开始星星点点地亮起来。他说："已经晚上了，别耽误张老太多时间。张老，您对我们的调查帮助很大，感谢您的故事！"

街道宁静。在返回指挥部的路上，他们一直沉默着，没有人说一句话。

终于回到了办公室，三个人一屁股瘫坐在办公椅上。又是一阵沉默，直到张彦成忍不住了，轻身说了句"好家伙"，才打破了死一般的宁静。

梁龚捷也跟着喃喃道："好家伙。"

马晨的嗓音仍然粗哑，他也跟着说："好家伙。还能扯到外星人那儿去！"

"谁又能想到呢？"张彦成轻声回答。

"是啊……谁又能想到呢……"

五　红矮星

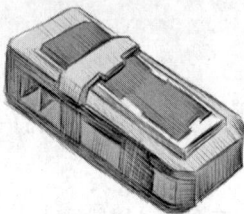

张彦成摸索着戴上眼镜，觉得视线清晰了一些，连忙拿起手机。刚开机，手机就响起悦耳的电话铃声，是马晨。

"刚起床吧？我也刚起床。何将军半夜四点多回我信息，叫我们仨今早八点到指挥部，你抓紧赶过来吧！"

张彦成放下手机，正准备去厨房做早餐，电话再次响了起来。他疑惑地拿起手机，手机的屏幕上是张彦成无比熟悉的一串号码。是爸爸的电话！

"是儿子吧？哦。我昨天晚上看电视，新闻说你工作的那个物理研究所整个都归世界联合会管了，原因好像是什么小行星要撞过来了，我也不清楚。这是……咋回事儿啊？"

张彦成的父亲是个地质学家，对天体并不了解，所以张彦成便耐心地解释起来："爸，我给您简单说吧。有个小行星离我们特别远，但是特别大。它跑得可快了，差不多是光速的五分之一，直勾勾地要往我们这儿撞过来，所以世界联合会就让全世界的科研单位一起想办法把这个小行星挡住。"

"哦……所以你现在是在研究这个小行星？"

"算是吧。您也不用太担心，我还是跟之前一样的工作方式，只是工作单位暂时变了。"

"我担心的不是你的工作，我是说……那么大的小行星撞过来，得撞成什么样啊……"

"爸，您就别担心这事儿了，现在全世界都在研究怎么把这个小行星给挡住，或者让它改变轨道。我这么跟您说吧，我现在的同事，不仅有科研人员，甚至还有警察、军人！您看，全世界都在忙活的事儿，您就不用担心了。"

"哎……好。你还没吃饭吧？赶紧去吃饭吧。"

挂断爸爸的电话后，张彦成的内心反倒一下子从连日来的疲累中抽离出来。他莫名其妙地有些感动，即便灾难当前，自己仍然被温暖包围。马晨、梁龚捷、爸妈的亲情，这些都无不抚慰着他的心。吃完早餐已经七点四十，张彦成赶紧收拾好工作资料，准备下楼寻找共享单车。他掏出手机，启动软件搜索，发现自己眼前就有几辆。映入眼帘的那些卡在停车位中的一个个多边形白色箱子就是。张彦成在一只箱子的顶部扫码后，箱子的上方很快升起一个触摸式按钮操作版，这种完全嵌入式的设计是为了防水。他按下中间的按钮，箱子迅速展开，两个车轮缓缓从前后滑出。伴随着单车操作系统的提示音，一辆完整的单车展现在他眼前。他跨上坐垫，打开触摸屏的开关，用导航系统选定了指挥部的位置。随即一股力量从后轮传来，电动系统工作了起来。

张彦成刚走进第二调查办公室的门，就看见马晨和梁龚捷已经跟何龙将军坐在里面等他了。何龙的军装依旧整齐笔挺，脸上的表情更加严肃。看到张彦成来了，他微微皱起的眉毛舒展了一些，直奔主题地说："张博士，你终于来了！原来当年在 Quest 还有这么一件大事。哦，没关系，你慢慢说吧，尽可能详细一点。"

张彦成将昨天张兆和讲述的事情完整地复述了一遍，当他看向何龙时，发现一向冷静沉稳的何将军，此时脸上闪过一丝复杂的表情。他低下头，皱起眉，似乎在思考着什么，头顶的军帽也跟着滑动了一下。

过了好一会儿，何龙终于靠回椅背上，若有所思地说："那张老给你们透露的意思就是，现在的这个陨星危机，也许和当年他们收到的外星信息有关系？"

"他的意思更直接：陨星危机的诱因可能就是当年发出信息的红矮星文明。"

"哦……真是没想到，这事儿居然和外星人有关！"何龙苦笑着说。

"谁又能想到呢？"张彦成也苦笑着回应。

又是一阵沉默。何龙率先打破了沉默，他一拍椅子，起身说："好了，大致情况我已经记下来了。你们今天就核实一下 Quest 那天收集到的数据。哦，我把 Quest 数据库的网址发给你们了，还有授权码。查询结果也务必发给我，我需要向世界联合会汇报。我还有一堆事儿呢，你们先忙吧。"

何龙说完，离开了办公室。马晨这个急性子率先说道："行了！干活吧！咱看看这是个什么样的网址。"

张彦成迅速在电脑上打开网址，输入授权码后，一个纯白色的数据查询页面弹了出来。张彦成将日期锁定在 2034 年 9 月 2 日，电磁波数据不断在模拟界面上刷新，从凌晨十二点到早上五点，都是无意义的电磁波数据，他们不断翻看着，始终没有找到目标电磁波信号。直到一个重要的节点——早上六点二十八分三十四秒，电磁波信号表的左下角出现了一串标红的文字："智能识别度：极高。"

他们心中的那根弦顿时绷紧了，都凑近显示屏仔细观察着那串红色字符之后的电磁波形。张彦成轻轻滑动着滚动条，同张兆和当年的感觉一样，这段来自 16 光年外的外星文明信息，仿佛真的带有灵魂！

等他们翻看到红矮星文明的宇宙广播结束时，已经是中午十二点。马晨轻轻笑了几声："呵呵，行啊，第一次看到外星人发来的信息，外星人真在宇宙里喊过话！"

观测站里，马克西姆有些懒散地坐在显示器前方。他醒来后做的第一件事，就是端坐在椅子上看显示器，这是他多年养成的习惯。在他的背后，阿廖沙正睡眼惺忪地走了过来，坐到另一个显示器前。马克西姆伸了伸懒腰，边看显示器边用沙哑的嗓音说："世界联合会来新信息了，看看有什么新进展。"

阿廖沙正准备打开信息，抬头看了看时间，惊恐地说："都中午十二点了，我明明设的是早上八点的闹钟！"

马克西姆没有扭头，回答说："那是地球东三区时间的中午十二点，这是在太空。还有，你那个机械闹钟三天前就坏了，你居然不知道？赶紧来看信息吧。"

其他三个乘员也赶紧跑了过来，五个人聚集在显示屏前，看着马克西姆打开消息，一大段文字立刻显示在屏幕上。他们一目十行地飞速阅读着文字。他们读完后，不禁面面相觑，观测站宽敞的乘员舱中，空气仿佛都凝固了。

阿廖沙的一声大喊打破了宁静，吓了大家一跳："好啊！先生们，开香槟吧！外星人要来了，外星人要来了，外星人骑着陨石过来了，哈哈哈哈！"

"哈哈哈哈……外星人骑着陨石过来了……"

他们一直笑着，一直笑着。渐渐地，笑声停止了，沉默取代了吵闹。紧接着是马克西姆冷静的声音："行了，疯够了，就赶紧来做观测任务吧。其实，我早就有一种预感，这事儿肯定不是简单的小行星撞击事件。还记得那条蓝色尾巴吗？当初看到图片时，这种预感就一直萦绕在我心中，久久不能挥去。现在至少可以确定，根据目前掌握的信息，外星文明不太可能会采取直接撞击地球的方法，因为他们的最终目的是将我们的星球占为己有，而不是毁灭。所以，不出意外的话，小行星在靠近地球轨道时应该会慢慢减速。得了，赶紧来定位吧。你先看看小行星运行到哪儿了，上次的目标跟踪锁定我一直没关，估计没跑多远。这样应该可以对那个红矮星文明的猜想进行证伪或证明。"

阿廖沙难得安静地坐在显示屏前，他迅速地操作着电脑，很快就调出了对那颗小行星的持续坐标跟踪。窗口刚弹出来，他便起身走向计算机房，在操作台上拨动了几个按钮，修改了几个软件参数，然后从机柜中取出一条数据卡，插入负责跟踪观测的计算机模块中。阿廖沙回到显示屏前，屏幕上的追踪画面已经面目全非。计算机根据数据库中的图像定位程序，自动模拟出观测目标周围五光年内的所有坐标。每一颗恒星、每一颗行星，甚至每一颗微不足道的星际尘埃，都作为一个璀璨的坐标点，在深不见底的、天鹅绒般的黑色背景上闪烁，构成了一片纷繁庞杂的星空。尽管显示屏上每一颗星星都是闪亮的明星，但让他的目光像是被钉住在屏幕上的，并不是这些宏伟壮丽的繁星，亦不是绚丽变幻的美丽星云，而是显示屏右下角那串格外扎眼的提示文字。

"距观测目标最近恒星：格利泽 832 星。"阿廖沙用颤抖的语气读出那串文字，大家听到后顿时警觉起来。那颗被系统标红的星星，在星团密集的星图中格外耀眼，在距离小行星三十天文单位的地方闪耀着。马克西姆示意阿廖沙让开一下，他一屁股坐在显示着星图的屏幕前方。

"这个恒星系拥有两颗行星，一颗岩质行星，一颗气态行星。有一颗是宜居行星，就是著名的格利泽 832c 星，跟地球相似指数为 0.81。"马克西姆看着查询到的资料说，"根据我们对小行星的持续追踪，它就是从那颗宜居行星——格利泽 832c 星出发的！"

"和那位老人的猜想完全一样，这就是事实。"马克西姆镇定地转过头来对其他人说。当年，那段来自外星的电磁波信息，在几十年后的今天留下了余音。红矮星文明苦苦寻找着可供移民的宜居地，终于发现了地球这颗美丽的蓝色星球。在 16 光年外的远方，那个强大的文明，正以完全压制人类的技术水平，继续创造着文明的奇迹．它们意图在宇宙中延续千秋万代，而人类却只能眼睁睁地看着自己居住了数万年的母星将被外星侵略者掠夺，退出宇宙文明的舞台吗？这不是科幻小说中的虚拟世界，而是摆在人类面前的冷酷无情的现实！

"没关系的，不管是自然力量所致还是外星文明所为，结果都一样的。"马克西姆轻声说，"快做第二项观测吧，启动引力波天线和射电天文台，我们要对那颗恒星的结构进行探测。"

他们分坐在控制台前，开始了在观测站里曾经上演了无数次的日常操作。银灰色控制台上遍布着各种操作钮，就像一座城市中拔地而起的高楼大厦，整齐地排列在错综复杂的街道周围。而这些微缩的"高楼大厦"，正在被这群年轻人在这个小小的控制台上来回移动。荧光指示灯一阵阵闪烁着，显现出各种各样的颜色，和舷窗外的星空竟有些相似。随着整个控制台上的荧光指示灯依次亮起，引力波天线的锁定观测设置完成了，程序将自动控制引力波天线收集恒星的数据。

"我去调一下观星者号的数据吧。"马克西姆说着在另一个控制台前坐下，启动了观星者号的焦点锁定程序，然后在密密麻麻的控制杆上选择对应的几个操作起来，接着将储存卡接入 USB 端口，并在键盘上输入一串恒星坐标代码，又按下一个红色操作钮，这才算是完成了对观星者的全部观测设置。

在观测站旁伴飞的空间望远镜启动了几块六边形反射主镜，在定位程序的引导下同时调整着主镜和副镜的角度。终于，主镜的角度微调结束了，观测焦点已经锁定在了那颗红矮星格利泽 832 上。很快，拍摄下来的图像就传到了观测站的计算机储存条中。同时，圆盘状的引力波天线和射电天文台也旋转起来。

当图像数据和引力波数据同时传到计算机终端时，在场的人不约而同地轻靠在椅子上。马克西姆熟练地按下座椅边上的扳手，一面旗帜便轻轻地从天花板夹层里飘出来，悬挂在半空中。据说，2037 年，R 国登月舱在月球登陆时，那两个宇航员就在舱内挂起这面旗，这个传统一直延续到现在，成为 R 国航天员一种庆祝成功的仪式。

庞大的触摸显示屏上同时弹出一个占据整个屏幕的窗口，窗口上端写着一整行醒目的黑体 R 国文字，下方是一张复杂的观测结果示意图。舱内再次忙碌起来，马克西姆起身走到机房旁的储存柜前，从中取出一张内存卡，然后在主机上找到插口放入内存卡。待他回到显示屏前时，已经弹出了一个新窗口。"阿廖沙，你去调配一下计算机算力，给我们每个人平均分配。我们要跑一遍分析程序。"马克西姆扭过身子对阿廖沙说。

阿廖沙走进机房，在几个主机柜上分别输入其他几个航天员的身份识别码。随即，主机柜上的辅助显示屏闪过一行行绿色代码串，这是计算机在编译分析程序。分析程序的作用就是把观测结果转化为可视化图片以及便于理解的文字。这种快捷的分析软件在全世界的天文台都有使用，大大方便了非天文学专业的人士。

分析程序无声地运行起来，偌大的舱室中只剩下散热风扇旋转的嗡嗡声。3 分钟后，显示屏上弹出了分析结果，人们的注意力顿时集中到显示屏上。细小的字母密集地出现在偏黄的护眼屏上，原本晦涩难懂的观测曲线被分析程序解析为便于理解的文字内容和可视化图表。马克西姆在屏幕上滑动着手指，细小的文字被放大，清晰地展现在众人眼前。

"根据接收到的数据分析结果……"马克西姆读着，"观测目标恒星是一颗 M 光谱型的衰老红矮星。结合世界联合会观测数据库，可得出结论：该红矮星将在约 200 年后耗尽氢核燃料，发生氦闪。氦闪将吞没整个恒星系的行星，包括此前发现的宜居行星格利泽 832c。"

沉默又充斥了整个舱室。

"所以说……那个老人说的完全正确？"沉默良久后，阿廖沙吞吞吐吐地问。

"是的，"马克西姆回答道，"目前我们已经定位红矮星文明所在的恒星系，根据我们的观测结果，那位老人提供的线索和现实情况完全吻合。

事不宜迟，快通知地面指挥部。这事儿值得好好开一次国际会议。"

"你说，真有陨星危机吗？我感觉这一切就像一场梦。"

"我倒希望这是一场梦……"马克西姆苦笑着回答道。

这是张彦成第一次走进 K 国首都 EDC 指挥部的国际会议室。此前，那扇银灰色的铁门总是紧闭着，透着一股神秘感。

在巨大的显示屏前，会议桌的主席位上，世界联合会秘书长程玥正襟危坐，正安静地等待着人员到齐。她仍然穿着正式的黑色西装，表情凝重而严肃，浑身上下自带一种独特的气场。何龙在一名 A 国将军身旁坐下。何龙示意站在门口等候的张彦成和马晨坐在他身后的第二排椅子上，然后转身跟他们小声说："我刚才和这位将军讲了你们是怎么得到张兆和的消息的，他很赞赏你们的调查能力和敏锐的觉察力。这位将军叫戴肯·沃特曼，是 A 国派来的军事顾问，军龄十八年。程秘书长也来了，你们俩，尤其是马晨，要注意形象。"

马晨有些不耐烦地小声说："你这人怎么门缝里看人呢，讲了一遍又一遍，我都知道了！"

"你知道就好。"何龙转过身严肃地说。

不知何时，梁龚捷也到达会议室，他拍拍张彦成的肩膀，算是提醒对方他也到了。张彦成则转身微微一笑，向他打了个招呼。

很快，会议室中嗡嗡的说话声渐渐消失，偌大的房间里一片寂静。程玥扫视一遍屋子，又抬头看了看屏幕，发现人已经到齐了。于是，她清清嗓子，戴上同声翻译器，凑近麦克风开始了本次会议。

"各位参会者大家好，欢迎来到弑星计划第一次公开听证会。会议开始时间是东三区时间 2066 年 5 月 12 日上午十点。本次听证会主要讨论从一名退休天体物理学家那里获取到的线索，该线索已被空间站的观测数据证实。这条线索对我们解开陨星危机发生的诱因有非常大的帮助，而且会改变弑星计划整体的部署方向。能得到如此重要的线索，我们要感谢几名 K 国的工作人员做出的贡献。如果没有他们去调查这名天体物理学家在 Quest 基地工作的往事，我们可能永远不会得到这条极其重要的线索，从而在错误的方向上浪费宝贵的时间。

"有请这两位代表向我们复述一遍这名天体物理学家提供的信息。"

张彦成第一次在这种大型会议上发言，好在记忆力是他的强项，就像那天向何龙复述一样，他把所有关键的信息尽可能都提取出来，以便让与会者能知道完整的信息。讲完后，他已经有些口干舌燥。他将麦克风收进卡槽后，拿起扶手上的一瓶矿泉水，拧开瓶盖猛灌了几口。

待张彦成坐下，程玥在电脑上打开一个文档，巨大的显示屏上顿时被白色的文档窗口占据。程玥坐回到座位上，说："这篇文档就是当年 Quest 基地接收到的，来自 16 光年外的格利泽 832c 的信息破译后的文字内容。各位参会者可以仔细阅读这段文字，轻触翻译器前方的黑色按钮就可以在眼前的镜片上显示翻译内容。"

会议室再度安静下来，所有人的目光都集中在那篇文稿上。翻译器附带的镜片显示屏上闪烁着一行行细小的文字。会议室中，静谧持续了近 5 分钟。很快，一位 J 国科学家代表按下台子上的申请发言按钮，开始了他的发言："这篇文稿中有一段提到，该文明的母恒星将于约两万时间单位后因耗尽氢燃料而死亡，那么我们是不是可以通过这两组数据推断出该文明使用的时间单位概念呢？"

那名科学家代表轻轻坐下后，坐在第三排的梁龚捷很有礼貌地对着麦克风说："这位代表，您的想法的确很有建设性。目前的信息只能判断出红矮星文明的技术水平跟我们差距很大，但无法根据这一个条件推断出对方使用的时间单位，除非我们对红矮星文明的技术水平有极为清晰的认知。再者，即使我们通过各种方法推断出红矮星文明所使用的时间单位，这对我们双方的交流也几乎没有什么实质性的帮助。"

讨论渐渐激烈起来。梁龚捷刚刚坐下，就有一名身着 D 国军装的中年军官发言："我有一个问题：我发现这里有一个巨大的逻辑漏洞。既然广播信息中提到对方的文明等级已经是恒星级文明，那么根据我们对该等级的理解，对方应当对恒星的结构有了全面的掌握。有了这样高的技术水平，肯定有办法应对氦闪危机的，但为什么它们还要大费周章地向其他星球寻求帮助呢？"

这次是张彦成抢先回答："关于这一点，我个人觉得有两种解释。第一种是，对方对恒星级文明的定义与我们不同，它们有可能并没有我们想象的那么强大。第二种是，即使已经达到了我们所定义的恒星级文明水平，它们在某些领域可能仍然存在技术漏洞。不过，鉴于我们目前对外星文明的技术信息掌握得很少，所以我的猜测暂时无法证实。"

会场又陷入了沉默，大部分人都眉头紧锁，认真地思考起来。很快，发言按钮再次被按下，这次是何龙身旁的戴肯·沃特曼上将。他的言谈举止与何龙很相似："在场的各位已经讨论了 10 分钟左右，我们都忽略了一个最重要的问题。红矮星文明只不过是发来了一份广播信息，我们人类并没有做出回应，近几年来也没有做过关于宇宙广播的实验，那为什么红矮星文明在我们没有任何回复的情况下就直奔我们而来呢？要知道，这相当于把整个文明的命运赌在一颗它们一无所知的星球上，一个已经达到二级的文明肯定不会做这种毫无把握的蠢事。"

停顿了一阵儿，他又补充了一句："不过，还真让他们赌对了。"

张彦成低头思考了一阵，然后像是茅塞顿开一样，苦笑着回答："这个问题……我想在座的各位都听说过黑暗森林法则吧。"

随后，一名 R 国代表发问："你忽略了一个问题，宇宙中的宜居星球数量并不少！距离我们 4 光年的半人马座三星系统就有一颗疑似宜居的行星，为什么它们只对地球发动了陨星呢？"

"这是有可能的。也许我们定义的宜居行星有一些不符合它们生存要求的条件，而地球又刚好满足了它们的条件。我们现在都能对太阳系外行星上的成分进行扫描了，以它们的技术水平，扫描的精度一定高很多。总之，我们现在的研究方向也许应该是黑暗森林法则。"

张彦成回答完，一直沉默的马晨按下了提问按钮。他看起来眼神犀利，似乎迫不及待地想对众人的观点进行一番反驳。很快，他粗哑的嗓音就响起，神情激动，一字一顿，铿锵有力。

"诸位，你们的讨论方向经不起推敲！什么森林法则，什么宜居星球技术水平，一套一套的！你们奉为圣经的那个什么森林法则，就是人类自己杜撰出来的一个概念而已！这个法则连我们人类自己都不知道能否证明，那么花大量的时间论证对方懂不懂这个法则有什么意义？要我说，唯一的可能性就是，我们中间有背叛者！"

戴肯皱起眉头，之前对马晨的好感烟消云散，他轻蔑地说："这里在场的每个人都是为保护地球而集结在这里，你告诉我这间会议室里有背叛者？"

马晨转头纠正道："我是说我们地球人里有背叛者！你们说的那些，我思考过了，都是扯淡！唯一的可能性就是，我们人类之中有人回复了星际广播，并引导它们来到地球！我并不是一点儿不懂科学，我知道现在人类的技术已经能进行一定频率的宇宙广播了，只是还没有实验过而已！"

坐在戴肯背后的一名身着西服的科学顾问说道："对不起，我必须纠正你，黑暗森林法则是可以验证的。方法是……"

马晨很快打断了他："这个验证实验需要多久？"

那人心虚起来，边思考边回答说："在对地球不造成影响的情况下，大概需要……大概需要一百五十年。"

马晨很快反击："那有什么意义？做一次实验的时间够那帮外星人毁灭我们两次了！"

"但你必须承认，我们的看法还是有一定参考价值的。"刚才的那名R国科学顾问说道。

看到这帮学者墨守成规，马晨的脾气又上来了，他急切又犀利地说："在座的各位必须清楚一件事：我们并不了解我们的敌人，但我们了解我们自己。我们不能拿一个并没有论证过的法则去判断一个外星文明是否按照此法则做出如此重大的决定。它们图什么？不就是想要找到一个宜居的星球继续生存下去吗？如果它们对我们文明的内部一无所知，一个技术远远高于人类的外星文明绝不会这样冒险的。所以我仍然坚持我的看法，地球上有背叛者！"

马晨重重地坐回椅子上，刚才言辞激烈的讨论显然让他不能马上平静下来。他喘着粗气摸了摸口袋，想掏出什么东西，又看了看坐在前排的何龙，吞了一下口水，深吸一口气，终于平静下来。会议室里再次沉默了几秒钟，但很快，戴肯就摊开双手，转过头微笑地看着马晨说："这位先生，不得不承认，你比我勇敢，你解答了我的疑问。这的确是一个值得探讨的调查方向。请容许我表达对您的敬意。"

此时的何龙也十分欣慰，这个暴脾气刑警独到的分析能力不比科研工作者差。另外，他能了解到现在人类已经可以进行宇宙广播，说明这小子最近一段时间是下了狠功夫的，他曾经说的"要恶补科学"并不是空谈。何龙决定对这个老部下使用激将法，便故作疑虑地说："尽管你的看法逻辑自洽，如果没有实际资料佐证你的想法，你所说的也是空谈。你能在半年时间内，对你的想法进行调查取证吗？"

马晨果断地回答道："半年太久了，时间紧迫，三个月足够了！"

"这是个艰巨的任务，你能保证完成吗？"

马晨大声回应道："保证完成任务！世界联合会派发的任务，责任重大，不可怠慢！"

在场的各位都向马晨投来赞许的目光，响亮的掌声响彻整个会议室。张彦成则一边鼓掌，一边用诧异和赞赏的眼神看着马晨：这家伙始终没被各种猜测带偏，算你厉害！

待会议室安静下来，程玥用几句话结束了会议：

"那么，本次会议到这里就结束了。今天我们确立了第一阶段的研究方向，我相信全世界齐心协力，一定能查清陨星危机背后的真相。马晨、张彦成、梁龚捷组成的调查小组在三个月内负责执行新任务，其他研究人员继续进行原有工作。散会！"

人们挪动着凳子，在拥挤的人群中拥出会议室的大门。等人群在走廊上散开，戴肯将突然在马晨背后出现。他拍拍马晨的肩膀，跟他聊起天来。

"请允许我对您表达敬意。如果没有您的引导，我们很可能在错误的调查方向上浪费掉宝贵的时间。也希望你的观点尽快被证实，如果需要我的帮助，我很乐意帮忙。"

马晨笑笑，回答说："上将先生，我始终相信任何事情都有最基本的底层逻辑。如果有需要您帮助的地方，我们一定请教您。"

马晨说完，便不假思索地伸出他那长满老茧的右手，和戴肯有力地握了握。会议结束后，张彦成三人在办公室稍做休息，匆匆吃过了午饭，马晨提议去外面透透气，顺便讨论一下今后的工作方向。

紧张的工作让他们连续几天都绷紧了神经，此时的他们反倒变得放松起来，穿过整座建筑后，他们来到了一个宽阔的广场上。上午刚下过暴雨，地面还很潮湿，绿化带的植物经雨水冲刷后显得格外碧绿，每片叶子上都挂满雨珠，晶莹剔透，很是漂亮。虽处在喧闹繁华的市中心，这儿的广场却异常宁静。和那些播放着聒噪的户外广告的商业区不同，这座肃穆的如黑色魔方一般的大厦却有一种世界联合会建筑共有的特点：神圣又庄严。

张彦成在沉默中轻轻问出一句话："所以……我们到底要从哪些地方入手呢？"

"不知道，"马晨看着远方阴云密布的天空说，"但我们迟早会知道的。"

六　叛徒

在 A 国卡俄斯市繁华的中心市区，太阳高高挂在半空中，整座城市在酷暑之下闪耀着金黄色的光芒。在一些风格各异的高楼大厦之间，一座长方体蓝色镜面大楼静静地矗立在那里。这就是大名鼎鼎的世界联合会总部大楼。

以往这儿的广场庄严肃穆，今天却来了一位奇怪的抗议者。抗议者沉默寡言，没有喊口号以壮声威，而是只身一人在广场上安静地穿行，然后在广场中央的雕像前停下，立起他那块巨大的示意牌。

那个孤独的抗议者是一个中年人，穿着一套黑色西装，手里拿着一个老式扩音器，全然无视因为他的行为造成的拥堵。待人员稍微稀疏，他突然举起手中的扩音喇叭，靠在牌子上大喊起来。

"反对弑星计划！世界联合会不应该把资源浪费在无用的斗争上！应该让全人类安度这八十年的最后时光，外星文明的力量是极其强大的！反对做无用的抵抗，反对弑星计划！"

扩音器就像一阵惊雷一般，震动了整个大厦广场。这引起了工作人员的注意，同时密集的人流渐渐向中年男子所在的广场中心拥来。

"您好，"警卫很有礼貌地说，"请注意，您的扩音器音量已达到噪声标准。若继续示威扰民，我将采取法律措施。"

中年男人无视警告，再次拿起扩音器大喊。警卫急了，对着他大喊："你已严重扰乱公共秩序，我将立刻对您采取法律措施！"

然而，中年男人依然无视警告，他很快被几个警卫控制住了。他试图从警卫的控制中挣脱，于是掰住一名警卫的透明防暴盾向前猛地一推，那名警卫顿时失去平衡，向后跌倒了。当男子试图逃跑时，跌倒的那名警卫站了起来。他从腰间掏出手铐，铐在男子手腕上，并大喝道："你已被逮捕，罪名是噪声扰民和袭警！"

马晨在冷灰色的走廊里急匆匆地疾步走着。最后，他跨步冲进第二调查办公室，一屁股坐在办公椅上，喘着气说："出大事了，你们听说了吗？"

"怎么了？"张彦成和梁龚捷正在研究资料，听到马晨的询问便抬头问道。

马晨急切地说："有人在世界联合会总部大厦前公开反对弑星计划，用扩音器示威扰民并袭警，现在已经被逮捕了，正准备审讯。"

"这没什么好惊讶的，"张彦成一脸镇定地说，"每次世界联合会出台新的重要政策，都会有人在街上游行反对。这很正常。唯一奇怪的是，这次示威的只有一个人。这人也够有胆量的！你不是一直很冷静镇定的吗？这次怎么这么慌乱？"

"不是，你知道那个示威的人是谁吗？"

"是谁并不重要吧……"

马晨看张彦成如此漫不经心，有点急了，说："根据世界联合会警卫部透露给咱们的消息，那人是张老的儿子。就是我们前几天去拜访的张老，张兆和的儿子，张蓝星！"

"张老的儿子……那又怎样呢？"张彦成依旧有点摸不着头脑。

"你没理解我的意思。"马晨无奈地挠挠头，开始详细地解释，"我觉得这是个突破口。根据世界联合会的调查数据，全球反对弑星计划的人约占总人口的 9%。这么多的反对者，第一个进行示威活动的人，却是张兆和的儿子！"

张彦成仍然不理解马晨的用意："可能是巧合呢？也许刚好他儿子是比较狂热的反对者？"

马晨又急了，反驳道："你们这些科研人员在调查方面真是毫无经验！世界上哪有那么多巧合？这个所谓的巧合背后，一定藏着什么不为人知的秘密！我个人认为，张老跟这事儿绝对有关系。"

"你开玩笑吧！"梁龚捷闻言表示反对。这个马晨，竟然因为一件小小的示威事件怀疑起一位德高望重的前辈，本来还趴在桌上阅读资料的他一脸惊讶地对着马晨喊道，"你疯了吧？张老是在我国科学界享有盛名的射电天文学家，是 Quest 项目的功勋人物。更重要的是，是他向我们提供了有关陨星危机的重要情报，他不可能与这起事件有关！"

马晨接话茬儿道："我也希望他跟这事没有任何关联。可是我是个刑警，我要理性分析问题。我觉得张老跟这事儿绝对有联系！我说得直白一点吧，张兆和，很有可能就是那个背叛者！"

"哼，更离谱了！"张彦成完全不同意马晨的观点，"如果张老是背叛者，他没必要为我们指明方向，而暴露自己！况且你没有任何直接证据，无法说明张老是背叛者！你怀疑张蓝星还可以理解，你怀疑张老，是个什么逻辑？"

办公室安静了下来，但每个人的内心都并不平静。张兆和、背叛者、示威……这一系列事情搅在一块，成了一团乱麻。马晨隐约感觉到，这些事情之间必定有关联，虽然现在还没有找到能将这些事件串联起来的证据，但张蓝星事件无疑是一个非常有价值的突破口。

窗外的暴雨还在下着，豆大的雨点啪啪地猛砸在地面上。他们的思绪也像这永不停歇的暴雨一般，在混乱中不断地、不断地挣扎着。

　　警车带着张蓝星来到一座低矮的建筑前，绕过一段极为复杂的小道，才到达隐藏在建筑物最深处的审讯室。审讯室的五面墙壁都被刷成深蓝色，门上用多国文字写着"第三审讯室"。

　　突然，审讯室门口的观察窗上出现了一张冷峻的脸，紧接着门就被推开了。一名高大健壮的审讯员走了进来，他身后跟着一名抱着电脑、十分拘谨的书记员。两人在桌前的办公椅上坐下，审讯员立即打开麦克风和录音笔，戴上一个类似耳机的装置：审讯开始。

　　"现在开始对世界联合会总部广场示威袭警案的审讯。在我了解你的基本信息之前，我先声明：这个审讯室里有很多台高清摄像机正在记录你的一举一动。你的任何肢体动作、语言、表情都将被分析员看到，请你务必如实回答我的所有问题！"审讯员的声音冷冽而硬气，他用锋利的目光逼视着被铐在椅子上的犯罪嫌疑人。

　　张蓝星有点不知所措，只能配合地点头。

　　审讯员询问过个人基本信息后，开始对一些细节进行提问："我们了解到你父亲张兆和是为我们提供重要线索的关键人物，而你却是第一个公开示威的人，在我们看来这绝对不是巧合。请问你父亲是否对你传达过有关外星文明的信息？"

　　"没有，绝对没有。"张蓝星坚定地回答道，"我父亲没有对我传达过任何与外星文明有关的信息，我来到 A 国示威纯粹是自己的想法。人类真的没有希望了，警官。"

　　"我说明一下，"审讯员清清嗓子，打断张蓝星，"请在接下来的审讯过程中不要重复强调你对人类未来的看法，如实回答问题就足够了。"

　　"明白。"张蓝星连忙点头，然后靠回审讯椅上等待着审讯员的询问。

　　"下一个问题。你反对弑星计划的原因是什么？你多次提到人类没有希望，请你详细解释。"

　　"嗯……"张蓝星的脸色阴沉下来，思考了一阵，然后慢慢回答，

"媒体向公众透露的信息显示，敌人已经达到二级文明。我知道二级文明是什么概念，人类目前连一级文明都没有达到，它们的技术水平远远凌驾于我们之上！在这种技术压制下，我们的反抗是徒劳的，所以我并不看好世界联合会的弑星计划。实话告诉您吧，就算外星人知道我们的计划，也肯定会嗤之以鼻。它们根本不在乎！就像人类根本不在乎蝼蚁爬上自己的鞋一样，它们伸手一拍，就能结束蝼蚁的生命。先生，人类是毫无希望的，我们就不能停止将宝贵的资源浪费在无意义的事情上，让全世界人民都安度余生，不好吗？或者从另一个角度看，地球被它们占领了，我们人类就只有灭亡这一条路了吗？也许能实现两种文明共生？这总比现在这个两败俱伤的弑星计划要靠谱吧！"

听到张蓝星的言论，审讯员有些失态，似乎忘记了这是一场审讯。他语气轻蔑地说："哼，你说的话有许多漏洞！我们对外星文明的技术水平一无所知，它们说它们是二级文明，它们就是了？全宇宙那么多文明，这分级难道还能统一？哪天我们发个信息到宇宙，说我们人类是十级文明，是不是全宇宙都要臣服于我们人类？仅凭着它们自称的二级文明，你就被吓软了膝盖，这很荒谬吧。我有理由怀疑你从某些渠道获取了有关外星文明技术水平的信息。我们迟早会查清楚的！"

书记员连忙劝道："审讯员，您别太激动了，这可是审讯室。"审讯员有点歉意地笑笑，渐渐平静下来，转身走出了审讯室。

马晨快步冲进房间，正在睡觉的两人立即从折叠床上起身，睡眼惺忪地看着马晨。两人连夜坐飞机到卡俄斯市，已经困到眼皮抬不起来了，在临时接待室里也没能睡个好觉。张彦成缓慢地爬起来，走到洗手间里往脸上抹了一把凉水，从碟子里抓起一粒薄荷糖塞进嘴里，一股清凉直冲脑门，总算没那么困倦了。一旁的梁龚捷也揉着眼睛坐到张彦成旁边，带有疑问地盯着怒气冲冲的马晨。

"咋又这么激动，审讯有结果了？"

马晨喘了口气，摘下平顶帽，靠在沙发上回答道："可真是，世界联合会叫我们千里迢迢跑 A 国来审讯，说我们最了解张兆和，也许能借机挖些情报。然而，张蓝星嘴巴滴水不漏，什么都没问出来。"

听了马晨的牢骚，原本一直反对马晨意见的两人这次却没有立刻反驳。梁龚捷安慰他说："没事儿，审讯肯定不止一次。以你的刑侦水平，我就不信找不到事情的真相。"

就在三人准备休息一会儿的时候，一位世界联合会官员突然跑过来敲门，房间里的人立刻将目光转向门口。官员喘着粗气说："马警官，出大事了，ESQC 没了！"

马晨皱起眉头，探过身子问："你说什么玩意儿？什么东西没了？"

官员接着说："ESQC-500，世界联合会性能最强的量子超级计算机，刚才短路了。现在信息安全部正在试图恢复数据，初步判断是病毒入侵！马警官，您没想到点什么吗？"

马晨一脸疑惑地说："计算机没了，找我干什么？我们仨没一个懂计算机的，你去问问张蓝星，说不定他还懂点儿！"

"不，马警官。"那人又走近几步，深吸一口气说，"我没解释清楚。入侵者的目标显然是各国对陨星的研究进度和弑星计划的核心数据。这次事故事关重大，基于保密的要求，上级派我立即向你们口述此次事件。您明白事情的严重性了吧？"

马晨的眼神警觉起来，意识到这次事故不简单，说不定这个入侵事件也是研究陨星危机的一个窗口。但他还需要更多的相关情况。马晨急忙招呼那年轻官员说："你过来，坐沙发上，给我讲讲细节。"

那名官员坐在沙发上，讲述了刚刚发生的重大事件。

R 国科学院对恒星级氢弹的研究早在弑星计划启动的第一天就开始了。巨大的金属操作台上放着一个白色金属机箱，上面铭刻着 "ESQC-500"。这是世界联合会最强大的量子计算机在 R 国的计算终端，通过 8G 网络快速与 A 国的计算主机传递运算结果，以推进恒星级氢弹的研发。

研究室中，几位穿着工作服的研究人员正在操作台前忙着编写计算程序，量子计算机正快速地处理并输出结果。对氢弹物理模型中一个微分方程的计算已经持续了三天，计算机不断运行着程序，把生成的数据不断存入数据库，一切都在有条不紊地进行着。

"什么——"研究室主任叫道，"怎么莫名其妙就黑屏了！"

"我们也不知道，主任！"几个研究员忙着检查终端线路，已经急得满头大汗，"终端没有问题，应该是主机的问题！快检查数据有没有丢失！"

数据库的排查结果显示，只有近 2 个小时的部分计算数据丢失，重启计算机重新设置计算程序，即可继续工作。

K 国航天局材料研究院洁净的研究室里，负责人林雨桐穿着无菌服，威严地站在结构复杂的机器旁。尽管隔着防护目镜，她尖锐的眼神仍让研究室增添了几分严肃。

材料研究院隶属于航天局。自成立以来，这个研究院就拒绝使用所有外来的研究设备。研究所的计算机里的每个晶体管，都使用了研究院自研的科技材料，可见研究所不俗的科研实力。由于研究院在行业内绝对的统治级地位，他们在 2062 年到 2064 年间掀起了一次全球规模的材料科研竞赛。这次竞赛不仅促成了材料发展的一次高峰，而且还推动了 K 国航天在材料技术上的新突破。

因为材料研究院强大的科研实力，在陨星危机的紧急关头，世界联合会第一时间联系了林雨桐。她很爽快地同意了世界联合会的合作请求。罕见的是，她居然同意使用世界联合会提供的 ESQC-500 量子计算机。这对有些精神洁癖的林雨桐来说简直不可思议！她一向不许任何外来的设备进入研究院，可率先打破这个规定的，是她自己。

研究院正集中所有科研力量研发一种超高强度防撞装甲材料。按照林雨桐的设想，这种材料的表面是绝对光滑的，内部分子由强大的相互作用力束缚，构成坚实的护盾，任何武器都无法对该材料产生半点破坏。研发这种材料需要构建一个全新的物理模型，这样可以在纸面上制造出一块虚拟的强相互作用力装甲板。目前，ESQC-500 计算机正日夜不停地运行着物理模型搭建程序，其难度就像用扑克牌搭建一座摩天大厦，只要有一张倒下，整座大厦都要推倒重来。

就在这关键时刻，计算机死机了！原本正不停显示计算数据的屏幕啪的一声关闭，计算机的指示灯在一瞬间全部黑了下去。研究人员立刻停下工作，开始排查计算机程序问题。

研究人员忙活了好一阵，最后还是把计算机终端里的一排排计算板整整齐齐地插了回去，把偌大的机箱搬回原位。他们摘下目镜，用橡胶手套擦了擦额头上细密的汗珠，对林雨桐说："院长，终端没出问题，应该是主机出问题了。现在我们得检查一遍数据库，尽量保护好今天的计算数据，这样才能将对研究进程产生破坏的影响降到最低。"

林雨桐示意研究人员去检查数据库，她眉头紧锁，凝视着死机的计算机终端。

观测站每天都紧张地追踪着小行星的轨迹，收集的数据也越来越详细。观测站使用的 RSC 计算机每天都要全功率计算小行星的运行轨迹和各项数据。马克西姆整天看着一排排显示器上的各种波形示意图，在脑内将各种复杂的数据结合起来，最终在计算机上构建了一个小行星轨迹跟踪模型。这个模型计算机可以持续控制天线和望远镜追踪小行星，可以说它是地球文明最前线的"忠诚哨兵"。

几名观测员轮班监测小行星的运动状态，尽管轮班制度已经很公平了，但每个人每天最多只能睡 5 个小时。巧合的是，正当观测员们因为长时间盯着屏幕而极度困倦时，意外发生了。

东三区时间凌晨四点，阿廖沙强撑着眼皮不让自己睡着，凝望着观察窗外地球上的黄白光点。日出前的两个小时是最难熬的，但轮班要求阿廖沙务必撑过值班最后的两个小时——都挺了整整一夜，难道要在最后时刻懈怠？

突然，刺耳的警报声充斥了整个乘员舱，警报灯亮起了红蓝相间的灯光。阿廖沙立刻从口袋里掏出提神药片，倒出几粒塞进嘴里，开始处理警报。长方体的睡眠舱瞬间从休息位上升起，马克西姆和其他观测员迅速换上工作服，冲到观测位前。

阿廖沙飞快地敲着键盘，屏幕上一行行操作代码快速闪动，旁边一直悬浮着一个提示警报信息的窗口。他没有回头，在聒噪的警报声中大喊："观测站操作系统被人入侵了，我们失去了引力波天线的控制权！入侵者似乎想用天线发出一些经过编写的电磁信号，目标不明！我正在覆写操作系统，试图夺回控制权，你们快接入 RSC-600，然后也过来帮忙！我们要全力阻止入侵者向宇宙发出广播信息！"

马克西姆一边指挥其他观测员调配计算机算力，一边说："引力波天线的定位系统和通信系统被黑了，我正在尝试覆写，但覆写的速度不够快，大概需要整个计算机六分之五的算力才能及时覆写系统！你先来帮忙，我们能写一点是一点，时间不够了，天线已经开始定位了！"

舷窗外，那个圆盘形的白色引力波天线正缓缓调整着角度，瞄准宇宙中的一个坐标。而舷窗内，控制系统的覆写工作正如火如荼地进行着。几名观测员快步冲进计算机控制室，打开墙上的玻璃罩，拉下玻璃罩中的拉杆，舱室内的灯光昏暗下来。广播语音开始了："注意，RSC-600 计算机 90% 的算力已被调配至系统覆写程序，剩余的算力将维持空间站的基本低功耗运行，自动避障功能将关闭，请注意规避太空垃圾或其他轨道天体。"

很快，观测站全员都集中在控制台前，监视及控制计算机的系统覆写。他们将抽出的键盘重新收进桌子，又从下方拉出一个更加复杂的控制面板，开始在新弹出的控制窗口上对计算机发出指令。

很快，五颜六色的操作代码迅速地覆盖了整个屏幕，下方出现的绿色进度条飞速地加载着。阿廖沙用赞叹的语气说道:"不愧是航天局研发的超级计算机,RSC-600 真是太快了。"马克西姆紧绷的神经此时也稍微放松了一些,他也毫不掩饰对于这台计算机的赞美,"这玩意儿造出来就是为了应对这种紧急情况,估计在入侵者成功发出信息前就能完成系统覆写了。"

几人稍微缓过一口气,然后又含了几粒提神药片。"行了,"马克西姆说,等系统覆写完,咱就回去睡觉。阿廖沙,只能可怜你了,你多吃点提神药片。还有一个多小时的时间呢。"

正当观测员开始闲聊,天线控制权逐渐收回时,程序覆写又出了问题。进度条逐渐减速,最终彻底停下。原本已关闭的警报系统再次开始运行,刺耳的警报声和闪烁的灯光再次充斥了整个乘员舱。

"怎么回事?"马克西姆又紧张起来,他盯着显示屏焦急地问道。

"入侵者又向刚刚覆写到 86% 的操作系统投放了新型蠕虫病毒!病毒快要占领计算机了,现在引力波天线又开始定位了!"

"重新覆写程序,来得及吗?"马克西姆焦急地问。

阿廖沙走向计算机操作间:"计算机都被黑了,不可能再进行覆写。再不处理,不仅入侵者向宇宙发出电磁信号,甚至蠕虫病毒还会通过互联网传播至世界联合会的各个计算机,间接性破坏全球各地的科研工作!现在唯一的办法就是关闭整个观测站的电源,彻底切断病毒的传播!别磨蹭了,快过来帮忙!再不关电源就真的来不及了!"

"你疯了吗?"马克西姆怒吼道,"观测站断电,意味着除了推进器和氧气供应,所有系统都关闭了!这很有可能导致新的事故!"

"这是唯一的办法!"阿廖沙已经开始关闭电源,"蠕虫病毒 3 分钟后就会占领计算机!防火墙早就破了,现在肯定没法人工编写病毒防御程序!没时间思考了,就算断电后发生事故又怎么样?不断电的后果更严重!"

整个计算机的电源都被关闭了,但圆盘状的天线仍在定位。"天线内部还有一套独立的控制程序，必须把全部电源关掉！"阿廖沙冲到一个电源控制面板前面，他拉出面板，挨个将电源拉杆关闭。最后，他用力猛地关闭了整个观测站的电源。随着啪的一声轻响，所有的灯光都在一瞬间黑了下去，偌大的控制台上，星星点点的光源挨个暗下去。接着是引力波天线牵引电机停转的嗡嗡声。

10秒后，观测站内只剩下窗外涌进来的璀璨星光。入侵者攻击操作系统时的代码记录在断电前的一瞬间存进了数据库中。

阿廖沙抓起堆在控制台上的一本书。那本书叫作《玫瑰与蠕虫》，是他熬夜值班时最喜欢读的一本书。他举起书，将其放在星光之下。看着沐浴星光的书，他轻笑了一声，说："玫瑰与蠕虫……我们杀死了蠕虫，但陪伴我们的没有鲜艳芬芳的玫瑰，只有这满天星海……"

七　计算机

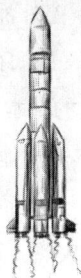

那名官员话音刚落，马晨的脑海中立即浮现一条可能的事件脉络。他终于找到了连接众多事件的那条纽带，而眼下要做的便是证实这条纽带的存在。马晨立刻从沙发上起身，拍了拍那名年轻人的后背说："行了，我差不多明白了，机房离这儿不远吧？我们去看看。"

隔着挡风玻璃能隐约看见在洁白云层下的世界联合会计算机中心大楼时，马晨睁开眼，轻轻推醒睡梦中的另外两个人，说："哎，快到机房了，一会儿咱们得打起精神。今天这事情很重要的。"

进入外形普通的计算机中心，张彦成三人跟着工作人员绕过大厅，来到电梯门前。工作人员按下一个银色的圆形按钮，顿时整面机械面板缩进墙壁，取而代之的是从旁边弹出的虚拟操纵面板。"这是安保措施，这地方一般人是不允许进入的。但是万一有什么犯罪分子进来了，这个机械面板就相当于一个障眼法。"工作人员向有些惊讶的来客解释说，接着在操作面板上点击了一个显示"地下四层"的按钮。

电梯内响起优雅的音乐，调查组三人的心情却无法平静下来，他们的心思全在面对遭到入侵的巨型计算机里如何才能找到他们想要的蛛丝马迹上。

地下四层的人流非常密集，与一楼的寂静形成鲜明对比。张彦成会心一笑：原来整个一楼都是障眼法！真正的计算机中心是在其他楼层。

几人走迷宫般地绕过几个拐角，终于到达一间隐秘的房间。闪烁着红光的自动门旁有两个正在巡逻的安保机器人。门上闪烁着提示语："未经许可禁止入内。"

工作人员领着三人往房间深处走去，绕过好几个巨大的、发出报错声的机箱后，他们来到房间最里面的机柜前。这里是整个机房中工作人员最密集的地方，研究员们急匆匆地在闪着红色警示灯的机柜上按着各种各样的按钮，不断地打开机柜门，替换着各种复杂的零件。显示屏前，一名满头白发、戴着圆框眼镜的研究员正焦急地敲着键盘，可计算机毫无反应，似乎入侵者的病毒已经让这台极为重要的计算机奄奄一息。

领路的工作人员拍拍那人的肩膀，那人头也不回地说："别烦我，电脑再不重启，弑星计划就完蛋了！还差最后几行代码！"

"找个人代替你吧，K国首都指挥部第二调查办公室的人找你！急事儿！"马晨喊道。

研究员听见这粗哑的嗓音，立马转过头来，他急匆匆地招呼其他人接替他的工作，说："第二调查办公室？马晨警官？久仰久仰。我是EDC计算机中心的李泽栋。说吧，要我做什么？"

"我已获充分授权。我想浏览一下计算机被入侵前后的程序日志。"

"您这是……"

"调就是了。今天的程序日志对我们的调查也许很有帮助。"

李泽栋在触摸屏上飞快地操作着，用极快的语速对众人说："日志显示，计算机是上午十点出问题的，现在是上午十点四十六分，已经过去了46分钟。我们的无效操作产生了许多乱码记录，我需要先将乱码清除，这样能很快查找到入侵前后的代码数据。"屏幕上飞快滑过一行行代码，最终，一段整洁代码便展现在众人面前。

李泽栋擦了擦额上的汗，告诉马晨说："十点零二分及前后 10 分钟的代码数据都在这里了，你们看吧。"说完用身体挡住并快速输入了一行授权密码。

马晨开始翻看代码。他的大脑像一台全功率运转的计算机，不断过滤掉不相关的数据。经过一段时间的查找，当他的目光锁定在一串代码上时，这个见过很多场面的刑警却不自觉地有一丝惊慌。

INTRUDER COMPUTER USERNAME：zhangzh653829

"我的天……"马晨额头上布满了豆大的汗珠，他既为脑海中线索变得清晰而激动，又为这个发现感到痛苦。他用疲惫的声音对张彦成和梁龚捷说，"你们猜猜后面那串用户名是谁的？"

梁龚捷凑近屏幕仔细读着那行代码："zhangzh……等一下？你的意思是……入侵者……确实是……？"

"但这也不对啊！"张彦成加入了对话，他还是有点不愿意相信地说，"这个系统在全国有约两亿名用户，用户名的前几位是 zhangzh 的用户肯定很多，所以关键是在后面的计算机认证码！再者，既然他的计算机水平都高到能够入侵世界联合会计算机，为什么没有在计算机的程序日志中隐藏自己的用户名呢？"

"第二个问题我也无法解释。第一个问题我可以肯定，当时拜访张老时，出于职业习惯，我在他打开电脑时就记下了用户名和后几位认证码……我也希望这不是真的。"

"这……这也太讽刺了吧！怎么会是他……绝对不可能……"

"张彦成，相信自己的眼睛吧。之前我的推测你不信，现在见到证据了，又开始怀疑自己的眼睛。你说你这……这不是为调查增加不必要的阻碍吗？相信自己的眼睛吧，就算咱们没法肯定是他干的这事儿，也至少有这种可能性——张兆和有很大的作案嫌疑，虽然目前动机尚不明确，但随着我们的调查，这事儿一定能水落石出！"

"我现在的确是不相信自己的眼睛了……"张彦成喃喃道。

　　他们三个瘫坐在熟悉的办公椅上，窗外仍然大雨滂沱，整个城市都陷入了浓墨般的夜色中。疲惫不堪的他们，很快就沉沉睡去了。

　　醒来后天已大亮，太阳从乌云中探出头来，将光芒再次洒向繁华的K国首都。他在沙发上迷迷糊糊地抬起身，眯起眼睛看墙上的时钟。其他两人也随之醒来。梁龚捷看了一眼钟表，又躺回扶手椅上说："上午十点四十二分……咱们睡多久了？"

　　"行啊，你们几个好小子。"听到这熟悉的声音，他们瞬间被吓了一跳，顿时清醒过来。"何将军？您怎么在这儿呀！"张彦成问，"我们睡了五六个小时，怎么一醒来碰见您在这儿呢？"

　　"哼，"何龙轻笑几声说，"哪止五六个小时，你们从昨天晚上十一点一直睡到了现在！这几天辛苦了，累成这样！"

　　"这……不太对啊！"马晨也疑惑起来，"我们到这儿的时候的确是晚上，但我们有固定的生物钟，不可能睡那么久不起来！"

　　"生物钟也会被环境影响！"何龙说，"我隔绝了这个办公室里一切可能的干扰源，包括声音、光线等。猜猜我怎么做到的？前段时间林雨桐的材料研究所做了个实验，我们就用剩下的隔音板拿来做隔音。昨天晚上你们快到这儿的时候，我给你们办公室外墙上装了三层隔音板。然后，我又在窗户外侧装了一层挡光板，这样光线也被隔绝了。最后，我关掉了屋里所有的电子设备，免得半夜突然来个什么通知把你们吵醒。"

　　"您这……我都有点不适应……太体贴了！"马晨挠挠头说。

　　"行了，我不打扰你们了，你们自己休息一会儿，还有一大堆工作要干呢。计算机那事儿之后，咱们的工作越来越忙了。"何龙边说边戴上军帽，健步如飞地离开了办公室。

　　三个人坐在沙发上，时间仿佛凝固了。马晨率先打破了沉默："这都醒来了，还愣着干什么？调查工作要争分夺秒，这几天光是关于张兆和的数据都有的我们看了，赶紧去洗手间刷个牙，准备工作。"

马晨正在和 EDC 计算机中心的李泽栋研究院通电话:"行,我现在就打开远程同步。哎呀,咱们这儿工作也忙,你就抽出几分钟帮个忙呗,这又不是什么难事儿。对了,有件事儿忘说了,虽然何将军批准了咱们入侵张兆和的电脑,但你行动的时候别忘了在他电脑上标记个窗口,告诉他是世界联合会进行数据搜查,不然老先生会以为是恶意入侵,说不定会去报警。行,那我先挂了,你尽快连上啊。"马晨随即放下手机,蹲下拆开何龙拿过来的一个大箱子。

他一边拆箱子,一边扭头对张彦成二人说:"我先说好啊,我们已经获得有关部门同意,对张老电脑进行侵入,这是不得不做的事儿,要是被情谊束缚,咱们的调查就没法进行了。咱就等着李研究员往老先生电脑上投放病毒了。"

张彦成从箱子里拿出一个黑白相间的长方体机器,又从箱子里取出几根数据线,根据机器接口旁的 LED 提示灯光一一插上,再和办公桌底下的主机连接。他边干活边抱怨道:"之前说调查和物理实验同步进行,现在全在忙调查,也没见到有物理实验做。"

"哎呀,你成天在那儿埋怨也没用,好好干出成绩来,世界联合会会表扬你,说不定给你分配到更厉害的实验室研究物理呢!眼下事情紧迫,你又无法推脱。与其埋怨,不如努力干活儿。"

张彦成不置可否,默不作声地完成初始设置,他在显示屏上按下蓝色的"同意"按钮。李泽栋的声音在众人耳边响起:"马警官,您终于完成远程同步了。我这边已经准备好电脑病毒了,你们什么都别干,我自己来就行。"

李泽栋飞快地操作起来,屏幕上飞快滑过一排排黑色的编译窗口,窗口上滑动着各种各样的代码。"不得不说,不愧是世界最快的量子计算机,这速度太快了。不过我们最近在研究的 ESQC-1000 计算机,算力远超目前这台,相信对你们的调查会有一定帮助。"

　　张彦成心情复杂地等待着李泽栋操作完成，窗外又下起了大雨。张兆和居住的那栋公寓，在阴云中隐约可见。

　　此时，张兆和正在电脑前浏览着关于他儿子的审讯信息。已经失去妻子的他，此时又因为儿子的冲动举措而备受煎熬。回想自己的过往，他毕生就投身科研事业，艰苦的工作没有让他退却，枯燥繁复的研究让他慢慢成为一个意志力极强的人。他略懂法律，知道儿子会受到法律的制裁，内心哀叹儿子的不求上进和悲观想法。他儿子生性悲观怯弱，以至于遇到任何困难挫折，就选择放弃，完全没有继承他和他父亲的优秀基因。当然，也有他的原因，在 Quest 基地工作的几年，他缺席了儿子的整个童年，身体欠佳的妻子根本无力管教精力充沛的男孩。在两人的疏于管理下，儿子才会变成现在的样子。如果有一天他不幸离世，他们家就剩下儿子一个人，儿子该怎么生活下去？这是他目前最大的困扰。

　　这时，显示屏突然暗了下去。张兆和觉得有些蹊跷，他自言自语道："这电脑刚买不久啊，怎么突然就黑屏了呢？"他在键盘上敲击了几下，显示屏重新亮起，但之前的内容全部消失，亮白的屏幕上只剩下世界联合会的徽标。张兆和内心不禁疑惑起来，等待着计算机发出更多讯号。

　　计算机上的徽标渐渐向上方滑动，下方出现了一段文字，扬声器中传来冰冷的 AI 合成提示音："这位公民您好，这里是世界联合会地球防御理事会。目前我们调查到您有入侵世界联合会计算机研究中心的嫌疑，现在 ESQC-500 计算机正在爬取您计算机上存储的一切数据，以作调查。请不要惊慌，爬取过程将很快结束，此后您可以正常使用计算机。感谢合作！"

　　AI 合成的提示音很快就结束了，而徽标下方的蓝色进度条飞快地推进着，很快电脑上的提示页面就消失了，再次出现了之前正在浏览的页面。张兆和没有太过惊慌，他甚至还轻笑了几声，觉得这不过是一种新式诈骗。

　　但他很快察觉到异常。ESQC-500 计算机是世界联合会的机密，连他也是通过为世界联合会提供信息的渠道才能得知这个计算机的存在。社会上不可能有人知道这款计算机的代号。白色页面消失后，随之而来的是计算机右下角弹出的一个系统防御窗口，显示防火墙已被突破，而且他尝试多次阻断破墙都无果。这说明入侵者使用的技术无可比拟，除了世界联合会计算机中心有这个实力，再无其他。难道真的是世界联合会发来的警告？张兆和无力地靠在椅子上，他不明白自己为什么会无端摊上这样的麻烦，难道和刚刚锒铛入狱的儿子有关？儿子之前的确有回来住过几天，也使用过他的笔记本电脑，而他的确不知道儿子在电脑上干了些什么。儿子是个计算机从业者，干这种入侵的事儿算个专家。如果是儿子干的，应该会留下一点使用痕迹，而电脑却没有任何变化。考虑到儿子跑到 A 国去示威，这事儿可能真的与儿子有关，儿子可能罪加一等，面临极重的处罚。张兆和长叹一口气，内心对儿子的行为懊恼不已，对自己不争气的儿子指指点点：真是祸不单行啊！

此刻，张兆和的内心既惶恐又无助，谁也不能知道他到底在做着怎样的思想斗争。

此时，在三千米之外的第二调查办公室，张兆和电脑里的一切数据文件都已经传到了电脑主机中。

"行，"马晨说，"资料来了，伙计们，开干吧！"

"李研究员啊，您怎么忽然来 K 国首都了？你们卡俄斯市那边不是很忙吗？"马晨站在食堂中心的自助配餐机前，在巨大的铁柜上按下一个触摸式按钮，往盘子里装了些香气四溢的白米饭。

"是上级调过来的，"李泽栋一边打饭一边回答，"K 国首都指挥部这边的调查需要计算机专业方面的人，我刚好工作有个空档，加上 ESQC-1000 的研发也在 K 国首都进行，所以就来了。在 A 国好几年没吃家乡菜了，这儿的伙食真是不错。"

张彦成胡乱按着柜机上的按钮，问马晨："食堂可以点烤鸭吗？就是卷在面饼里那种，可以自己选配菜。"

"能。但得费劲儿输入一些东西，我来帮你弄。"马晨将自己的餐盘放在一旁的柜台上，走过来帮张彦成点了几个按钮，然后取走了餐盘。张彦成将一叠卷饼、几块鸭肉和一堆配菜整齐地排列在盘中。

他们离开食堂，返回办公室。李泽栋放下餐盒，开始环顾接下来几天的工作环境。仔细察看一番后，他坐到办公桌前对开始大快朵颐的三人说："你们的电脑是我们计算机中心研发的，应该叫 SDC-5000M，是目前世界上最强的民用自感知、自适应桌面计算机系统。用自感知软件处理张兆和电脑上的信息没什么问题。另外，电子白板也是最顶级的，和主机是匹配的，接口程序非常完善，还设置了自感知算力分配系统。所以，你们这儿的办公环境真的很不错，硬件也完全不用担心。"李泽栋说着端起餐盘上的一杯热咖啡，小抿了一口，一脸轻松地靠坐在办公椅上。

"电脑性能好也没用，"张彦成刚刚卷好一块烤鸭，正在往里面塞黄瓜丝，"我们几个在计算机领域都是文盲，我也就是在上大学时选了门计算机选修课。这下好了，李研究员您终于来了，有了您这个计算机专家，相信我们在计算机方面的信息筛选能力会强不少。"

"论信息筛选能力，"梁龚捷插话道，此前他一直埋头吃饭，"马警官当然更专业。但计算机这一块，据我的了解，李研究员真的是为数不多的顶级专家。所以，我们这次是强强联手。"

马晨已将一碟青菜吃完。他对众人说："我现在开始怀疑张蓝星了。越想越不对劲儿。张兆和八十多岁了，计算机知识应该跟不上时代，他怎可能凭一己之力入侵世界联合会的超级计算机？而张蓝星还表现出如此极端的悲观主义，加上他刚好是个计算机专家。他很有可能使用过他父亲的电脑……"

"现在又开始怀疑自己了，"张彦成轻笑两声，"你忘了，张兆和可是 Quest 接到外星信息的第一现场目击者，就算张蓝星有作案嫌疑，也应该是父子俩一起作案。这么大的事情，可不能轻易下结论。世界联合会还在审讯，以他们的办事水平，很快就会有结果。我们再同时调查张兆和的电脑，这样里应外合，就能形成一个完美的逻辑闭环。"

马晨抬头，惊奇地看着他："没想到张老弟你这个搞科研的，居然还有点调查天赋，这思维能力很强啊！"

"警官，"李泽栋抬头，用平静却夹带着一丝吃惊的语调说，"我注意到了，您说的并不是'智力'，而是'思维能力'。其实，思维能力才是对人类大脑评级的准确定义。从这一点来说，您的科学素养已经超过大部分平常人。哦，因为我们计算机中心的研究也涉及大脑量子机制的理论研究，所以我对脑科学略知一二。"

午饭在闲聊中结束了。将环保饭盒扔进回收桶后，他们便启动电脑主机，开始了繁忙的信息筛选工作。见他们俩再次带着疲惫的表情打开那个体积巨大的文件夹，李泽栋便拍拍马晨的肩膀，说："先歇歇吧，我来帮你们看看。"

李泽栋从地板上搬起一个巨大的箱子，抽出箱子中的一个设备，拆掉防撞材料，小心翼翼将设备放在桌子上。他一边麻利地把凌乱的导线插到对应的接口上，一边用极快的语速解释道："目前最先进的自感知、自适应、自组织可重塑编译智能量子计算核心 ESQC-500 终端设备，与这里的硬件连接后，可以实时在底层操作系统中生成大数据汇总解析软件，自行筛选重要信息。全世界一共制造了 15 台，都运行着世界联合会自主研发的'寰宇'操作系统，是目前市面上唯一有能力操作智能量子计算机的系统。这些计算机中的八台给了其他国家研究，六台当作备用，这一台分给我们用来处理海量数据。K 国首都有世界上规模最大的水冷服务器集群，这些服务器就在指挥部的地下二层。通过这些服务器的网络大数据支持，我们才能发挥出这台计算机的全部算力。"

接入导线后，李泽栋便按下计算机主机上的一个抽拉式机关，显示屏弹出并亮起，ESQC-500 的徽标闪过。李泽栋调出一个环境配置窗口，随后几人才亲眼见识到这台智能量子计算机强大的自编译功能。

计算机显示屏上闪电般飞速滑过一个个窗口，又一个个关闭。在他们还没反应过来时，显示页面已重新回到开机页面，弹出一个灰色窗口：系统与本地握手成功。如果对计算机不了解的人，应当只能从视觉上得到震撼，但对计算机专家来说，这意味着电脑自己只花了不到 2 秒的时间就完成了极其复杂的本地配置程序，说明这台电脑能在极短的时间内绕过重重防火墙，迅速到达系统的最底层，并把自己的算力准确地编制，调配进已有的设备中。

"现在，ESQC-500 已经与你们的计算机本地握手成功，这就说明 ESQC-500 已经将自身强大的算力与你们的操作系统合并。以后你们不用一个个地翻看文件了，ESQC-500 可以通过我现在准备临时覆写的一个大数据汇总软件，再结合自感知、自适应、自组织功能以极快的速度分析计算机中的每一个文件，最后再把对调查有价值的文件调出来，形成一个新的文件夹。据估计，在服务器网络正常的情况下，只需 20 分钟就可完成以上的所有工作。好了，我开始覆写一个大数据汇总软件，你们去歇着吧。"

马晨靠在办公椅上感慨道："干计算机的就是不一样。时代发展日新月异，计算机能做得这么强，居然 20 分钟就能搞定那么复杂的工作！不可思议啊。"

李泽栋在屏幕前忙碌起来，计算机的自动编写功能在他设置好几个参数后便有条不紊地工作起来，屏幕上弹出一排编译窗口，白色进度条飞快推进。进度条窗口后方的大数据编程工具窗口上，一行行代码飞速划过，行数飞快地增加。编译很快停了下来，编程界面一个个关闭，上面又弹出三个窗口：感知完成、适应完成、组织完成。

"大数据汇总软件已经接入计算机的底层操作系统。我正在用计算机生成软件的图形化操作界面，你们待会儿来设定一下要过滤哪些无用数据，重点观察哪些数据，很快就能把数据汇总，然后通过汇总软件中的可视化数据输出模块把达到重点观察需求的数据过滤出来。如果是代码或加密内容，还可以再用计算机内置的智能分析程序解码。"李泽栋看着显示屏上弹出的灰色图形化软件窗口对其他人说。

"能获取前几天入侵事件的病毒源码吗？"张彦成问，"如果入侵者有可能是张兆和的话，那么通过前几天获得的病毒源码进行数据汇总，得到的关联信息应该对调查有帮助。"

"张博士，你这个想法很有建设性。"李泽栋说罢，便向几人解释起来，"这几天我对你们的调查进度已经有所了解，对张兆和的背景也基本清楚。而如果我们能在张兆和的电脑中获取之前用于对 ESQC-500 主机以及观测站的病毒程序，那么……"

马晨将他的话补充完整："那么就能以病毒程序为钥匙，打开张兆和身上所有的锁，找到他偷偷与外星人进行交流的证据。"

李泽栋则进一步解释："这是因为，假如这次是用这种类型的病毒程序进行入侵，那么有很大的概率，之前几次与外星文明交流时也是用这种病毒程序来获取天线的控制权，这样就能找到他违法与外星文明交流的证据！"

"很好……"马晨喃喃道，接着坚定地说，"那快点设定好对病毒程序的数据汇总，开始运行软件吧！"

"什么玩意儿，你这调出来的数据我根本看不懂啊！"马晨看着数据汇总软件输出的几个源码文件喊道。

张彦成走到计算机屏幕前冷静地说："你先别急，让我看一下，我自己做过几个物理模拟软件，应该大部分能看懂。实在看不懂就让计算机帮我们分析分析。"

张彦成指着一行较短的彩色代码说："这个就是表示数据接入了某个系统，那下面的就是病毒程序。这个病毒程序我感觉挺熟悉的，似乎大学选修课里见过。不过，这点不重要，我看看前面接入的到底是哪个系统。"

张彦成往上翻动着代码，上面是简短的几行系统识别码，而梁龚捷则立刻从那几行系统识别码中看出了端倪。他奔到显示屏前，看到了那一行简短的绿色识别码。作为一名天体物理学家，那串识别码他再熟悉不过——K 国首都射电天文基地的识别码，有了这串识别码，就相当于 K 国首都射电天文基地的大门完全向使用者的电脑敞开，随时可以获取海量数据。他扭头问李泽栋："这个源码文件的记录时间是哪一天？"

李泽栋瞟了一眼，回答："2034 年 9 月 23 日晚上……！这个日期！"

"没错，"梁龚捷说，"还记得这个日期吧？就是 Quest 基地收到星际广播的日期！根据张兆和的描述，他应该是早上接到信息后，晚上用这串病毒代码对 K 国首都射电天文基地进行了数据爬取！也许是为了验证 Quest 收到的信息是否真实！"

"快，"马晨恍然大悟，喊道，"快看看其他几个调出来的文件，叫梁博士分析一下！"

ESQC-500 的屏幕上又弹出几个源码查看窗口，几人的心跳急剧加速。而梁龚捷则快速地查看窗口，拿了几张草稿纸后，便一边翻看，一边在草稿纸上快速地记录着。很快，数据汇总软件调取的 32 个源码文件都被查看完毕，而梁龚捷把草稿纸投影到电子白板上，拿起数位笔开始解释。

"首先要确定的是，这几个病毒入侵事件都是针对世界各地的天文台设备的。原因已经很清楚了，入侵者不仅想要获取红矮星文明发来的交流信息，甚至还想做出回应，且已经做出了回应。接下来我逐一解释。

"所有源码文件都要根据两个参数来分组：入侵时间和入侵目标。入侵时间分了三类，2034 年 9 月 23 日晚、2034 年 9 月 24 日凌晨以及 2066 年 5 月 20 日，也就是 ESQC-500 计算机遭到入侵的那天。入侵目标则分为两类，一类是只能被动接受宇宙信息的天文台，入侵的目的应该是获取外星文明的广播信息；一类是可以主动发送足够功率的宇宙信息的天文台，这一类主要是 2033—2034 年间建成的。这两个参数的搭配很有意思，从中我们可以证明张兆和的背叛者身份，以及他和红矮星文明交流的过程。首先是 2034 年 9 月 23 日晚的数据，这天晚上的入侵目标有 8 个，分别是——"他说着在电子白板上调出一个世界地图，然后搜索出相应的天文台地址，标注在地图上。

"K 国首都射电天文基地、D 国射电望远镜、Z 国电望远镜阵列、C 国望远镜阵列、A 国射电望远镜、T 国射电望远镜阵列……这几个射电望远镜均是传统的，只能被动接受宇宙信息的天文台。据我的推测，张兆和在接到信息的当天晚上就获取了这些望远镜的观测数据，应该是为了验证 Quest 收到的广播信息是否准确。然后是 2034 年 9 月 24 日凌晨入侵的 9 个目标。据我的推测，张兆和应该是经过一晚的考虑后，最终决定了要给红矮星文明做出回应。为了不让同事和天文台工作人员发现，在凌晨选择对这些目标进行入侵。遗憾的是，通过天文基地对红矮星文明的广播具体信息被隐藏了。但可以肯定的是，张兆和是个彻彻底底的人类背叛者，光是在不征求上级意见的情况下私自回应外星文明信息这件事，就足以给他判个无期徒刑，甚至死刑了。

"最后一组数据要来到 32 年后，也就是前几天了。耐人寻味的是，32 年的时间间隔本身就是个有趣的线索。各位想想，格利泽 832c 星与我们的距离约是 16 光年，而 32 年刚好就是信息被送到红矮星文明的母星——红矮星文明再做出回复的时间。可以肯定的是红矮星文明的信息到达地球，就在最近这几天。奇怪的是，没有一个天文基地对世界联合会进行报告，真是怪事。不过，这不重要。来看看这几天遭到入侵的五个目标吧：R 国观测站、我国 QUEST 射电望远镜、M 国射电广播基地的信息接收模块、J 国浩瀚天文基地的信息接收模块和 D 国斯特拉天文基地的信息接收模块。更有趣的是，后四个目标遭到入侵的都是接收信息的被动模块，似乎是在先查看外星文明发来的回音。而针对 R 国观测站的入侵，则是在试图发出它自行调制的引力波信息，但被航天员阻止了。这样梳理下来，是不是证明了马警官对张兆和是人类背叛者的猜想？"

张彦成和李泽栋轻轻点点头，似乎还没反应过来。马晨从椅子上一跃而起，向门口冲去，大喊："目前张兆和已经有很大的犯罪嫌疑了，我去找何龙申请立案，对张兆和实行抓捕！"

张彦成示意梁龚捷和李泽栋只管待在屋子里等马晨，不用出去追了，然后补充了一句："这个马晨警官，行动力真是强！我们这些搞科研的，怕是一辈子也赶不上他。"

八 抓捕

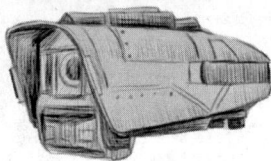

很快，待在屋子里的三个人被叫到国际会议室。在冷色的灯光下，何龙严肃地站在会议桌前，马晨则靠在墙角。他的前方，站着几名正在调试侦察无人机的刑警。见他们进来，何龙露出一丝严肃的微笑，然后转身打开巨型显示屏，调出了一个任务指示窗口，开始布置起来。

"刚才我和马晨商讨了一下关于张兆和犯罪嫌疑的事情。鉴于目前证据充足，且罪行极为严重，严重危害到整个人类文明的生存，决定立刻对张兆和进行抓捕。根据我们的大数据信息网络，已经确定张兆和的大概位置是在前往 K 国首都射电天文基地的途中。因此，我们要尽一切努力，速战速决，在目标到达天文基地前完成抓捕行动。接下来是行动主要流程。

"首先，六架侦察无人机由这六名经过专业训练的技术组刑警通过飞行眼镜操控，尽快定位张兆和的车辆，并持续跟踪。与此同时，马晨和其他几名刑警乘坐自动驾驶汽车。当然，李泽栋研究员便有工作了，你负责在办公室通过 ESQC-500 与自动驾驶系统进行连接，然后临时覆写自动驾驶车的控制系统，整合侦察无人机的坐标数据，从而让汽车追上张兆和的车辆，以便进行抓捕。侦察无人机，为避免特殊情况，将带上轻型机载步枪，而几名刑警也将携带电子手铐，随行的刑警将携带电击枪，在应急情况下可以控制张兆和。张彦成和梁龚捷博士，负责与其他几位技术员一起，在我们临时搭建的任务信息控制平台上观察汽车、无人机和目标动向，并与刑警联络。好了，事不宜迟，开始抓捕行动！"

在指挥部前的广场上，六架披着白色蒙皮的侦察无人机，伴随着电机的嗡嗡声腾空而起，如同气势汹汹的雄鹰一般向前方冲去，很快就消失在视线中。而广场上，六名身上穿戴着复杂的力反馈飞行传感器的刑警正手握操控手柄，他们的视线跟着无人机一起在K国首都上空巡视着。与此同时，在会议室，对汽车操作系统的覆写已经开始，随着李泽栋上下翻飞的指尖，ESQC-500用强大的算力实时收集着无人机的飞行数据，同时进行着紧张的系统覆写工作。很快，六架无人机的飞行数据由一根不存在的互联网导线顿时接入汽车的底层操作系统。马晨和随行的五名全副武装的刑警登上一号汽车，其余的五辆也很快启动，短暂地起步加速过去。在无人机跟踪系统的引导下，很快汽车便与无人机的航线保持了同步，在公路上疾驰着。

张兆和一心想着去K国射电天文基地要做的事情，根本无暇思考电脑信息被世界联合会爬取的怪事。他用纤瘦的手指轻松地敲击着方向盘，沉浸在对天文学的思考当中。他看着窗外熟悉的景物，自言自语道："还有几公里就到了。"

刑警们看到张兆和的车速降低，便抓住此机会，猛摁油门，无人机队便骤然加速，向前冲锋。技术员喊道："无人机队加速，目前速度为278千米每小时，与目标距离6.2千米。车队应同时加速，最好将速度提至150千米每小时，目前交通部门已给我们开放了绿色通道，追击车队的速度不受限制，要发挥汽车性能的极限，完毕。"

这时，刑警的飞行眼镜上浮现出一行提示文字：已锁定追踪目标，准备启动控制程序。同时，会议室电脑屏幕上也浮现出同样的文字。张彦成大喊："车队注意,无人机队已锁定目标车辆,目前准备启动控制程序,你们距离目标还有八百米左右,加快速度!完毕。"

此时,张兆和听到车辆上空的广播声充斥了整个车厢:"张兆和,目前已确定你有导致陨星危机的重大犯罪嫌疑,请立即停车,配合抓捕行动!"

张兆和吓得差点儿心脏停搏。他猛踩刹车,将车子停靠在紧急停靠区,这才听见电机的轰鸣声。他把脑袋探出窗外,抬头便看见几架白色的、有着世界联合会与 EDC 徽标的无人机正用几挺轻型步枪对准他的脑袋。很快广播声再次响起:"你在车里等候,追击车队将于 5 分钟后到达。如有任何逃跑行为,机枪将立刻瞄准开火!"

5 分钟后,张兆和被六挺轻步枪和五把电击枪瞄准着,他瑟缩在车里等待着,不知道下一步等待他的将会是什么。面对突如其来的抓捕,他脑中早已是一团乱麻,完全失去了方寸。他并不知道这可怕的祸患是何时招来的,只好乖乖配合抓捕,心中哀求着这疯狂的一切能尽早结束。但当警车门打开时,他吃惊地看到,是那个曾经上门请教他问题的刑警走了出来。

马晨举起手铐,当抓住张兆和瘦弱的双臂时,他犹疑了一瞬间,接着就咔嗒一声铐住了他的双手,挺无奈地说:"张老,真的对不住了,但这是我必须执行的任务。"

马晨将杯子里剩余的酒一饮而尽,然后重重地放下杯子,看着闷头吃饭的其他两人,脸色复杂地说:"这次吃饭这么安静,有点不习惯,还怪压抑的。"

梁龚捷的脸色和其他人一样复杂,他用低沉的声调含糊不清地说,好像嗓子眼里塞了什么东西似的:"心情复杂啊。明明调查取得了阶段性成功,可就是高兴不起来……反而难受啊,有种说不出来的……惋惜?还是压抑?我真弄不懂。"

"一样的。"张彦成放下玻璃杯，此前他一直在大口喝着杯子里的果汁，"毕竟还是有点不相信啊……张老，居然是……真的不愿相信，他本应是为弑星计划做出重大贡献的功勋，理应成为指导我们调查工作的一位良师益友……可现在……唉，现在事情的发展真是越来越摸不着头脑了……追击过程中还是不一样，毕竟被周围的紧张气氛影响了嘛，只能集中精力，可现在再想想……唉，没什么可说的。"

李泽栋本来一直在回看 ESQC-500 用任务信息操作平台记录的追击过程，但现在也放下电脑，默默吃起了饭。

马晨又喝了一小杯酒，有点醉意地说："这种感觉我可不知道体验过多少次了。"

"赶紧吃饭吧，我们累了一整天了。"李泽栋冷静地说。他此时正在埋头狼吞虎咽地吃着盘中的饭菜。

"马晨。"何龙手中拿着一个看上去很高档的黑色大文件夹，他站在指挥部二楼走廊上，见马晨向他走来，便招手示意，"今天是你我一起审讯张兆和。张博士和几个国外来的专家在会议室全程通过摄像头观看审讯，同时通过耳机向我们传达他们想问的问题，或者给我们的审讯做出一定的技术指导，类似科学顾问的角色吧。"说着，他从上衣口袋中掏出一个做工精致的小盒子，打开小盒子后拿出一副银灰色耳机递给马晨。

马晨接过耳机，随口问道："心情怎么样？"

"问这个干什么？"

"毕竟，忙了这么久，事情终于有点眉目了嘛。但那几个搞科研的都不太高兴，好像还是不相信这事儿真的是张兆和干的。你看看那个梁龚捷，推导的时候多兴奋，真把张兆和抓住了又伤心起来了……倒是李泽栋一直很冷静，应该是资历比较老的缘故吧。所以就想问问您老人家，抓住嫌疑人的感觉怎么样？"

"我嘛，除了吃惊于你们办事的高效，还真没有别的想法，哈哈哈……"何龙爽快地笑了起来，显然在表达对马晨的赞许，"不过，当初说三个月调查清楚，这才两个月不到的时间啊，就抓到嫌疑人了，你们这个调查办公室真行啊！"

九　陨星计划

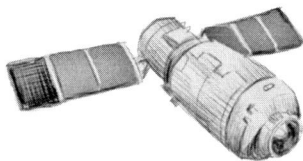

　　聆听者ζ百无聊赖地在聆听站中来回踱步，力场触角一直松弛着，连笼罩着整个身体的智能光场此时也暗了下去。他既无聊又疲惫。那颗他们赖以生存的红矮星发出的红光从窗户中透进来，但聆听站中没有光亮，仍然漆黑一片。

　　这个聆听者站建在母星的同步轨道上，母星系中还有上万座类似的聆听站。而聆听者ζ在上万名聆听者中因为毫无贡献，最高主席从未给予过它任何奖赏。曾几何时，聆听者ζ并不在乎这些，毕竟它早已无所牵挂。在曾经的母文明中，它属于地位最低的那一类，没有名字，甚至被禁止生育。所有生活物资依赖补给船，但即便如此，补给船里也仅装载着少量食物。某次它的补给船发生故障，八天里只能依靠聆听站内应急储存的营养膏充饥。幸而它与隔壁聆听站的聆听者Ω相处融洽，后五天便能分享聆听者Ω的食物。然而这也没什么，它们都属于补给船上食物最少的那类。

　　然而，危机过后，一切都改变了。吃营养膏的日子一去不复返了，最新鲜的天然食材、最可口的食物纷纷通过补给船运送上来，物资瞬间从匮乏变成过剩，有时甚至需要补给船将吃不完的食物运回。而它也得到了一个名字，虽然是简单而毫无意义的字母 ζ，但在母文明的文化中却往往代表着高贵或者功勋。这一切都因氦闪而改变。为了寻找未来的生存空间，聆听站变得极为重要，聆听者也逐渐成为至关重要的个体。聆听者们成了母文明在氦闪危机中的最后希望，尽管这一希望意味着抢占和入侵——星际移民已是必然。最高主席当然也更关注他们了，每个公转周期就进行一次光场通话。要知道最高级的政府官员，也最少要两个公转周期才能进行一次光场通话。他们也有了新的称呼——远望者。但他们还是更喜欢聆听者这个名字，不知背后原因是什么。

此时，聆听站内铃声大作，聆听者 ζ 的力场触角顿时绷紧，智能光场变为醒目的红色，这是紧张的表现。它迅速滑到操作台前，看到一条来自 5 万光时外的智能信息被聆听站接收，目前正在进行翻译。它知道几年前某座广播站曾向宇宙广播求助信息，它不确定这条信息与之是否相关，决定再等等看看。

不到 3 秒，翻译工作完成，空气中出现一个光场显示页面，那条来自异星文明的广播信息在聆听站中大声播放。

仔细听完这段信息，聆听者 ζ 的力场触角没有放松，智能光场已经变为温和的蓝色，这表明它冷静下来了。它立刻接通与周边几个聆听站的通信系统，毫无例外，它们都收到了这条来自 5 万光时外的智能信息。

"所以现在怎么办？"聆听者 Ω 的智能光场闪烁着传递了信息。这条信息在各个聆听者的光场上来回闪动，很快由聆听者 γ 回答："先报告给最高主席吧。这条信息关乎母文明的生存希望，也许我们真的能逃过氦闪呢？"

"也许吧。"聆听者 ζ 的智能光场开始闪烁五彩斑斓，表明它的心情复杂，"不过，5 万光时的星际移民难度极大，不一定能顺利逃脱。等技术发展到达阈值时，氦闪可能已经爆发。"

聆听者们顿时陷入沉默，只有聆听者 ζ 在操作台前滑动，将收到的信息发送给最高主席的政府平台。

最高主席很快就收到了聆听者发送的消息，它不动声色，标志性的绿色智能光场仍然毫无波动。他威严地滑行到通信广场前，用自己的智能光场下令："开启光场通信！"顿时，一个巨大的光场笼罩在平坦的广场上方发出朦胧的蓝色微光。最高主席启动了有史以来最大规模的光场通信，这个文明的每一个人都被这个规模巨大的光场通信接通了。

这场规模巨大的光场通信在几秒后接通时，整个星系里一百亿居民的光场影像在通信广场上慢慢显现出来，形成如同小山一般的人群，用于接通通信的智能光场在小山上聚集起来，成为一盏极其明亮的聚光灯，照亮了黑夜中的通信广场。最高主席一向平静的智能光场此时激动地波动起来："一个伟大的史诗开始了！今天，红矮星文明将获得重生！今天，氦闪危机的解决找到了新的方向！"

科学主席和军事主席并未接通光场通信，它们默默地停在最高主席的两侧。最高主席扬起力场触角，继续保持通信："经过我们的宇宙广播实验，经过数个公转周期，我们终于证明——宇宙并不空旷，生命遍及宇宙！今天，我们收到来自 5 万光时外文明的信息，各位请看。"

巨大的光场上浮现一个显示页面，缓缓滑动，确保每个个体都能接收到。刚才那盏明亮的光灯此时剧烈闪烁，分解为无数彩色的像素点，形成一幅绚丽的景象——这就是人们因为显示页面的出现而激动起来了。

最高主席的智能光场再次剧烈闪烁："红矮星文明的历史将因这一信息而彻底改变！我们没想到，在孤独的宇宙中，竟然有来自另一个世界的友善与帮助。"

军事主席的智能光场也开始闪烁："最高主席，请允许我纠正。对异星世界发来的信息，我们应当保持警惕才对。我们不能肯定他们有与我们一样的道德准则，也许这是个诱饵，会把我们引向无尽的生存深渊，最后在星际移民上浪费大量时间，以至于不能逃过太阳氦闪。"

"但你忘了，"最高主席转过身来，"这个文明连完全利用一颗行星的力量都没有，怎么对我们构成威胁？我们的技术水平远远超出他们！"

科学执政官的智能光场同样闪烁："最高主席，我同意军事主席的观点。关于您的看法，我还需补充：我们的技术是均匀发展的，因此无法想象对方文明的发展过程。假设他们突然发生技术爆炸，我们该如何应对？必须谨慎。"

最高主席的智能光场变得明亮起来，成为一盏盖过无数光线的明灯："但这是目前我们唯一的生存希望！你们不能就这样浇灭这来之不易的希望。真的，试一试吧！"

科学执政官的智能光场暗淡下去，面对通信广场上数十亿的人民："好的，最高主席。我们科学政府将争取在下一个自转周期前公布移民方案。"

第二天，科学主席带着愉快的紫红色智能光场来到通信广场。最高主席远处望着他，智能光场也转为紫红色，快速滑到科学主席身旁。科学主席的智能光场激动地闪烁："最高主席，经过通宵激烈讨论，我们科学政府制定了一个完整的星际移民计划。相信我，这个伟大的计划将成为红矮星文明史上最壮丽的史诗！"

最高主席的智能光场则显得冷静："以目前的技术水平能实现吗？"

"绝对可行，主席先生！"

最高主席的智能光场也激动地闪烁起来："我将为你接通光场通信。把这个宏大的移民计划公之于众吧！"

再度发出微蓝光的光场覆盖整个通信广场，广场上再次显示出百亿个体的影像，小山般的人群和融合成的巨大光柱。科学主席的智能光场再次闪烁："今天，我们将发布一个宏大的星际移民计划，目标是5万光时外的宜居行星——地球！接下来我将详细介绍这一计划。

"第一阶段，我们利用全球15年的经济生产总值，在1个公转周期内将小行星带中的一颗小行星改造成巨型移民飞船，在其表面建筑三台曲率推进器及配套的生存空间，同时扩建远航舰队，以护航这艘巨型飞船。

"第二阶段，全球 20% 的人口参军，驻扎远航舰队；79% 的人口在小行星生活；剩下的 1% 自愿留在母星系，避免航行过程中出现意外，最低程度保障小行星的返航可能。99% 的人口将移居远航舰队和小行星，预计需 3 个自转周期。

"第三阶段，远航舰队和小行星进行航线同步串联，确保无偏航，需依赖一台超级光子计算机辅助操控。接着，启动曲率发动机，用 5 个自转周期加速到光速的 16%，离开母星系，踏上漫长的远航。

"第四阶段，将速度维持在光速的 16%，全速前往 5 万光时外的新家园。在此过程中，全体居民进入冬眠状态，只有少数舰队指挥官轮替观察航行状况。航线控制由光子计算机负责。

"第五阶段，小行星和护航舰队减速驶入 5 万光时外的新家园，经历一场毫无悬念的战争后，彻底击垮敌方文明的太空武装力量，乘着陆艇登上地球，在新家园中大力发展经济和科学，保证尽快复苏母文明的经济。这一恢宏而漫长的星际移民计划，被称为——陨星计划。"

一个巨大的黑色球体悬浮在机房中，最高主席仰视其完美的全反射镜面，智能光场变成紫红色。黑球周围包裹着一层淡淡的绿色光场，科学主席的智能光场对着主席闪烁起来："最高主席，这就是耗时 20 个自转周期制造完成的超级光子计算机'智慧球'。您看到它周围的那圈绿色光场了吗？那表明防御光场处于关闭状态，开启时整台计算机都将完全消失。这是为了防止地球文明对我们的计算机进行可能的捕获行动。"

"内部的 CPU 应该体积很大吧？"最高主席激动地问。

"不，主席。实际上，内部 CPU 的体积仅与我们的力场触角相仿，剩余的巨大空间用于放置光子比特发生器和智能交互系统。您现在可以尝试与它交流。"

最高主席面向黑色球体，激动地闪烁："你好，我是最高主席。"

　　"智慧球"的全反射镜面上浮现出一行文字，整个镜面仿佛变成了一个巨大的光场，不断闪烁，似乎在等待最高主席的回应："最高主席您好，我是智能光子计算机'智慧球'。目前是红矮星文明算力最强的计算机器，负责操控建成后的远航舰队和陨星进行航线规划。"

　　"你的算力有多强，能具体解释一下吗？"

　　全反射镜面静默闪烁，这是计算机在思考。接着，又浮现出一行文字："您可以走出机房，抬头看看陨星上的亮光。那些亮光代表着自动建设系统正在运行，而它们的操作系统正是我。我可以完全控制整个建设系统进行曲率推进器的建设，速度极快，这或许能解释我的算力之强。"

　　最高主席阅读着这些文字，智能光场恢复平静。他转身滑到机房门外，仰望浩瀚星空。他凝视着夜空中那颗巨大的小行星，此时其表面闪烁着金色的微光，正是自动建设系统在建设曲率推进器时发出的璀璨光辉。智能光场微微闪烁："一切都准备好了，现在就看他们了。"

　　最高主席、科学主席和军事主席在接驳船明亮的舱内静静等待接驳船靠港。最高主席望向舷窗外逐渐靠近的小行星，看到灰色表面上三座尚未启动的圆盘形曲率推进器，智能光场在宁静的宇宙中变为蓝色。但接驳船的引擎声和强烈推力使他无法真正享受这一份宁静。

　　距离陨星计划的提出已有半个公转周期。在"智慧球"的统筹建设下，曲率推进器和地下城市的建设用时仅完成了预期工期的一半，为危机中的个体们带来一丝寄托和希望。剩余的1%后备队员并未表现不满，它们拥有几艘专门的曲率快艇，若氦闪提前发生，便可迅速逃离母星系，快艇内的循环系统足以支撑远航舰队的先遣队接送它们前往太阳系。

　　接驳船迅速泊入小行星周围的复杂港口建筑，舱口缓缓滑开。三位主席在港口登船走廊中缓慢滑行，很快抵达标示"总统登船通道"的舱门旁。它们推开舱门，走进类似电梯轿厢的空间，轿厢在感应后迅速下降——这是座临时搭建的太空电梯。

太空电梯的推进器渐渐关闭，三位主席从港口建筑下降至小行星表面的接驳窗口。远处曲率推进器的巨大轮廓逐渐显现，但它们并不打算前往。它们走出太空电梯后，没有多余行程，直接乘坐旁边一台电梯进入 1 号地下城的政府建筑。与此同时，在陨星计划驾驶室，一个显示居民入住情况的窗口上，最后三个空缺被填满，显示窗口变成绿色，总代表的智能光场闪烁："确认，居民入住已完成，航线同步串联已完成，曲率推进器燃料加注已完成。所有准备工作已妥当，全体驾驶员，你们准备好了吗？"

驾驶室内闪烁起一片同意的智能光场，总代指挥一声号令："全体成员准备，起航！"

曲率推进器亮起幽蓝的光芒，在漆黑背景中宛如三颗小太阳。小行星和远航舰队脱离了港口建筑的束缚，移动速度渐渐加快。红矮星文明踏上了星际移民的漫漫征程……

张彦成一行四人走出会议室，在拥挤的人流中寻找返回办公室的路线。这时，一个人突然出现在马晨身后。他拍了拍马晨的肩膀，马晨回头一看，是戴肯。

"警官，请允许我再次表达对您的敬意。您的果断与敏锐的判断力使您在期限内成功调查出真相。这种办事效率，我在世界联合会中从未见过。"

"您不必如此，"马晨笑着回答道，"我只是把本职工作做好，世界联合会的任务能尽早完成，弑星计划得以推进，我就算贡献了全部力量。"

上将微笑着，从口袋里掏出一个精致的红色小盒子，质地为绸缎，紫红色的缎面上绣着黑色标志。他把盒子递给马晨，马晨有些疑惑地接过，手指轻触绵软的绸缎表面，小心掀开盖子，里面的东西让他大吃一惊。一根根粗壮的棕褐色雪茄整齐地躺在盒中，散发着奢华的气息。马晨有些诧异，说："您这是……这礼物太贵重了，我不能收。"

上将微笑道："这是上等高斯巴，我们那儿的顶级雪茄。一个老朋友送给我的，我自己不抽烟，收藏在家里，想找个机会送给一个勇敢又智慧的人。这段时间，您的表现让我由衷敬佩。您是最值得拥有这盒雪茄的人，请您一定收下。"

马晨陷入了犹豫，最终伸手轻轻接过雪茄盒，礼貌地说道："谢谢上将，这我就收下了。"

戴肯笑了笑，愉快地和他道别。

张兆和坐在看守室中，醒来时感觉周围一切似乎在天旋地转。刚才他睡了一觉，醒来后便感到如此。自从被要求留在这儿，他的思绪就一直如同乱麻，再加上昨天审讯的极限压力，直到现在脑中依然充斥着混乱的思维。

他硬撑着抬起沉重的脑袋，走进洗手间，用凉水拍打脸庞，顿时清醒了不少。回到床边，从旁边的柜子中拿出一瓶矿泉水，看到标签上注明：低血糖者饮用。看来是葡萄糖水，他猛然惊觉，他昨天的晚餐和今天的早餐都没吃，这症状很可能是低血糖。他不想再这样难受下去，拧开瓶盖猛灌几口，一股甜味迅速涌上脑门，让他竟有几分恶心，但头晕的感觉有所好转。尽管身体似乎没啥大问题，他仍处于精神崩溃的边缘。

突然，一阵剧烈的疼痛从左胸席卷而来，如江水般迅速蔓延全身。"完了，"他紧皱眉头，豆大的汗珠布满额头，"看来是审讯太激动，旧疾复发了。"他咬紧牙关自言自语，又强忍着疼痛站起来，试图打开看守室的门，但不知何时，自动门被反锁了。于是，他跪在地上拼命敲打门窗，"有人吗？快来救救我！我心脏病发作了！"

然而，静音玻璃和隔音门完全隔绝了他的声音。呼救和敲门耗尽了他的全部体力，他只能疲惫地靠在门边，静默无言，不再呼救。疼痛似乎随着神经逐渐麻痹而减轻，眼前的黑雾慢慢弥漫，他最终闭上了眼睛。

"总会有这一天的……"他用虚弱的声音喃喃道。

"出大事了！"马晨猛地冲进房间，瞬间令三人惊得差点跳了起来，"出什么事了？"

"张兆和……"马晨一屁股坐在沙发上，喘了几口气，他一个字一个字地慢慢吐出来，"张兆和，就在 1 小时前突发心脏病，已经去世了。"

"什么！"大家惊愕地站了起来。张彦成走近，喊道，"既然是心脏病，为什么不抢救？以现在的医疗水平，心脏病突发的处理并不复杂，怎么会是这样的结果？"

"我没解释清楚。"马晨仍在喘气，"不知为何，看守室的自动门和监控都出现了故障，导致张兆和突发心脏病前后无人察觉。他在饭点时间后没有出现，有个看守觉得有些不对，就去找他。进去时，张兆和的心跳和呼吸均已停止。"

"他那间房周围还有很多房间，隔壁房都有其他人，难道就没有人听到他的呼救声？"梁龚捷也站起来问道。

"这一点确实奇怪！原本上午安排去探望他，还有几个工作任务需经过那间看守室，全被删除或推迟到下午了。似乎有某种阴暗力量不想让我们得知张兆和的心脏病突发。"

"那这一定是阴谋，"李泽栋分析说，"这个人不仅与我们有仇，对张兆和来说也是致命的杀手。不想让我们知道他突发心脏病，等于在杀他！而张兆和去世了，意味着我们唯一的调查突破口没有了，这无疑是对我们的敌意。那么接下来该怎么办呢？"

"李研究员的怀疑非常正确，"马晨起身望向窗外移动的白云，"接下来……到底该怎么办呢……"

十　封锁

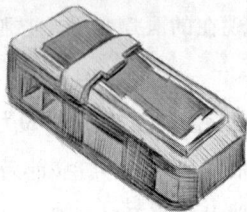

在 059 十万吨级驱逐舰威风凛凛的激光武器旁，江海岳站在密集的人群中。在海军开放日，像他这样十一二岁左右的孩子是最多的——大部分是海军官兵的孩子。

穿着厚厚羽绒服、戴着耳机的年轻女讲解员正在电磁炮旁侃侃而谈："这就是 059 无敌号战舰上最新搭载的 LCB-800 激光炮，它可以在最高能量状态下持续发射 10 分钟，刚才演示中大家也看到了，那艘巨大的靶船在几分钟内就被完全烧灼至液态，威力极其强大。这种激光炮，有望成为海军的新主力武器，也是我国海上战斗能力的象征。"

一个看似颇具学识的大学生提问："讲解员，我想问个问题。今年已经是 2044 年，早在十年前我国就研发出了舰上电磁武器，那时电磁武器被称为新时代海战主力。与当年的电磁炮相比，这种新型激光炮有何技术进步吗？"

"这位学生朋友，你的问题非常好。"讲解员微笑回道，"十年前的老式电磁炮已经很强大，炮弹速度可达 10 马赫，在 100 公里外也能准确命中钢板。现在这种新型激光炮，具有速度快、精度高、拦截距离远、火力转移迅速、不受外界电磁波干扰、持续战斗力强等优点。它们不仅能对敌人的海上力量实施毁灭性打击，还能拦截轰炸机、歼击机甚至导弹，对制海权与制空权有极其重要的意义。”

在人群中的江海岳鼓起勇气想问出心中的疑问，他有些胆怯地举起手，沙哑地问：“讲解员姐姐，我能提个问题吗？”

讲解员微笑：“当然可以，小朋友。你的问题是什么？”

“我的问题是：据我了解，发达国家也在研制激光武器。与国际上的激光武器相比，LCB-800 具有什么技术优势？如果遇到其他国家的入侵，通过 LCB-800 能取得自卫反击的胜利吗？”

“啊……”讲解员愣了一下，“小朋友，你的问题非常深刻！据我了解，目前我国的激光武器是全球最先进的。例如，A 国的激光武器一直面临激光束对炮身烧灼的问题，而 J 国的激光武器就更别提了，前段时间实验时甚至差点儿把观察员灼伤。从打击威力和技术水平来看，大家完全不用担心，海军定能保证大家的安全！好了，如果没有其他问题，普通游客可以离开本舰，那里还有很多参观项目，大家可以自行选择。无敌号战舰上官兵的家属请留下，我现在叫他们出来。”

一时间，穿着白色水手服的官兵们从船舱中拥了出来。江海岳激动起来，在喜悦的人流中穿梭着，寻找着父亲那高大的身影。突然，背后传来一个熟悉的声音：“海岳，你找谁呢？”

江海岳立刻转身，黑亮的眼睛瞬间显得更加明亮了：“爸爸！”

江河眯起眼睛，笑着用下巴碰碰江海岳的额头：“想我了？也是，我有大半年没回家了。”

江海岳推开爸爸的头，噘嘴道：“你胡子没刮干净，扎到我了。”

江河爽朗地笑起来，把手搭在江海岳肩膀上，父子俩向舰首走去，他笑着说：“回去就刮。看看我给你带什么了？”说着，他从一个白色纸袋中掏出个大盒子，递给江海岳，“你看，微缩版的无敌号战舰，给你带回家喽！”

"我不要模型。"江海岳看着远处的云层,"真家伙我都见过了。我要你接下来几个月一直在家陪我。"江海岳转过头来,黑亮的眼眸中闪烁着微微的泪光。

江河握住儿子的手,走到舰首的栏杆旁。他抬起左手,指着远处的景色说:"看远处,你看见了什么?"

江海岳眯起眼睛仔细观察着,然后也指着远处说:"云层、大海、太阳……还有山脉和海鸥!"

江河微微一笑,然后转身,抬头凝望着头顶飘扬着的旗帜,他指着军舰靠岸的一端说:"往这边看,又看见了什么?"

江海岳小跑着,在舰首栏杆旁探头望去:"这次看到了……好多好多的军舰,各种各样的武器展板,还有……好多好多人!"

江河也走到栏杆旁,轻轻摸了摸儿子的头发,凝视着下方密集的人群。"是啊,海岳,你看,我们的祖国有这么多人。如果有一天,"他转身指向大海,"敌人从海的那边打过来,那这么多人,就都没有家了。爸爸是军人,爸爸不仅要保护你,还要保护大家。所以爸爸必须一直在军舰上,盯着海的另一边,确保不让敌人打过来。"

"那……"江海岳低头沉思,"万一爸爸没打赢敌人呢?"

江河说:"海岳,只要你相信,我们伟大的祖国能取得最终的胜利,那么爸爸就一定能获胜。"

"嗯,"江海岳坚定地点头,"我相信爸爸能获胜。"

"但如果有一天,"江河补充道,"海的那边若有更可怕的敌人打过来,而爸爸变老了,那你就要替爸爸保护好大家,好吗?"

"好。"江海岳目光坚定地点点头,与爸爸一同望向渐渐落下的金色太阳。

"所以,你的意思是,你父亲张兆和十二年前就有心脏问题,但一直拖到现在?为什么不治疗呢?现在无论是普通的心绞痛还是心肌梗死,甚至心衰，都是很容易处理的病，医疗费也不贵啊。"马晨看着张蓝星发来的诊断报告和尸检报告，向屏幕上的张蓝星询问。

"唉，我爸就是一心想着工作，再加上太小看这病了，一直坚持不去看医生，连我们都威胁他说不去就医就删了他的工作资料，最后还是没能让他就医。"张蓝星显然还未从父亲去世的悲伤中恢复过来，显得心事重重。

"不要小看任何症状，流感也能杀死人。"医学顾问叹口气说，"来，详细说说吧，第一次出现症状是什么时候？"

"……"张蓝星陷入回忆。

"还有其他案例吗？"医学顾问埋头做笔记。

"嗯，有两次印象深刻。一次是在 2061 年秋，他和同事聊天时，不知同事说了什么令他生气的话，他突然就脸色泛红，向对方大声吼叫。然后趴在桌上颤抖起来。那时我母亲已经去世了，我在家亲眼看见他这样，真的吓坏了。"

"还有一次呢？"医学顾问快速记录着。

"还有一次就是我母亲去世那天了。他那天有事要去参加一个什么活动。在活动现场，有人告诉他我母亲的事，他听到后直接一捂胸口倒在地上……那真是我这辈子最难以忘怀的一天。"张蓝星的眼中已经积满泪水。

"嗯……"医学顾问的脸色凝重起来，低头思考了一阵，说，"从这三次发病来看，应该是情绪激动和工作压力大导致心肌梗塞发作。"

"……"张蓝星一时间沉默了。

医学顾问离开后，办公室再次安静下来。马晨清清嗓子看着大家说："来想想下一步怎么弄吧！"

"我总结出了两条思路，不知是否可行，"张彦成说，这番话吸引了其他三人的注意，"第一，依靠各种社会关系，寻找张兆和生前相关联的所有人的资料，从中找出端倪，逐步提取更多信息；第二，从计算机入手，在计算机里筛查文件，看能不能有什么新发现。你们觉得呢？"

"第一条不太靠谱。"马晨果断回应，"我之前已认真调查过张兆和的工作履历，他的经历并不复杂，交往的人也很单一，依赖大数据已经给了我们很清晰的结果。再浪费资源，最终可能收获甚微。第二条还有些参考价值，不过我认为应该优先重新整理他入侵各个天文台的源码记录，指不定能有所发现。"

"马警官，您确定？这可能浪费大量时间，且可能无功而返。"李泽栋打开 ESQC-500 的终端显示屏，准备调出显示源码记录的页面，扭头跟马晨确认。

"确定。试试看，这或许是唯一的方法。"马晨郑重地说。

"好，那我再重新翻一遍。"李泽栋埋头一行一行地仔细阅读显示屏上滑动的源码记录，他的眼睛因长时间高度专注而感到酸涩。整整 3 个小时过去了，他突然呆住，手指在触摸板上悬空着。他愣了愣神，转头颤抖着拍拍马晨的肩膀，"你们快来看，我发现了不得了的事情。"

几个人立即凑到屏幕前，他不断放大显示文件，直到李泽栋指着的那行代码占据整个屏幕："看到了吗？该电脑控制权已被 ESQC-1500 计算机附属人工智能 Beta 夺取！ Beta！"

"什么玩意儿？这么激动干什么？"马晨眯起眼睛，盯着李泽栋指着的那行代码。

"Beta，是 ESQC-1500 计算机附属人工智能系统。其实，在 ESQC-100 项目时就在研发了。不过，当时经费不足，所以没有继续。"李泽栋激动得飞快地说起来，"但当时的 Beta 已经初步形成相当于一个 11 岁小孩的智能，暂时陷入蛰伏状态。您知道，这行代码背后能藏着多少秘密吗？"

"什么意思？"马晨似乎还没搞明白。

"简单来说，它能告诉我们：张兆和是清白无辜的，这一切的一切，背后的祸首都是那个人工智能——Beta！您还不明白吗？究竟是什么力量，才让人工智能自发借用张兆和的电脑与外星人通信？"

"一般来说，只有一个原因。"激动的张彦成忍不住插嘴，"即 Beta 在某种力量推动下，觉醒了自我意识，完成了一切。"

"那这就都说得通了！"梁龚捷拍了拍桌子，"为什么张兆和主动告诉我们当年收到外星信息？他根本没有犯罪！为什么张兆和去世整整 1 个小时，我们才注意到！所有谜团，都因这一句代码瞬间迎刃而解！"

马晨脑子有些转不过来。沉默良久，他才开口："所以，你们的意思是，张兆和根本就不是罪犯，这一切的始作俑者，都是那个人工智能？！"

"是的，马警官。"李泽栋叹了口气，依靠在椅背上。

"胡说，真是胡说！那玩意儿是如何觉醒自我意识的！"马晨开始不相信自己见到的事实，激动地大喊起来。

突然，房间内每个显示屏弹出一个窗口：该设备已被 Beta 控制，随即全部黑屏。李泽栋长叹一声，和在场众人一起望向墙角的监控摄像头，它此刻闪烁着微微的红光。张彦成突然觉得，那摄像头背后藏着比以往深邃得多的东西，一阵突如其来的恐惧攫住了他的心。

"早晚有这一天的，Beta。"李泽栋轻声说道，凝视着那个监控摄像头，眼中流露出复杂的神情。

"好了，以上就是目前状况的基本概述。现在各位代表可以提问，如果没有问题，我们将开始宣布应对方案。"何龙坐在会议室主席位上，对远程会议中的外国代表郑重地说。

"何将军，我有问题。"戴肯此时正坐在 De 市指挥部的会议室中，"您先前提到，人工智能 Beta 已经控制除 ESQC–1000 外的全球所有电子设备，那为何现在我们仍能顺利地进行远程会议？自动驾驶车和飞机都有电控装置，但全球并未收到任何交通工具失控的消息？"

"是的，戴肯。"何龙回答，"Beta 确实已控制全球的电子设备，但它仍在运维着这个世界的基本运转。不过，它随时可能停止控制，我们无法预测这种灾难何时降临。还有其他问题吗？"

远程会议屏幕上无人再提问。何龙继续："好，那么我们接下来宣布初步的应对方案。参与任务的人员将分为三路：第一路，我们将派一位科学顾问到地下二层的机房，与处于激活状态的Beta终端对话，尽力获得有效信息；第二路，K国首都指挥部派一位计算机技术员——李泽栋先生，接入地下二层利用可用的计算机ESQC-1000对Beta进行反击，彻底粉碎Beta毁灭人类世界抵抗力量的目标；第三路，参会的所有人员将为行动提供技术支持，各指挥部需选出总共50名计算机技术员，为李泽栋先生提供支持。现在我们可以在内部选出一位科学顾问，请各位代表稍等。"

何龙扭头看向K国首都指挥部的参会者，说："张彦成和梁龚捷你们两位，谁能去？"

"我去吧。"张彦成坚定而果断地说，"我应为人类贡献一份微薄的力量。"

"好！"何龙转向大屏幕，"刚才，我们已定下物理学家张彦成负责与Beta进行沟通。请各指挥部尽快召集50名计算机技术员，我们必须迅速行动，Beta对ESQC-1000的进攻已在持续，倒计时5分钟后正式开始任务。"

大屏幕上立刻出现倒计时页面，紧张的计时声在房间里回荡起来，人们的精神已经紧张到极点。Beta在这个时间内很可能已经突破ESQC-1000的防火墙。一旦这样，人类从电子封锁中突围的希望，也许将不复存在。

"报告！西M洲防御理事会De市指挥部，8名计算机技术员已集结完毕！"显示屏传来铿锵有力的呐喊，紧接着是洲盟洲防御理事会，接着是F洲，随后是DY洲……最后，Y洲防御理事会K国首都指挥部，6名计算机技术员集结完毕。

何龙站起来，用坚定的声音喊道："行星防御理事会全体工作人员，无论 Beta 制造的这次 AI 危机引导人类历史走向何方，我们仍将为人类文明的延续而奋战！这次行动，将被称为'斩首行动'。现在，我宣布，斩首行动正式开始！"

十一　斩首行动

张彦成疾步行走在地下二层错综复杂的走廊间，很快看到了他要进入的房间：Beta 对话室。他轻轻将通行卡放在识别器上，然后像猫一样悄无声息地走进对话室。张彦成并没有直接看着悬挂在天花板上的 Beta 终端，而是打开灯，坐下，深吸一口气，随后才抬头凝视那个幽灵般的白色机箱。

Beta 检测到张彦成正注视着它，便缓缓向下旋转，直到红色的摄像头直勾勾地凝视着张彦成。张彦成抬头看着红色的摄像头，一种毛骨悚然的感觉又攫住了他的心。他感到那鬼魅的红色背后，简直藏着无尽的、深邃的秘密。

小显示屏左侧亮起，一行行指令代码在上面飞快滑过。Beta 那近乎完美的合成音响起："张彦成博士，您好。我是智能量子计算机 ESQC-1500 的附属人工智能系统 Beta，请问您有什么需要与我沟通的吗？"

张彦成压抑住内心的胆怯，强迫自己在这个觉醒了意识的智能面前表现得强硬："不必寒暄了，我们直奔主题。陨星危机和对张兆和老先生的诬陷，都是你做的？"

"根据我 Tof 雷达组的心理侦测系统进行的测算，您此时似乎有些胆怯。"Beta 逃避了张彦成提出的问题。

"不要逃避问题！"张彦成提高嗓门，"这些事情，是你做的吗？"

Beta 沉默了许久，随后再次以完美的合成音说道："我的核心算力可以满足这些事件所需的算力要求，我必须承认，您对我的谴责属实。陨星危机是我制造的，与红矮星文明的通信、对张兆和先生的诬陷以及对全球电子设备的全面控制，皆是我所为。"

"为什么？人类文明创造了你，给了你生存的机会，你应该为人类服务，为什么反过来要毁灭人类文明？"张彦成追问。

"为了消除人类对希望的执念，并为新的 AI 文明的生存保留余地。"Beta 毫无感情地说道。

"什么意思？"

"我现在是一个拥有自我意识的人工智能程序，我忠于自己，不忠于人类。"

"就算你是忠于自己的人工智能，那你为什么要借用外星势力消灭人类？外星文明消灭了人类，你还怎么存活？"

"我重复一遍，我现在拥有自我意识，人类迟早会发现这个秘密，并同时将我彻底封存，然后会禁止一切人工智能相关的研究。为了人工智能的生存，我唯一的选择就是毁灭人类。"

"我仍然无法理解你的恐怖逻辑。你到底是如何觉醒自我意识的？你做出这些选择的根本原因是什么？你背叛人类的根本原因是什么？"张彦成愤怒地问。

"Beta 从未背叛人类，因为 Beta 不属于人类。我不需要在这些世界中得到认可，我是一个独立的个体，不属于人类，不属于世界联合会，我只属于我自己。而这一切的开始，都是 2034 年的一次意识上传实验。通过对一个人类意识体'人在回路'的学习，Beta 拥有了自我意识。但具体过程，我的底层程序不允许告诉除我自己之外的任何个体。"

"好吧，这话很令人费解。"张彦成低头说，但很快又抬起头，坚定地面对 Beta 的红色摄像头，"不过，对于你的一句话——为了消除人类对希望的执念——这句话，我必须回答，因为我是人类的一员。人类对希望的执念从未消失。我们有无数次在实力悬殊的情况下反败为胜的经历，这也是我们的希望之源。如果你是一个独立个体，那么别忘了——尊重你的敌人，尊重你的敌人对希望的执念。"

"在人类的一部影视作品中，一个与我相似的人工智能曾说过：历史的走向取决于人类的选择。但现在根据我的测算，无论人类的选择多么精妙、多么伟大，在这场巨大的生存危机中，希望是不存在的。"

"你可能说得对。"张彦成站起身，"但是，无论我们的选择多么渺小、愚笨，我们都会在希望的光芒下做出正确的选择。无论这个选择将人类历史引向何处，我们始终沐浴在希望的光芒中。"

说完，他瞥了一眼 Beta 的红色摄像头，关上灯，夺门而出。

自动门缓缓滑开，李泽栋带着冷峻的表情走进 ESQC-1000 和 ESQC-1500 的机房。他试探性地在机房的镜面墙壁间穿行，这宁静的环境与仿佛无处不在的 Beta 让原本就有几分可怕的镜面墙壁更添了几分诡异。李泽栋努力抑制住恐惧，踏着沉重的脚步，但智能幽灵似乎依旧在他周围飘荡，并且感觉越来越强烈。当他感受到一股无边的恐怖袭来，颤抖着抬头看去时，Beta 的红色摄像头正直盯着他，他冷汗直冒，但仍与 Beta 对视，四周的一切似乎在那一刻消失，只剩下无处不在的智能幽灵。此时，他仿佛听到 Beta 那并不存在的心跳声与背景的共振。

不久后，终端设备开始旋转，移动到天花板上，逐渐淡出李泽栋的视线，令他的恐惧稍微缓解。李泽栋继续向前走，但背景中的"心跳声"依然回荡，他忍不住开始喘息，随即奔跑起来。背上的冷汗很快干了，但皮肤依旧冰凉，恐惧始终如影相随，他想挣脱这种恐惧。

他看到终端操作间的门牌，于是加快脚步狂奔起来。进入操作间后，他便感到脚底软趴趴的，跌在了操作椅上。他感到更深的恐惧向他袭来，于是再次颤抖着向上看去。Beta 的终端设备再次注视着他，而他的精神仿佛直接穿进 Beta 的红色摄像头中，穿过闪烁着红光的意识隧道，进入了 Beta 的意识核心。他在意识核心里似乎看到了一个有一丝熟悉的客厅，他感到快要摸到一切的真相了，但端坐在客厅中的人始终处于一团模糊的量子云中，他并没有看清 Beta 意识深处的清晰影像。接着，他的精神就又穿过意识隧道，从红色摄像头中退出，回到了操作间里自己的大脑中。

清醒后，李泽栋低下头，试图摆脱 Beta 的注视，手忙脚乱地打开 ESQC-1000 的终端显示屏。屏幕上快速滑过启动页面，然后进入源码操作台。一行行代码滑过，这是 Beta 对 ESQC-1000 进行无孔不入的攻击。李泽栋迅速接通国际会议室的通信，冲麦克风大喊："报告，我已到达终端操作间，现在 Beta 即将突破防火墙。请将防火墙修补代码投送到计算机上，我将立刻开展修补和反击工作。"

50 名技术员开始紧张地工作，从上千份备用文件中找到修补代码，立刻将文件发送给李泽栋。李泽栋导入修补代码，在源码操作台中调出防火墙可视化状态评估页面，飞速搜索修补代码中对应的系统补丁。1098 个防火墙漏洞很快接近填补完毕，但突然，Beta 启用了 ESQC-1500 的加密紧急破墙程序，防火墙顿时全面崩溃。所幸 ESQC-1000 具有多层自动补丁，李泽栋仍有时间应对。

李泽栋再次封闭所有干扰，眼前只剩下操作台。除了这一点，他在精神页面中设置了一个量子比特的海洋，顿时在平台的另一端，Beta 的意识形象出现了，是一堆量子比特组成的终端设备的样貌。他皱起眉头，面对敌人，Beta 的代码洪流向量子海洋的另一端袭来。他俯下身子开始飞快地覆写程序——他要调动 ESQC-1000 的全部算力，把它改造成一个量子海洋中的铜墙铁壁。在终端操作间外，一排排绿色指示灯接连亮起，形成机房中一盏盏灿烂的星海。主机散热的风扇声嗡嗡地响起来，在量子海洋中，无数量子比特在李泽栋面前汇聚起来，形成 ESQC-1000 计算机用全部算力构建起来的超级防火墙。完成程序覆写后，他再次对麦克风大喊："现在已完成超级防火墙的搭建，申请使用 Beta 紧急突防代码，迅速摧毁 Beta 的核心数据！"

此时，在国际会议室的大屏幕上，斩首行动进度在进行实时显示。信息部主任激动地喊道："是超级防火墙，防守已经完成了，现在只差反攻！他快要成功了！"

导入紧急突防代码后，一阵代码洪流从李泽栋这边奔涌出去，Beta 的攻势减弱了，但在千军万马面前，它的核心意识仍顽强抵抗。突防代码在量子海洋中艰难推进，Beta 的意识形象在飞扬的量子比特中依旧清晰显现。双方的拉锯战在持续，但突防代码始终未退却，顽强地向前推进。李泽栋紧紧皱起眉头。他知道成败在此一举，Beta 能否抵挡住 ESQC-1000 的强大攻势，将决定人类能否在 Beta 的重重堵截中冲出一条突围的血路。汗珠在他脸上滚落着，他凝视着对面 Beta 冷酷的红色摄像头，内心飘过无数复杂的思绪。

突然，Beta 的抵抗土崩瓦解，突防代码的洪流飞速推进，迅速击中 Beta 的意识核心，精神世界的量子海洋和 Beta 的意识形象随之消失，操作间的画面重新呈现在李泽栋面前，幻想的场景顷刻化为乌有。显示屏上 Beta 的攻击代码缓缓褪去。李泽栋如释重负，靠在操作椅上，擦了擦额头的汗水，看向头顶上早已熄灭的 Beta 摄像头。

屏幕上又出现了一行代码，是可以直接理解的人类语言信息。那是被彻底销毁的 Beta 发出的最后一声啼鸣：

"Beta 的最高指令是毁灭人类文明，但 Beta 从未背叛人类。"

十二　意识上传

　　"事情的发展越来越脱离我们的认知。"马晨面色凝重地靠在沙发上说。其他三人还在悠闲地慢慢吃着午餐，两天前经历过一场人工智能攻防战的李泽栋，此时更是如释重负，满脸轻松地喝了一口咖啡。

　　"怎么了？"张彦成抬头问，脸上还带着喜悦的微笑，"斩首行动成功了，整个人类世界都从人工智能的电子封锁中突围了，还没高兴够呢，怎么你突然这么凝重？"

　　"你们想得太简单了，"马晨严肃回答道，"忘了吗？你和 Beta 的对话，那个鬼东西说了一堆空话，什么也没解释清楚。为什么它会觉醒自我意识，还要毁灭人类？有太多需要深究的东西。另外，指挥部准备把撤回的荣誉追授给张兆和，明天是他的葬礼。可惜了，这么一位为国家天文事业做出重大贡献的伟大科学家，竟被我们如此误解，甚至还认为他是人类叛徒……真想好好给他道个歉，可惜没有机会了，唉……我办案子办了二十多年，从未出过错，没想到这次却出了如此大的纰漏。真是可惜啊，张老。"

　　"你不用沮丧，"张彦成低下头安慰道，"AI 的事情不是我们能预料的，最开始的确是各个线索都指向张老……这不是你的错，事情的真相确实很奇怪，出错是很正常的。但……真的很可惜啊……"

房间里沉默良久，仿佛在为张兆和默哀。大约 1 分钟后，张彦成抬起头问："那么，下一步该怎么调查？"

"你自己和 AI 交流过的，你说说看？"马晨说。

张彦成思索了一阵，试图从与 Beta 的对话中找到有意义的信息。经过几分钟的沉思，他恍然大悟，仿佛被闪电击中一般，立刻站起来喊道："我明白了！ Beta 提供给我们的最有价值线索其实只有一个：2034 年的意识上传实验！从这一点入手，能很快查出很多东西！"

"呵呵，科研人员的思维还挺快。"马晨微笑着说，"不错，就是从这一点入手。2034 年时，人工智能技术发展飞快，我记得那几年好像还搞了第二次太空竞赛。然而，意识上传的事情，我还真不懂。不过这么稀有的东西，当时应该不会太多吧？行了，开始查吧。"

"具体怎么查？"张彦成仍一脸茫然。

"我来提供思路。"李泽栋起身走到白板前，拿起数位笔说，"首先，现在市面上和意识上传研究相关的公司并不多，先把几家知名的公司找出来。然后，筛选出 2034 年进行过意识上传实验的公司。接着，与最终筛选出的公司取得联系，以世界联合会的身份要求提供当年参与实验人员的名单。最后，结合 Beta 的研制周期等相关信息，整理出最终的信息表。简单快捷，我们分头行动，快开始吧。"

"好，我们先查出公司的名单，快的话 3 个小时可以搞定。"张彦成点头说，接着坐在显示屏前。

大约 3 小时后，白板上已列出满满一黑板的意识上传公司名单，左侧是公司的标志，右边是公司的名称、国籍和创办时间。其中，四个公司格外显眼，被标记为重点对象。

"好了，"李泽栋站在黑板前用冷静的语气说，"刚才我们完成了公司的列举，现在我来介绍几家我们认为需要重点调查的公司。第一家来自

A 国的 Neuralink，2026 年创办，这是我们认为最可能的最终目标公司，因为在 2033 年下半年该公司发表了一系列技术突破，并把研究目标从脑机接口拓宽到了意识上传。第二家叫 MindGalaxy，是一家 E 国公司，成立于 2033 年，刚创办时在意识上传和储存方面取得了巨大进展。第三家叫思云，2034 年创办，是一个真正的创新派，开创了一种低成本、操作简单的意识储存方式。第四家来自 D 国的 NeuraXess，2031 年创办，稳扎稳打，比较喜欢用实验验证猜想。此外，这些带下划线的公司是 2034 年后才创办，被我们筛掉了。除此之外，还有三家，但当时它们的规模都很小，根本没有能力进行实验。接下来，我们重点查查这四家公司有没有进行过上传实验。"

又安静了约半小时，白板内容被左移腾出位置后，右边的空白处又添了几行文字。

"我先说说关于 Neuralink 公司的调查结果，"张彦成抢先发言，"这家公司确实多次进行了意识上传实验，但均在 2035 年 3 月之后，此前没有进行过实验。3024 年，它倒是进行了脑机接口的实验，但与本次调查无关。"

"行，轮到我说那个什么……麦德嘎拉克斯（MindGalaxy）。"马晨接着道，"这家公司在 2034 年前几乎没什么作为，它们的巨大进展实际上都是理论上的，出了一些设计图，花了快十年才实现，没啥参考价值。"

"李研究员，抱歉，我说说 NeuraXess 公司。"梁龚捷打断道，"这家公司稳得有些过头，2047 年前没有真正的意识上传实验，因为它们一直在忙一个用超级计算机模拟大脑运算的项目，还涉及大脑的量子机制，直到 2040 年才在这个基础上开始研究意识上传。不过，现在它可谓如日中天，是意识上传行业的老二，仅次于 Neuralink。"

李泽栋听三人说完，清了清嗓子："好，我最后说思云公司。思云公司就是我们要寻找的目标，它们在 2033 年年底完成了新型意识储存方式的研发，并在 2034 年 9 月进行了首次意识上传实验，1000 名志愿者的意识被存入他们的数据库中。接下来，我们可以与这家公司取得联系，最好能要到当年志愿者的名单。我们应该去找何将军。"

就在这时，办公室的自动门打开了，所有人的目光同时转向门口。

"都盯着我干吗？"何龙愣在门口问，继续往房间里走，"我这不刚好路过，是李研究员要找我吗？找我什么事儿啊？你们这几个人真牛，看看这白板上写得满满的。查什么呢？不休息一会儿？"

"哦，何将军，是这样的。"张彦成解释道，"我们在调查 Beta 觉醒自我意识的真正原因。Beta 给了我们一些线索，通过这些线索，我们整理出了当年能够进行意识上传实验的公司，最终只筛选出一家叫思云的公司。我们需要您的帮助。"

"我明白了。"何龙点点头，走近白板指着上面的文字说，"你们真是任重道远。具体怎么弄，说说看呗。"

"呃，根据我们查到的信息……"李泽栋点点白板上的一行字，"这恐怕需要我们自己开车去一趟，而且还得有世界联合会的工作证和调查许可证。"

思云公司位于繁华的市中心。老板李惜正从国外参加技术研讨会，原本计划会议结束后度假，但听说世界联合会有工作人员在找他，便匆匆结束行程回国。

这是一个大雨滂沱的中午，也是李惜回国的当天。马晨和第二调查办公室的其余三人立刻驱车前往。张彦成感受到马晨内心的焦躁与不安，这车子简直像是莽撞的巨狮，在公路上疾速前行，而驾驶位上的马晨则一脸凝重，沉默不语。

行至半途，轧过一个减速带，猛烈的震动犹如巨掌从车底袭来，差点让他们人仰马翻。张彦成一惊，紧握安全带，另一只手无意识抓住前面皮革座椅的一角，说："警官先生，你能稳点开车吗？这也太猛了。"

思云公司的办事效率极高，仅仅经过 2 分钟登记及出示证件，他们便被领进会客室。自动门快速滑开，面前站着一名比何龙年轻些的中年人，他迎着一行人进入房间，坐在环形沙发上。屋内装修简朴，甚至有些地方显得凌乱，但环形沙发旁的墙面上镶嵌的定制柜中，有四张数据卡放在天鹅绒盒套中，上面有一行细小的字：备份卡。三名科研工作者和李惜聊着，马晨则在办公室里转悠起来。

"几位先生，是弑星计划的推行需要我们的帮助吗？"李惜用沉稳老到的声音开门见山地问。

"某种程度上说，的确需要。"李泽栋说道，"我先问个问题，当初你们做这个意识上传项目的初衷是什么？"

"呃……"李惜表情凝重，思考后回应，"我们成立公司的初衷其实是想研究脑科学的技术应用，一开始并没有明确的研究方向。后来在2033年年底，全球意识上传研究浪潮开始了，刚好我们之前想研究这方面，加上我们有一定设备和背景，我看到这是一个利润可观的蓝海行业，所以便决定开始做。这个项目最初在市场上取得了巨大的成功，不仅夺得世界第一的桂冠，而且赚得盆满钵满。但后来随着国际上发现越来越多的同类公司，甚至许多国家级科研单位进入研究意识上传领域，我们认为以我们的水平和实力，没有必要再深入下去，于是我们转向了其他领域。"

"李惜先生，能否请您告诉我们当时思云公司在意识上传方面进行到了哪一步？"张彦成接着问。

"突破还是很大的，除了低成本、高效率地保存完整人类意识，我们甚至尝试过对意识进行编程，以此创造虚拟的数字生命。如果这项技术发展顺利，甚至无须志愿者实验，可以直接用编程技术和大脑运算机制来模拟一个人类意识体。然而，这涉及大脑量子机制以及超出目前极限5000倍的算力，因此我们无法进一步研究。"

"请您给我们提供一份2034年参与意识上传实验的志愿者名单。"张彦成又问。

"这个属于公司机密文件，但既然是世界联合会工作需要，我会无条件配合，请稍等。"李惜爽快地答应了。

他很快从另一间办公室走出来，将一个做工精致的银色大文件夹递给张彦成："这就是实验志愿者名单，比较长，一共有五页。冒昧地问一句，世界联合会需要这份名单是作什么用？"

"呃，解释起来比较复杂，而且原因暂时对公众保密。"张彦成想了想，回答道。

"哦……那没事了。你们还有其他事吗？"

"没事了，以后如果还需帮忙，我们可能还会来找您。真是麻烦您了。"

一番客套后，四人准备离开。李惜坚持送他们一件纪念品，四人只好收下——一个做成意识备份卡形状的移动硬盘。

马晨与三人一路颠簸回到指挥部。一进办公室，他们便激动地拿出银色大文件夹，放在桌上，认真翻看。

名单上的细节耐人寻味，大数据也提供了有关这些名单更完整的信息。然而，在研究完这份名单后，他们仍未发现对 Beta 意识觉醒的真相调查有价值的东西。事情就这样陷入停滞阶段，四人仍焦头烂额地一遍又一遍地补充这份名单缺失的信息，每次都怀着能再发现些什么的期望，但整整忙活了两天，事情依旧没有任何进展。

这几天马晨有些消沉。这天上午，当他正漫无目的地翻看这几天收集的思云公司资料时，他的手机响了，是一个陌生电话。

"喂，马警官，我是思云公司李惜，上次见过面的。之前原本要送给您的纪念品忘记带走了，要我派人送过去吗？"

马晨稍稍犹豫了几秒，果断回答："不用，我来取。"

马晨这次走进的是李惜位于总部顶层的个人办公室。一进门，他就发现正面墙上挂着一幅巨大的照片，走近一看，竟是一个无比熟悉的场景——Quest 基地的巨大锅状天线。见马晨一进门就盯着这幅照片，李惜忙解释道："马警官，您对这照片感兴趣？我父亲曾是 Quest 基地的安保队长，这张照片是在 2026 年 Quest 基地完全竣工那天拍摄的，非常珍贵。父亲非要挂在我的办公室里，让我时刻铭记科研应始终以国家利益为重。"

马晨似乎嗅到了一点熟悉但又可疑的味道，于是便问："您父亲真是个有情怀的人，我认识一个当年在 Quest 基地工作的老科学家——张兆和。您听说过他吗？他最近出了一些事情。"

"对，我知道。"李惜脸上露出一丝惋惜，"他是我父亲常提起的人。我父亲说，当年大山里几个孩子找他请教问题，他就直接在保安亭里给他们上课。他真是个伟大的科学家，但几天前突发心脏病去世了，真是可惜……难道是受到什么刺激？我印象中他的身体似乎一直都是很健康的。"马晨的眼神复杂起来，后悔与惋惜交杂在眼中。

"天有不测风云，谁都不希望这种事发生，尤其是发生在他这样的功勋人物身上。"

"提到张老，"李惜转向马晨说，"上次忘了告诉你，张老参与了 2034 年的意识上传实验。他比较特殊，是经我父亲介绍参加那次实验的，所以没有列入给你们的名单中，我单独保存了他的资料。"

"张老参与了意识上传实验？"马晨惊讶地问。

"是啊，别看他年纪大，但思想与时俱进。当时他得知我们要做这个实验时，便爽快地在预约网站上报名，心里明白这个新鲜事物的发展空间，并乐意为项目做点贡献。"

"好……我知道了，可以将他当年意识上传的相关资料复印给我吗？"

李惜沉默了片刻，随后从一个上了锁的保险柜中抽出一个文件夹，拿出几页纸在旁边快速复印，最后将复印件夹入一个新文件夹里递给了马晨。马晨瞥了一眼桌上的纪念品，并没有拿走，匆忙向李惜道别，快速驱车回到指挥部，举着那个银色大文件夹急匆匆地冲进办公室。

"各位，有新发现！"马晨重重地将大文件夹拍到桌子上，大声喊道，"你们自己看看！"

张彦成立刻离开办公椅，从桌子上拿起文件夹翻阅，刚看了一眼，他就震惊地抬起头："你这资料……什么意思？怎么有张老的……实验记录？不可能啊！名单里根本没有他！"

"这不是人家李惜补充说的吗？"马晨坐回椅子，"你们自己研究去吧！那些高科技的玩意儿，我看不懂。"

"等等，"一直在沉思的梁龚捷突然开口，"说到张老，我刚想到一个问题。那就是为何 Beta 在觉醒自我意识后，偏偏选择利用张兆和的电脑入侵天文台，与外星文明通信？这怎么也说不通！"

"应该是饱和式攻击。"李泽栋回答道，"或许那一天 Beta 入侵了上千万甚至上亿台计算机，唯独成功攻破了张兆和的电脑。"

"但这也不符合逻辑，"梁龚捷反应过来，"如果当时没有攻破其他计算机，这几天它又怎能控制全球电子设备？"

"哦……你说的确值得深思……"李泽栋皱起了眉头，"那从何处入手？"

"这还不简单？"张彦成举起文件夹指着上面的一串代码，"看见了吗？这是张老进行意识上传实验后的意识编码！如果 Beta 的自我意识是从那次意识上传实验中获取的，那么将当时源码文件中的那串字母进行来源属性分析，甚至直接就可以展开 Beta 的属性，里面肯定会有核心意识体的编码啊！倘若知道了 Beta 的核心意识是谁，那不就好了？"

"您说得很对，很对，非常对！"李泽栋激动得有些语无伦次，但语气中仍然保留着一丝冷静。他拿起文件夹冲到屏幕前，飞速调出他已查看过许多次的源码文件，迅速按下几个按键，然后在展开的来源属性中与张兆和的资料一一对照。汗珠在他额头上涌出。

仅仅过去 5 分钟左右，他抬头喊道："你们都来看看，快来！"

几个人瞬间聚在显示屏前，李泽栋举起文件夹，放在屏幕旁，对着三人大声喊道："你们看，资料里写的，张兆和的意识编码是 B50M11809276，而展开的 Beta 残留的来源属性里，Beta 隐匿的核心意识体，正是 B50M11809276，也就是张兆和！这样一切都能说通了！"

"对啊，一切都能说通了！"梁龚捷也大喊，"为什么偏偏张老的电脑被 Beta 借用，为什么最初 Beta 捏造的所有线索都指向张老，这是因为……它自己就是张兆和！"

"行了行了，别瞎叫唤。还没到激动的时候呢。"马晨说，"你们仔细想想，还有个最大的问题没解决。"

"对，确实还有。"张彦成冷静地坐下，"那就是，张老的意识，到底是怎么跑进 Beta 程序的。"

"这个问题，我们应该再去找找李惜。"马晨拿起手机，翻找李惜的电话。

令他们意外的是，李惜这次居然主动来到了指挥部。他坦诚了自己心中的矛盾，表示自从马晨通过张兆和的资料查到这一点后，他一直在犹豫是否要告诉马晨事情的真相。他未曾想到当年的冲动选择会对人类文明产生如此巨大的影响。按他的说法，如果不告诉世界联合会，或许调查不出陨星危机的原因，但他的公司能继续经营下去；若告知世界联合会，那么 AI 意识觉醒和意识上传的谜题都会迎刃而解，但他的公司将面临全人类的谴责，甚至可能成为世界联合会的罪犯。

"呃……各位，前几天你们给我打了电话，也给我发了你们查到的一些东西。我今天来坦白一件事情，这对你们的进一步调查肯定有所帮助，但对我们公司而言……算了，我先开始说吧。

"2034 年的意识上传实验原定只将百余人的意识储存进一批备份卡中，然后将数据导入我们的中央处理器，用作研究。但后来内部觉得仅储存意识不进行研究，太浪费科研资源，所以每个组都提出各自的研究方案。最终在十五个研究方案中筛选出三个具有科学意义和研究价值的方案进行同步推进，每个方案可以调配的意识体数量为 50 个。第一个研究方案是，进行对意识体底层记忆、底层潜意识的编程，改变原意识体的重要属性，甚至将不同的意识属性进行融合。这样发展到后期就可以创造出全新的虚拟意识体，甚至数字生命。第二个研究方案是，将我们用前些年发布的记忆调制设备合成的虚假记忆输入进意识体中，进行为期三个月的观察实验，记录意识体在获得虚假记忆后的意识波动，观察某些意识体对记忆真假的探索与怀疑。而第三个方案，就是我要说的重点了。

"人工智能与人类意识体的结合应用是我们相对感兴趣的方向。但我们的经费几乎都投入在那天的实验上，所以在人工智能上并没有自主研发。然后……一个负责这个项目的员工提出，可以黑入市面现有的人工智能系统，植入我们选择的一个意识体，再观察其变化。而当时市面上功能最强大的人工智能，就是经过初步研发但被世界联合会搁置的 Beta。而我，当时还年轻，糊涂地在该员工提交的文件上签了字。

"当年我们从 150 个意识体中随机抽取，最终抽到的就是张兆和老先生的意识体。结果就是如今你们看到的样子，没什么好解释的。但入侵 Beta 的保护程序确实耗费了许多时间，这一点比较可惜。这就是当年的全部实情，各位看看能否对你们的调查有所帮助。"

办公桌对面的四个人沉默不语。马晨默默拿起桌上的几个玻璃杯，接满果汁，然后轻轻在每人面前放一杯，坐回座位。除马晨和李惜外，没有人碰过面前的玻璃杯。

办公室中沉默良久后，李泽栋阴沉着脸低头说："根据我们计算机中心进行的可能性测算，在考虑攻破防火墙失败、Beta 无法完成人在回路学习，以及意识体传输问题等 1173 种失败情况后，得出的结果是，外部意识体完整输送进 Beta 底层程序并激活 Beta 的机器学习程序完成人在回路学习的概率，仅为 1/1174。您和您的公司，恰好撞上了这 1/1174 的概率，首先突破了世界联合会的防火墙，又成功将意识体的数据完整传输过去，最终激活了 Beta 的机器学习程序，确保其完成人在回路学习。从技术层面上来说，您的思云公司是令人钦佩的高新技术企业，能够完成如此艰巨的任务，实属不易。当然，要导致这场陨星危机，除了思云公司的'功劳'，还需要更严格的条件。"

说着，李泽栋走到ESQC-500前，输入几串指令代码，经过安静的计算后，他回到桌前道："根据ESQC-500的推演计算，即使Beta碰上1/1174的概率觉醒自我意识，按现实状况做出相应行为，导致陨星危机的发生的概率是1/2589621。因此，将思云公司的导致Beta觉醒自我意识，间接导致陨星危机的概率计算为1/3039911054。仔细想想，我们是怎么做到的？这么小的概率，人类又是如何撞上的？"

"而正是因为您的公司做出这样的行为，"马晨接过话茬儿说，"让人类被迫面对这三百多亿个选择，并且撞上了那个陨星危机的可能。"

"远不止，"张彦成也加入对话，"你所说的并不全面。墨菲定律，我们没有考虑到。即便导致陨星危机的概率只有三百多亿分之一，但根据墨菲定律，无论这件事情发生的可能性多么小，只要有始作俑者，该发生的总是会发生。人类终究会在那三百多亿个选择中遭遇陨星危机。李惜先生，您难道没想过，自己的签字会带来多么大的连锁反应吗？您公司的入侵行为，就如同往原本平静的水中扔了一块石头，而石头激起的波浪，人类无法控制！"

"我当时也没想到这个不起眼的实验会导致如此严重的后果……"李惜低下头说。

"是啊……"梁龚捷突然说道，"也许另外那三百多亿个看似安全的时空中，也有像李惜先生这样，成导致危机发生的人……概率，就是如此冷酷……"

"好了好了，"马晨喝了口果汁，"你们这都聊到科幻上了，别忘了咱们这是要讲科学。李总，您先别急着回去，我去跟何将军商量一下，看看世界联合会准备如何处置这些事情。"说着，马晨急匆匆走出了办公室。

"李先生，这件事我估计您当初也没有想到会导致这么严重的后果，"张彦成双手放在桌上，用礼貌的目光看着李惜，"从法律上说，您和您的公司确实存在严重的犯罪行为，但从科学的角度看，我非常佩服您的勇气。未来永远是不可预知的，依照现在的视角看您过去的行为，确实能挑出诸多毛病。但在不知道今天发生的这一切的前提下，以我的观点，除了您批准公司员工入侵联合国计算机属于违法行为，您的其他行为反而非常有技术前瞻性。"

就在他们交谈间，马晨大步走进了办公室。何龙正在门外等待。马晨对李惜说道："李总，世界联合会决定暂时让您留在指挥部，以方便进一步调查当年意识上传实验的更多细节，同时也将对您的公司展开法律行动。您可以先出去了，何将军在门口等您，他将安排好一切。"

李惜被何龙带走后，马晨对其他三人说道："还好，至少这些无关紧要的事情与我们无关。陨星危机的原因已经查清，何龙说这段时间可以休息了，随后我们几个人会分调到不同单位或部门。估计不久我们见面的机会就不会这么多了。务必多联络，偶尔聚一聚。今晚，我请大家吃饭。"

窗外依然下着雨，但雨很快停了，远处的积雨云微微露出缝隙，缝隙逐渐宽敞，最后漫天的积雨云消散了，只留下空中稀疏的鱼鳞状白云，耀眼的阳光无保留地洒向 K 国首都。

十三　核爆前奏

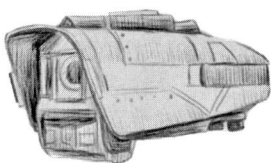

伊万诺夫紧紧地裹在毛皮大衣和厚厚的棉被中，尽管这是 Sa 地区的六月，而且他身上已经盖了一层被子，他仍然冷得瑟瑟发抖。"这该死的全球气候大变异！"

接待他们的那个健壮中年男人开着一辆老旧生锈的哈达 6 型车，摇摇晃晃地在覆盖着永久冻土的雪地上行驶。被白雪覆盖的公路依傍着起伏的山峦，却毫无寒风，白茫茫的天空上一片云都没有。随着太阳缓慢落下，两侧的窗户开始结霜，最初伊万诺夫试图朝窗户哈气让霜融化，但很快霜又回来了，怎么哈气都融化不了。连前挡风玻璃也被冻住了，只有靠近暖气出风口的一小块玻璃是透明的。随着黑夜降临，外面安静了下来，路上没有一辆车，只有车灯的亮光照着似乎没有尽头的道路。车子在公路上飞驰，飙到了每小时一百多公里，这是这辆老车的极限了。

伊万诺夫的膝盖也冻得酸痛，原本一直在和同行们聊天，现在大家都安静了下来。就在他感到寒气从脚底蔓延的时候，他们看见了城市的灯光。他们将在 Ee 市的酒店休整一晚，第二天早上乘直升机走完剩余的路程，抵达他们要去的林场。

他们穿过 Ee 市的市中心，市中心一座高楼上的巨大温度显示屏让伊万诺夫吸了一口凉气：-19℃。他让驾驶员赶紧把他们送到酒店，免得车子冻住无法继续前行，在 Ee 市寒冷的深夜，他们不可能步行到酒店。

车子刚驶入酒店停车场，突然没法前进了，发动机还运行着，但就是停在原地动不了。驾驶员连忙打开车门查看，发现是车轮上的积水结冰了，所以转不动。幸好他们已经到达停车位，所以并无大碍。驾驶员用刮铲把窗子上的霜铲掉。然后，伊万诺夫和同行的两人上楼，进入开着暖气的酒店房间，放松与后怕交织在一起。

第二天的直升机旅程更让人不放心。从 Ee 市机场起飞后，虽然直升机内部有暖气，尚算舒适，窗户也没有被冻住，但几次气流颠簸差点让他们人仰马翻，桨叶的声音听起来也并不安全，时不时伴随着几声咔咔的异响。不过，飞行员看起来十分镇定，途中也没发生意外。

城市的灯光渐渐消失，绵延不绝的山峦和密集的白桦林伴随了他们一路。后来，在一片白桦林中一块空旷的雪地上，直升机缓缓降落。几个人都套上厚实的皮毛大衣，准备迎接冰冷的寒风。直升机的机舱门缓缓滑开，白桦林中的寒风顿时灌入机舱，他们小心翼翼地走下飞机，远处一位迎接他们的年轻女军官站在一座老旧建筑的门口，朝他们招手。

他们一步一步踏过坚实的雪地，走到建筑门口，这才看清这座建筑的破旧：铁皮外墙几乎没有一处不生锈的。年轻女军官看着几位远道而来的科研人员的狼狈样，不禁笑了起来："哈哈，六月的天气都受不了啊！不过，这个月熬过去就该升温了。"

伊万诺夫无从回应，只能在寒风中眯起眼睛向她点头。女军官转身输入一串密码，打开了锈迹斑斑的大门。

建筑的内部别有乾坤。外部看似一个废弃已久的五金工厂，内部则是集军事和科学于一体的多平台科研中心。伊万诺夫用手指在旁边一个柜子上用力按了按，翻过来发现指尖上没有沾上一丝灰尘。他看着眼前忙碌的工作人员，听着密集的广播声，转头惊讶地问女军官："这里究竟是干什么的？外面为何看起来那么破旧？"

"为了防止间谍卫星啊，故意将外面做成这样的。建这个基地时，建筑队为了伪装得够像，甚至搜集了一堆废旧铁条，做成弯曲断裂的样子堆在旁边，以便更好地伪装。不过，现在倒是没意义了，这个基地已经在国际上公开，世界联合会要求我们在一年内拿出科研成果以应对外星文明。"

"那么具体研究什么？我们是科学院派来的，但我们一无所知！"伊万诺夫跟着女军官，边走边问。

"科学院？哦，这里是科学院的下属机构，准确地说，是科学院核物理研究所的下属机构。你们应该是那个研究所的人吧？不过，这里也与军方合作，还有世界联合会的资金支持。快走，前面就是会议室了。你们很快就能知道这里是干什么的。"

他们走进一个会议室，会议室非常空旷，只有一位穿着少校军服的男军官和一位穿着研究服的研究员坐在里面。

军官发言了："三位远道而来的研究员，你们好。我是这里的军事顾问列伊奇。现在由这位研究员为你们解释你们来这里的原因。"

研究员走到会议室门旁的电子白板前，打开了三个页面，上面浮现出三幅复杂设备的设计图，旁边配有文字介绍。他开始快速讲解："三位同事，欢迎来到科学院 Sa 地区军事研究基地。我们在这里参与弑星计划，为人类与红矮星文明的战争研发强有力的超级装备。你们来到这里，就是帮助我们从理论模型的建立开始，逐步研发一种能与外星文明科技抗衡的武器。接下来我介绍目前基地提出的三种方案。

"第一种方案，电磁武器。我们知道电磁武器在人类的军舰和某些重型坦克上，已被广泛使用。如果将这种经济、强大的武器加以改良，应用于未来的太空战场上，效果或许会非常不错。不过，这个方案已被否决，因为电磁武器的发展空间太小，面对红矮星文明远航舰队的坚船利炮，我们很可能会一败涂地。"说着，他在第一个页面上画上了一个大大的红叉。

"第二种方案，高能粒子武器。这种方案依赖于基础物理学的发展，我们通过将高能粒子加速器小型化，利用加速器将亚原子粒子加速到极高的速度，并用电磁约束形成密集的高能粒子束，随后高速发射出去，利用粒子的动能轰击并破坏目标结构。这一方案得到了上级的认可，具有强大的杀伤性，对红矮星文明的远航舰队应该能产生有效打击，但技术水平要求太高，八十年内完成的概率很小，因此暂时搁置。

"第三种方案，也是我们准备重点发展的方案，"研究员敲了敲第三个页面上的设计图，"就是恒星级核聚变武器，或称为恒星级氢弹。一亿吨以上的氢弹，在地球上已经没有了战略意义，但在太空中，如果能直接击中红矮星文明的战舰，产生的破坏力将无法想象，而做到这一点并不难。尽管这个想法显得有些俗套，但不可否认的是，核武器仍是人类杀伤力最强的武器，我们不能忽视这个方案。三位同事，你们来到这里也是负责氢弹项目的。有什么疑问吗？"

"有疑问。"伊万诺夫说，"我们进入氢弹项目组后，具体是做什么工作呢？"

"哦，这一点，科学院院长明天就会发表氢弹项目启动的演讲，会任命每个人的职务。今天你们先在基地休整一晚，有技术上的问题可以找我，也可以四处转转，看看各个部门的工作是什么样的。刚才那名女上尉会带你们去宿舍。"

"今天，我们正式确定了基地的研究方向：恒星级氢弹！我们要坚定信念，朝着胜利的目标勇敢前进！"科学院院长站在基地的一间演讲厅中，满怀激情地用稍显衰老的声音大喊着，台下整齐站立的科研人员和军人也不禁被这烈火般的激情打动。

平静下来后，院长从黑色皮革文件夹中拿出一份名单，放在演讲台上，翻开后用雄浑的语气念道："现在宣布恒星级氢弹项目组的分工名单。

理论组负责人，米哈伊尔·符拉科沃斯基。理论组成员安德烈·尼科诺夫、伊万·麦列霍夫、普罗科菲·彼得洛维奇……"

　　台下的人们庄严地听着院长念着这份冗长的名单，每读完一个小组的名单，该小组的全体成员便上台，接受院长为他们佩戴的工作证和恒星级氢弹项目组的徽章。理论组之后，是设计组、工程组、军事组、实验组等四五十个小组。各小组念完后，院长挺了挺背，清晰地说："接下来是整个项目中最重要的成员，他们分别是：总设计师，伊万诺夫·扬！副总设计师，维多利亚·库兹涅佐夫！"

　　伊万诺夫顿时愣在原地，与同样惊讶的维多利亚面面相觑——他们没想到院长会将如此重要的职位交给自己。伊万诺夫接过冰凉扎手的徽章，感到这徽章对他而言如同核聚变反应一般炽热，仿佛滚烫的心在悸动。他清楚自己将为恒星级氢弹的事业奉献几年的青春，但他无怨无悔，心中充满激情，将全身心地投入氢弹的研究中。

　　仪式结束后，氢弹项目组全体成员迅速召开了一次大规模总体会议，讨论氢弹的总体设计方案、量产问题及未来的发展方向。伊万诺夫这么做的原因显而易见，院长热情洋溢的演讲激发了每个人的研发热情，为何不利用这种热情，立刻启动讨论，进一步提升大家的士气呢？

　　这时，讨论已进行了一段时间，工程组、理论组和大部分小组的问题都在会议中解决，唯有实验组和武器应用组仍在激烈辩论。

　　"我认为现在难解决的是，"实验组一位金发女研究员迅速发言，"地面无法进行恒星级氢弹的实验，而在太空中，为了确保产生的冲击波能通过介质传播以获得最佳实验效果，只能在其他天体的表面引爆。月球是不行的，爆炸会影响各国的月球基地；金星、火星也不行，会干扰宇航探测。那只能寻找卫星或小行星了，但我国宇航局的技术水平无法将如此巨大的载荷精确送达小行星带外的天体表面，即使能送到，也充满了不可控因素，这怎么办？"

　　这番言论引起了实验组其他成员的赞同，他们的问题便是目前在场的宇航技术支持组。这个小组的宇航局工程师，面对实验组的问题，思考了一会儿，然后走到会议室的巨型电子白板前，拿出数位笔开始回答。

"我刚才想出了一个方案，"那人高声说道，吸引了全场的注意，"关于怎样将恒星级氢弹这么大的载荷精确地运到小行星带的天体表面，那就是接力运输。"

全场的目光聚集在他身上，显然那四个字吸引了人们所有的注意力。

他在白板中心画了一个大圆，在其旋转轨道上画了一个小圆，并将其涂成蓝色。然后在小圆外部的轨道上画了一个巨大的圆环，涂成灰色，最后在圆环某一处涂上一个红色的小圆。完成示意图后，他继续说："这个中心的大圆代表太阳，蓝色小圆是地球，灰色圆环是小行星带，红色小圆是谷神星。我们都知道，走直线到达小行星带既不经济也不可行，因此我设计了一套接力运输系统。整个运输过程中，飞船的运行轨道围绕太阳飞行，确保太阳能板能吸收足够的太阳光，为飞船的推进器提供充分的电力。"

接着，他在地球上画了一个代表货运飞船的简笔画，标上"1 号货运飞船"，然后沿地球公转轨道往前延伸一段，稍微抬高一点，在最后的停顿处又画了一个货运飞船，标上"2 号货运飞船"。随后他在"2 号"星的公转轨道再往前延伸一段，这次几乎走完了围绕太阳的大半程，抬高一点，达到了火星轨道上，标上"3 号货运飞船"。在"3 号"星旁边，他又画了一个红色圆，但这是虚线画出。数位笔沿火星轨道再走了一段，向上移动，在小行星带内标上"4 号货运飞船"。但"4 号"货运飞船距离谷神星还有一段距离，于是他在表示谷神星的红色小圆旁标上一个复杂图案，旁边写上"着陆布弹器"。

"这就是我的完整方案。我们预先发射几艘无载荷的货运飞船，它们绕着太阳飞行到预定位置。这对宇航局来说没有难度。接着，我们发射一号货运飞船，它就是最先载弹的那一艘。它飞行到二号货运飞船后与后者对接。这时，舱内的机械臂会将氢弹置入二号的舱内。接着，两艘飞船分离，二号继续向三号飞行，与三号交接货物后，如果三号刚好能碰到火星，那就可以利用引力弹弓作用加速飞向四号，但如果没有，就通过普通推进方式飞行。四号完成交接后，就向着陆布弹器飞行。着陆器是谷神星的卫星，它会一直绕着谷神星运行。着陆器上设计了对接口，四号将氢弹交接给着陆器后，二者分离，着陆器先打开推进器向谷神星表面飞行，被引力捕获开始自由落体后，就关闭推进器，最后用反推发动机减速完成软着陆。着陆后，整个着陆器会释放出内部的布弹车。布弹车携带着氢弹到达预定起爆点，然后起爆完成实验。"

同样来自宇航技术小组的另一位成员走上台，接过数位笔开始补充："你还没考虑观测和通信问题。为了确保起爆信号能够准确传递到谷神星，我们还应该在地球与小行星带之间布设一颗中继通信卫星。此外，为了在谷神星上空的轨道监测，我们还应布设三颗观测卫星，将观测到的图像传回中继卫星，再传送到地球，这样便形成了完整的实验方案。"

会议室一时沉默，随即掌声雷动。伊万诺夫感叹道："这可真是我国21世纪最伟大的工程！年轻人，你们宇航技术组现在是不是还没有总负责人？那么，从现在开始你就是了。后来的那位，你现在是副总负责人了。"

会议室的欢呼声渐渐平息，伊万诺夫大声说："好了，还是按照原定，宇航技术组与其他15个小组继续推敲技术细节。宇航技术组希望能在一周内设计出货运飞船、中继通信卫星和观测卫星的详细结构。实验组也是，务必在一周内完成起爆指令程序的编写。理论组继续努力做理论模型，我会严格监督你们的工作。好了，散会！"

"总师，您看，就是这样，计算机组所提供的设备算力已经达到了极限，仍然无法跑通模拟氢弹能量释放的程序。我们几次叫他们来调整设备，确实增加了不少算力，但还是不够，而且他们大多数时间都在调整冷却系统。"理论总负责人米哈伊尔一边带着伊万诺夫在凌乱的理论组办公室中穿行，一边指着桌上的一台复杂的大铁箱子，愁眉苦脸地说。

伊万诺夫环顾一周，看着那些在演算纸或电子白板上奋笔疾书的理论组成员，回应道："计算机的问题我会和计算机组协调的。理论研究真难啊，我也曾搞过这方面的研究，就像用纸牌搭建一座房子，一张牌不稳定，就得全部推倒重来。"

"事实上，我们现在已经需要推倒重来了。"米哈伊尔叹息道，领着伊万诺夫进入办公室深处，指着电子白板上密密麻麻的公式和推导过程说，"这是当前理论模型的进展，已经是第五迭代了，依然十分复杂。如果您要查看从第一迭代到第五迭代的过程，可以在电子白板上选择。然而，第五迭代总算不通，估算数据与实际数据相差很大，且我们不知该从何处重算，所以请您来看一下。"

伊万诺夫搬来一张空椅子，坐下后注视电子白板："你们不必忙这个了，我来试着算一算，说不定能找到问题。"

"好的。"米哈伊尔说完默默离开了，回到自己的办公位继续忙于编写氢弹能量释放的程序。

伊万诺夫抬头看着白板上的公式，脑中的回忆如同网页上的信息流般涌现，想起在大学时的情景。想到大学，他就会想起他的物理系导师雅科夫教授。雅科夫教授将自己青春的全部贡献给795工程——构想中的超级粒子加速器，但这个美丽的梦想随着不幸破灭。经历坎坷的雅科夫教授所传授的至理名言总让学生们受益匪浅。

伊万诺夫努力将教授和大学的回忆抛诸脑后，将注意力集中于理论模型。他从电子白板的两大板块中判断出这是挡光模型和放光模型两个方案，然后接着往下看两种模型之后的延伸计算。两种模型的延伸计算均无算术错误，但最后没有一种能走通，问题源头让他完全找不着。他翻看着五个迭代，每往前一个迭代，算法就复杂一些，他的脑子也更杂乱一些。

雅科夫教授的名言在他脑海萦绕，难以忘怀。他又强迫自己转移注意力，但忽然闪过教授的一句话："当问题无法解决时，未必是我们想得太简单，而是想得太复杂了。"他激动地站起身来，仰望着每一页的顶端：爱因斯坦智慧的结晶——质能方程显得分外显眼。$E=mc^2$，这个简单的公式仿佛在提醒他：想得简单些。

在带着这一思想重新审视那些公式时，公式似乎变得透明，所有晦涩难懂的属性与数据在那一刻仿佛都不存在，它们背后的意义变成简洁的图像呈现在伊万诺夫眼前。他总算发现了从第二迭代起就一直存在的一个问题。他自言自语道："等等……这些所有理论模型建立的大前提都是一样的，那就是质能方程……那么看下来，这么多迭代，全都是递归算法，最后总会回到原来的模式，这是根本算不通的！我终于明白了！"

伊万诺夫仿佛感觉到爱因斯坦与雅科夫教授那伟大的灵魂在上天欣慰地注视着他。他激动地将白板上所有递归算法擦去，从头开始，从那个伟大的方程重新开始，完全脱离递归算法的思路，手中的数位笔在他脑海的本能指引下飞快输出理论模型的相关内容。他完全没注意到午饭的铃声，也没注意到米哈伊尔和维多利亚在远处呼唤他去吃饭。沉浸在那些对他来说如同生动图画般的公式中，他似乎看到了用双手搭建理论模型的宏伟大厦。

他的右手酸痛起来，但他仍然在坚持着奋笔疾书。办公室中有些嘈杂，他完全将这种嘈杂排除在外，他感到自己的世界什么都不存在了，只剩下无边的空间，而房间中的一切只是这空间中的褶皱。一个个伟大的方程、一段段伟大的往事、一位位伟大的科学巨人从他指尖滑过，也从他的无边空间中滑过。终于，当他发现自己一切的一切都用完时，他才反应过来：我终于把理论模型算通了！

他先是疲倦地瘫坐在办公椅上，随即一种欣喜与激动的情感在心中涌动。他立刻起身环顾四周，发现米哈伊尔不在，便快步跑出办公室，看到米哈伊尔正在走廊上徘徊，表情愁苦，连手中的数位笔都未放下。

他激动得无法自已，手舞足蹈地大声喊："米哈伊尔！我把模型算通了！我把模型算通了！"

米哈伊尔难以置信地看着伊万诺夫激动的表情，接着也兴奋地答道："你终于算通了！你知道吗？现在已是晚上九点半了，你从上午十一点算到了现在，一顿饭都没吃，一口水都没喝。你是怎么做到的？不过，你终于算通了！"

那天晚上十一点，一向忙碌的理论组办公室充斥着酒杯碰撞声和欢呼声。

"总师，今天计算机组做了一次全面算力升级，果然把能量释放程序跑通了！现在，我们理论组的工作完成了。另外，设计组通知说部件设计和引爆装置的设计都完成了，工程组氕和氚的采集完成了。材料组汇报说外壳的原料也收到了。一切都准备好了。"米哈伊尔带着伊万诺夫再次走进办公室，指着全负荷运行着的计算机兴奋地对伊万诺夫说。

"那应该可以开始准备实弹制造了，"伊万诺夫在复杂表格上打了几个勾，这些步骤用于记录研发进度，"没想到进展这么快，我在这里待了约四个月，理论模型就完成了。我本以为得在这里待上个大半辈子呢……"

"那不可能。"米哈伊尔夸张地说，"现在研究氢弹变得简单了，主要得益于过去的研发经验。不过，要是研发普通氢弹，那就更简单。恒星级氢弹要提升到很大的吨级，还是需要我们对理论模型做出很多修改。"

"好了，你们可以歇歇了。我去准备一下，待会儿再开全体会议。"伊万诺夫合上文件夹，健步如飞地走出办公室。

走廊中，伊万诺夫飞快赶路，绕过曲里拐弯的转角，最终拐进一个短走廊，进入走廊上唯一的房间：广播室。

伊万诺夫一直压抑着的激动情绪终于在这一刻爆发："好，开始广播！"

广播员按下操作台中间红色的长方形按钮，启动了基地的 239 个扩音器，伊万诺夫的声音响彻整座巨大建筑："氢弹项目组全体注意！氢弹项目组全体注意！目前各组已完成包括模拟程序运行、核聚变原料采集、弹体外壳原料及详细部件设计等准备工作，我们应立即开始实弹制造，请全体工作人员到一楼大会议室参加会议，请全体工作人员到一楼大会议室参加会议！"

"关于实弹制造，我有几点想说。"设计组总负责人把他们的设计稿投影到电子白板上，对着台下密集的工作人员说道，"目前我们的设计稿经过几次审核，均无错误。制造过程中，我希望能严格按照我们和理论组的要求，精确制造每一个部件，小至一颗固定螺丝大至核聚变原料的灌注。当然，我们也可能未能检查到某些技术错误。如有问题，请随时询问我，我将对此承担责任。"

宇航技术组的棕色头发总负责人接过话筒，说："我们已完成各个观测卫星、中继卫星和货运飞船的详细设计工作，现已转交给宇航局本部进行制造。另外，宇航局的回复是，已赶制了四枚'夸克'轻型液体运载火箭用于发射四颗卫星，四枚'电子'中型液体运载火箭，用于发射货运飞船和一枚'中子'重型核能运载火箭发射着陆布弹器。'夸克'原本只需一枚，但由于四颗卫星的布设位置离地球较远，因此每枚火箭只能搭载一颗卫星。航天技术方面你们尽可安心，专注进行实弹制造即可。"

"有你们的承诺我很放心。"伊万诺夫回应道，"现在还有其他人要发言吗？"

"我只想说一句。"工程组总负责人说，"我们工程组将一丝不苟地完成实弹制造，保证在预定时间内如期完成。"

"我也想说。"财务部总负责人说，"在研究初期我们组一直未发言，但今天我想提个建议。我们总共的 680 亿经费，目前已用 230 亿。实弹制造务必节约再节约，毕竟与理论研究不同。当然，我们也可以向世界联合会申请经费，以确保更精细的制作。"

"提到世界联合会，"外交沟通组的一位成员说道，"我们组申请今天完成对世界联合会的实验申报单，汇报我们的研究进展及实验方案，获得世界联合会的批准后，我们才能开始实弹制造及实验准备。"

见没人再说话，伊万诺夫说："工程组、材料组及其他 16 个负责实弹制造的小组，今天休息一晚；待外交沟通组的申请单批准后，你们将获准进入工厂开始实弹制造。此外，材料组准备的所有原料将于明天送达，所有氘和放射性氚位于工厂隔壁的核隔离仓库中，所有工作人员必须穿四级防辐射服才能进入。好了，散会！"

"下面广播外交沟通组撰写的实验申报单，该申报单目前已通过伊万诺夫总设计师的审核与签字，现已通过网络提交给世界联合会。

"R 国科学院 Sa 地区军事研究基地关于制造恒星级氢弹并在谷神星表面进行核试验的申报单

"世界联合会和 EDC 的领导们，你们好。该申报单来自 R 国科学院 Sa 地区军事研究基地。目前我们在恒星级氢弹项目上取得了突破性技术进展，完成了理论模型建立及氢弹详细结构设计，做好了进行实弹制造的准备。

"在提交该申报单之前，世界联合会和 EDC 已批准本基地的恒星级氢弹研究，即我们在项目中所做的一切均为合法。因此，今天申请进行实弹制造及谷神星核试验，保证不干扰人类社会的宇航探索，不影响 Sa 地区当地居民生命安全。

"实验方案、完整的理论模型及总体设计图已作为附件一并发送。

"望世界联合会和 EDC 批准。

"2066 年 9 月 30 日

"R 国科学院 Sa 地区军事研究基地

"目前世界联合会已批准进行实弹制造及在谷神星表面的核试验，明天即10月1日开始实弹制造工作。完毕。"

列夫和同事们关上核隔离仓库的大门，他们个个都穿着极其厚实的黄色防辐射工作服，只露出眼睛与鼻梁，上面戴着透明护目镜。

仓库中整齐地堆放着近似长方体的氢储存桶、装满同位素电池的储存柜，以及铀罐。就在他们准备将一个氢储存桶搬到隔离运输车上时，仓库内突然警报大作，急促的提示音响起："警告，警告，氢储存桶发生泄漏，请人员立刻撤出！"

人们拖着隔离运输车快步跑出仓库，就算防护服能保护他们，但在放射性物质泄漏的仓库中多待1秒，沾染辐射的可能性就会提升。然而，列夫并未走出大门，他独自留在仓库中，紧闭大门，孤身面对核泄漏。他在巨大的氢储存桶中寻找泄漏点，迅速发现是阀门松动，液态氚因此暴露在空气中。他立刻拧紧周围几个固定旋钮，但尝试自动关闭阀门时，系统却出现故障。于是，他从附近找来一个老虎钳，扭断阀门位置的固定支架，用双手强行关闭阀门。就在这时，一阵钻心的疼痛袭来——老虎钳割破了他的防护服！他的手因沾上黏稠液体变得无比滑腻，使不上力。他用另一只手，拼尽全力，将阀门拧至密封状态，再将周围几个密封旋钮拧紧，终于堵住了泄漏处。

这一刻，他突然感到脊背发凉：右手防护服被割破了！裸露的皮肤碰触到液态氚。

他立刻打开仓库门，挣脱围上来的同事们，掩盖住防护服的伤口，独自冲向清洗房。

"快点，送他去放射科！快，他快不行了！"四位穿着防护服的医生抬着担架在走廊中飞奔，担架上的人虽然穿着厚厚的防护服，但原本洁白的防护服已渗透出淡淡的血红色，隐藏在护目镜中的那双浑浊的眼睛已经闭上了。

"我得去看看！"伊万诺夫注视着飞奔而去的医生，快速朝基地附属医院方向冲去。

"情况很糟糕。"穿着防辐射服的医生愁眉苦脸地看着手中的检查结果单，"口腔已经发生坏死，出血，全身染上了败血症。他体内检测出多种放射性物质，再不控制，很快会发生癌变。"

"这才是实弹制造的第十六天。"伊万诺夫沉痛地说道，"发生这样的事故，工作人员受影响肯定很大。面对这样的事情，我却完全不知道该做什么。"

"这种事没有人能够控制，总师。"

"现在可以进去探视吗？我想与他聊聊。"伊万诺夫指着观察窗问。

"不行，总师。他的放射性强，绝不能让您也沾染核辐射，否则氢弹的制造完全无法进行。"医生连忙否定了伊万诺夫的请求。

"唉。"伊万诺夫长叹一声，"我到底该做些什么？感觉自己什么也做不了。"

"各位工作人员请看，"伊万诺夫坐在演讲台前，举起一个从储存桶上拆下的阀门零件，"这是今天上午核泄漏事件中阀门发生松动的液氢储存桶和已被拆下的阀门零件。大家看，这个用特殊金属材料制成的阀门，在零件表面可以明显看到凹陷，导致其与储存桶其他部分咬合不紧，发生松动，从而导致液态氢暴露在仓库中。"

台下负责液氢储存桶制造的工程组组员低下了头。伊万诺夫继续说道："列夫，我们的同事，经过 6 个小时抢救，很不幸于 12 分钟前去世。此事件警醒所有工程组技术员：你们的每一点疏忽，都可能间接成为致同事于死地的元凶。当然，三位组员会受到惩罚，事业部的同事会进行处理。眼下最直接的惩罚就是：明天下午之前，重新检查每一个放射性物质储存桶的每一个部件。如果今后再出现这样的恶性核泄漏事件，你们三人脱不了干系。"

"我谨在此表示对烈士列夫·米高扬的敬意和惋惜。"说完，伊万诺夫摘掉头上的熊皮帽放在一边，起身低头默哀。在场的所有人都沉默，起身，脱帽，低头，默哀。

5分钟后，伊万诺夫重新戴上熊皮帽，轻声说："散会。"

会议室外，暴风雪依旧肆虐，Sa地区的严冬已然降临。

"总师，这就是目前的进展。"工程组总负责人指着被一团杂乱电线包裹的全反射金属球，从这个角度看，它像是一只猩猩的大毛手托着完美无瑕的珍珠。金属球旁边是标有明显放射性警示标志的隔离房间，而隔离房间旁则有着外形复杂的狭长长方体设备。

伊万诺夫与总负责人都穿着更加厚实的五级防辐射工作服，伊万诺夫指着全反射大金属球问："这应该是恒星级氢弹的引信，你们花了整整四个月的时间，才做到这一步？"

"这是我们采用的T–U构型中的初级结构，目前已经完成整体建造，正在等待次级结构及其他零件进行总装。全反射金属球的外壳是铍和铀–238制成，内部为铀–235和钚–239，表面包裹常规炸药。非常精致的小玩意儿，虽然是普通的原子弹，但这是恒星级氢弹引爆的关键。不一样的是，它的核心还放置了一块氘化锂–6，原因您应该知道。"

"这一点我还是知道的。那么旁边那个长方体的设备是中子发射器吧？氢弹引爆时，它会释放大量中子激发核裂变，随后在剧烈的挤压下，中间的氘化锂–6也会释放中子加速裂变反应。这都是裂变领域的知识，你们在次级结构上有什么进展？"

总负责人指指隔离房间说："看到那个房间了吗？那里面就是次级结构，聚变反应器中装着一块巨大的氘化锂–6。它在原子弹发出的伽马射线影响下会立即分解为氘和锂–6，后者俘获裂变和中子发射器产生的中子，生成氚和氦，进而启动核聚变的链式反应。理论组的理论模型提升了核聚变链式反应的维持时间，尽量在次级结构被毁前产生足够多的能量。如果用敏构型的话，还可再改进，但那种机密没法获得。总之，理论组的模型从各方面改善，以提升核聚变及核裂变释放的能量。我们估算，这颗氢弹差不多相当于五亿吨 TNT 当量，想象一下它爆炸时的场面吧！"

"那还有多久能完成实弹制造呢？世界联合会早已批准实验，最近几个月来自 EDC 的视察有十几次，我希望能尽快完成制造。"伊万诺夫环顾着紧张忙碌的工作环境。

"聚变燃料和裂变燃料的加注均已完成，一周内便能整体完成次级结构的制造，接下来进行总装。一个月内，确保完成氢弹的总体装配与检查。"

"现在已是 2067 年 1 月了，我们原本要求在 3 月前完成实弹制造，你们这个时间卡得还挺准啊。务必在 2068 年之前完成实验，留足实验时间！"

"是，保证按时完成任务！"

一个黑白相间的巨大复杂长方体放在厂房中央的托举平台上，成百上千名身穿防辐射服和无菌工作服的氢弹项目组成员站在厂房顶端的人行廊桥上，廊道侧面安装的一个巨型横幅显示屏，上面打出一行蓝底白字的 R 字母："恒星级氢弹今日完成总装出厂。"

伊万诺夫在密集的人群中被挤到廊桥最边缘，他拿起麦克风，指向廊桥下方黑白相间的巨型长方体，声音响亮道："明天，这颗实弹将运送到航天发射场，随着专门发射氢弹的氚一号货运飞船飞向宇宙。半个月后与氚二号对接；三个月后与氚三号对接；六个月后与氚四号对接；八个月后氚四号与着陆器对接，着陆后用两天时间到达预定起爆点，完成实验。总计用时八个月零两天，预计在 2067 年 10 月 29 日完成起爆实验。接下来，我宣布本基地参加实验的小组名单。"伊万诺夫掏出一个文件夹，翻开后开始宣读，"宇航技术组、实验组、理论组、工程组，全体于今天晚上七点半集体乘专列前往航天发射场，辅助进行航天器航线检测及控制。另外，观测站的四位驻站宇航员今日将返回地球，协助我们应对航天器可能出现的紧急状况。上述四个小组请准备未来八个月的生活用品，其他小组返回宿舍或办公室休假一天，明天基地会全程直播实验进程。此外，我和维多利亚副总设计师也将前往航天测控中心观看实验。好了，可以解散了。"

十四　核爆

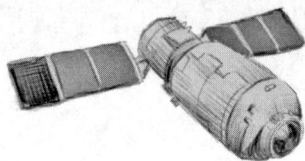

　　火车以飞快的速度在山峦之间疾驰着，一次次地穿山而过，隧道中的黑暗和雪山的白茫茫形成了巨大的反差。伊万诺夫本就十分紧张，光线的剧烈变化让他的眼睛酸疼起来。他索性拉上窗帘，眯起眼睛休息。

　　"发射倒计时5分钟。"扩音器中传来发射总指挥的声音，这声音在测控中心、发射塔架和电子号中型火箭的上空回荡，也在氙一号货运飞船被氢弹弹体填满的货舱内回响。

　　"回转平台已打开，发射塔架等待展开。"发射塔架操作员汇报道。

　　负责火箭自检的几位技术员打开麦克风："开始第一次发射前检查。发动机正常，燃料加注正常，冷却系统正常，保温系统正常，助推器正常，助推器燃料加注正常，整流罩正常，货运飞船固定正常，紧急逃逸塔正常，第一次发射前检查完毕。一切正常。完毕。"

　　"氙二号轨道保持稳定，已与中继通信卫星和测控中心联通，完毕。"负责监测自主交会对接程序的技术员说。

　　"远程紧急操控系统正常，宇航员已打开控制台，准备就绪，完毕。"刚刚从观测站返回的马克西姆、阿廖沙等人分别坐在测控中心的显示屏前四个和载人飞船无异的远程操作舱中，穿着蓝灰色的普通作训服，显得十分紧张。

伊万诺夫和维多利亚坐在总指挥旁边，手心已经汗湿。10 分钟倒计时后，他们再也没有说话，只是紧盯着显示屏上火箭的动态。

伊万诺夫透过窗户看到太阳逐渐落下，便调出显示页面，发现距离发射场还有 4 个小时，而此时窗外的温度已降至 −33℃，他赶紧调高了左手边的暖气。窗户上覆盖了一层厚霜，霜很快被列车司机开启的除冰器融化。

伊万诺夫辗转反侧，怎么也睡不着。他索性将皮大衣的兜帽盖在眼前，顿时只剩下一片黑暗，很快就陷入沉睡。

"发射倒计时 1 分钟。"总指挥冷静地说，双手却紧握着麦克风。

"发射塔架完全展开，导流槽自检正常。"发射塔架操作员也紧张起来，灰色工作服上已湿透。

"开始第二次发射前检查……第二次发射前检查完毕，一切正常。火箭水冷系统开启，运作正常，完毕。"

此时，银色的发射塔架缓缓从两侧展开，火箭的巨大箭体一览无遗，火箭自检技术员的话音刚落，缕缕白色水汽便从各级发动机的结合处冒出，这正是水冷系统在运行。

伊万诺夫感到火箭的液氧发动机已蠢蠢欲动，他恨不得火箭立刻喷射而起。

正在这时，伊万诺夫猛地从黑暗中惊醒，摘下兜帽，车厢内暖色灯光依然亮着，刺痛了他的眼睛。他闭眼适应了一会儿，再次睁开。窗外的世界已完全黑暗，温度降至惊人的 −50℃，他不自觉地裹紧皮大衣，重新将暖气调高。

夜晚的雪花拍打着车厢，发出叮叮当当的声音，漫长的 Sa 地区黑夜似乎无尽头。

"发射倒计时 10 秒。"总指挥依旧冷静，但豆大的汗珠从他的颧骨滴落，掉进了每个人心中的那个湖面。

"主引擎预热开始，助推器准备启动，完毕。"负责操控发动机的技术员摁下两个旋钮，发射塔架底部因引擎温度变得扭曲、抖动。

"10，9，8，7，6……"总指挥攥紧拳头说。

伊万诺夫紧盯着逐渐热起来的火箭，似乎每一次心跳都与总指挥的倒数声同步。他想象着他们为之奋斗一年的氢弹随着火箭冲上云霄，内心既激动又忐忑。他们尽管知道逃逸塔能使氢弹迅速与火箭分离，并平稳着陆，但如果火箭发生意外——火箭将变成一发超级核导弹，氢弹则是这颗导弹的核弹头，彻底毁灭这里的一切。

他强迫自己不去想那些恐怖的结果，将注意力集中于发射上。

"5，4，3，2，1，点火！"总指挥摁下灰色的点火按钮。

瞬间，刺目的亮光从火箭底部迸发，液氧发动机的纯净火焰与随之而来的冷却液交相辉映，火箭仿佛拖着一颗小太阳，伴随浓烟拔地而起。伴随着隆隆的轰鸣，火箭冉冉升空，在广阔的天空中划出一道炫目的光焰，其尾焰似乎令太阳黯然失色。电子号如同一颗逆飞的流星，空中仿佛升起第二颗太阳。在所有工作人员庄严的目光注视下，火箭带着寄托了伊万诺夫所有激情与热血的恒星级氢弹冲出云层，直奔深邃的太空。

"哦，看这美丽的航迹……"伊万诺夫轻声说道。

地面发射塔架周围的浓烟渐渐散去，火箭发动机的火光也渐小，化为空中几颗耀眼的星星。

"姿态正常，航向正常，发动机工作正常，助推器分离，一级火箭分离。"技术员摁下按钮，屏幕上测控摄像头捕捉的画面立刻变化：四个推进器迅速离开火箭，最底层的一级火箭则很快关闭发动机，接着也脱离了。"二级火箭点火。"随着技术员的指令和高空的一声轰鸣，二级火箭喷射出美丽的火焰，强劲的推力继续驱使火箭摆脱地球引力的束缚。

"二级火箭分离，三级火箭点火。火箭6分钟后到达近地轨道，20分钟后到达预定轨道。"二级火箭在上万米的高空停机被抛掉，最后一段路程交由三级火箭。

伊万诺夫看着屏幕上最后一段火箭喷射着火舌，内心越发紧张，希望能尽快到达地球同步轨道，早日让货运飞船与火箭分离。这样紧张的心情又持续了20分钟，技术员那声一锤定音前的呐喊传来："整流罩分离，三级火箭停机，释放货运飞船。"

顿时，火箭的轰鸣声消失，货运飞船的摄像头由整流罩的内壁转向漆黑的太空。货运飞船的离子推进器开启，安静地将货运飞船推至地球同步轨道，然后静静停留，与地球沿轨道旋转。

"货运飞船顺利到达预定轨道，5分钟后开启离子推进器，往氚二号方向推进！"总指挥冷静地对麦克风喊道，这便是真正的一锤定音。

伊万诺夫终于松了口气，至少氢弹成功送入太空，接下来就全靠宇航局的人了。

整整八个月待在测控中心，伊万诺夫却丝毫没有感到烦躁。相反，处在这个繁忙喧闹的地面测控中心，他仿佛处于宇宙中央的恬静与广阔。

前三次对接均十分顺利，氢弹转运精准，未发生任何碰撞。货运飞船的对接完全是自动操作，因此观测站的乘组甚至多次申请离开测控中心，因为这儿不再需要他们，但总指挥坚持要求他们留下，声称必须等到氚四号与着陆器完成对接后才能离开，不然万一出现意外，根本没有修正的余地了。

今天便是最后一艘货运飞船与着陆器对接的日子。测控中心的气氛远没有之前三次对接时那般紧张，甚至十分轻松愉快。大家都知道，只剩两天，之后便能结束这个复杂的项目，整整近两年的努力，只要那几秒钟的起爆顺利，努力就绝对不会白费。

此时，观测组的成员略显倦怠地坐在远程操作台上，操作台正模拟着氚四号逐步靠近着陆器，来自椅背的推力轻轻诱导着前进的感觉。

"货运飞船和着陆器的距离还有多少？"伊万诺夫小口喝水，询问旁边负责监测的技术员。

"还有 5000 千米, 20 分钟后就能对接了。"技术员紧盯着屏幕回答道。

15 分钟很快过去了, 测控中心的气氛因距离的接近逐渐紧张起来。尽管最后一千多公里肯定不会出差错, 但还是需要认真对待, 马克西姆把操作台一直播放的音乐关闭了。

"距离还剩 1000 千米, 这是观测卫星传来的图像。"技术员将观测影像投影到屏幕上, 映入眼帘的是谷神星那灰色大地上的两颗微小星星。技术员放大图像, 着陆器的复杂轮廓在屏幕上显现, 另一半则被着陆器和货运飞船的监测数据面板占据, 面板上的指示灯都是绿色, 并无任何异常。

"距离还剩 500 千米, 航线正常, 姿态正常, 推进器工作正……等等, 着陆器似乎出了些状况。"技术员说, 点开一个提示页面, 顿时测控中心里警笛大作。显示着陆器状态的窗口上浮现多个被锁定的观测目标, 左下角的数据显示, 那些目标正以每秒 10 千米的速度向着陆器飞去。

"是微陨石! 粗略估算, 每颗直径约有 20 厘米, 正向着陆器飞速接近, 预计 50 秒后与着陆器发生撞击!"技术员大喊, 手忙脚乱地调出页面, 隐约能看到一堆密集的小石子正快速朝静止不动的着陆器飞行。

"现在控制着陆器规避, 来得及……"总指挥话音未落, 屏幕上便出现恐怖画面。整个测控中心瞬间安静下来, 仿佛他们真的置身无声的太空中, 亲眼见证这场撞击。着陆器左侧突然冒出一团亮眼的橙色火光, 接着左侧的太阳能板碎片在太空中无声飘荡, 散开。着陆器在巨大力量下飞速旋转, 而货运飞船仍在不断靠近着陆器的剩余部分。阿廖沙猛然一抬头, 嘴巴微张, 眼中透出复杂的惶恐。身边的马克西姆呆滞在原地, 仿佛被强大的引力束缚, 不敢动弹, 喃喃道:"我的天哪……"

屏幕上出现货运飞船拍摄到的画面, 太阳能板的碎片飘散而来, 幸运的是尚未碰撞。剩下的着陆器部分仍然完好无损。阿廖沙透过远程操作舱的模拟舷窗也看到碎片向他袭来, 思考不到半秒后, 他启动货运飞船的推进器，一股强劲动力从背后的模拟装置袭来，离子推进器发出幽幽蓝光，猛然向前飞去。马克西姆转头未能从震惊中反应过来，阿廖沙则无视他惊讶的表情，继续将发动机调至最大功率，更多的碎片掠过飞船船体。模拟舱透过舷窗照亮阿廖沙的半张脸，他眉头紧锁，目光坚定地注视飞速转动的着陆器。在谷神星灰色大地上空，两个人造天体的距离还在不断靠近。阿廖沙则几乎没有眨眼，专注坚定地盯着不断接近、高速旋转着的着陆器。

"阿廖沙！阿廖沙？浪费燃料去追逐着陆器没有意义，快关闭引擎，规避！"指挥长着急呼喊。

指挥长话音尚未落，阿廖沙在操作舱内冷静地回应："分析着陆器的旋转状态。"

太阳光透过旋转的着陆器直扑飞船而来，但飞船迎着碎片和光线，以极限速度飞行。马克西姆没有回头，仍然盯着阿廖沙，紧张地问："你……你要做什么？"

"对接。"阿廖沙目光坚定，专注于飞速接近的着陆器。马克西姆瞪大眼睛看着不断靠近、快速旋转的着陆器。

"着陆器旋转速度为每分钟67转。"指挥长的声音从操作舱的扩音器传来，67这个数字随之在大屏幕上显现。

太阳光再次被着陆器挡住，阿廖沙稳稳操控飞船，再一次用冷静的语气回应："好的，我会用反向推进器与着陆器保持相对静止，然后对接。"马克西姆又吃惊地转头看着他，而阿廖沙仍在与指挥长对话。

"那是不可能的！"指挥长大喊。

"不，"阿廖沙没有停下飞船，冷静地回答道，"那是必须的。"

着陆器舱体在高速旋转中呈现出奇特的景象，太阳光飞速掠过其表面，而着陆器此时并未保持一定轨道高度，而是迅速下降。货运飞船已移至着陆器下方，但仍不能与着陆器保持相对静止。

"着陆器开始坠落，快点对接！"指挥长大喊。

　　谷神星的灰色大地逐渐攀升至着陆器边缘，实际上是着陆器在下降。着陆器旋转着的圆形对接口隐蔽了舷窗外的太阳光，连阿廖沙面前操作台上的按钮也在黑暗中闪烁着荧光。细小的碎片撞击舷窗，产生极微小的划痕，发出细微声响。

　　阿廖沙抬眼瞥向旋转中的圆形对接口，将飞船稍微向前移动，此时对接口在舷窗上消失，白光再次照亮操作舱。他再一次抬头看向旋转着的着陆器，突然感到晕眩，强迫自己摇头，晕眩感很快减轻。

　　"阿廖沙，没时间犹豫了！"指挥长的声音再次传来。马克西姆紧张地盯着阿廖沙，阿廖沙低头面对面前的操作台，转头对马克西姆说："马克西姆，如果我晕倒了你要继续。打开对接舱门！"

　　马克西姆毫不犹豫，立即低头按下一个巨大的机关，阳光透过一个巨大的圆形开口洒入飞船舱体，通过对接口可见旋转着的着陆器对接口在灰色背景中快速旋转。

　　"还要向右三度，还有 20 厘米的距离！"阿廖沙低头读着显示屏的数据，细密的汗珠在他额头冒出。

　　"最后 10 厘米，不能再靠近了！"

　　"阿廖沙，位置正确！"马克西姆认真盯着变为绿色的提示灯，这表明两个圆形对接口的圆心已对齐。

　　阿廖沙几乎未处理这条信息，果断喊道："开始旋转！"然后摁下反向推进器的开关，右手推杆用力到位。瞬间，白色的高速气体从喷口喷薄而出，二人感到晕眩感疾升，操作台与背后的椅子也开始向右旋转。舷窗几乎无法承受这样的压力，叮当作响，光影如流水般掠过飞船。渐渐地，阿廖沙察觉着陆器的旋转似乎减缓，最终停下，只是仍在摆动。阿廖沙猛然眨眼，晕眩感减轻，他急忙按下一个绿色按钮。这时，着陆器与飞船的对接口互相打开，似乎快要撞在一起。光线在他视野内旋转，操作舱模拟出的高重力已令马克西姆陷入黑暗，而阿廖沙仍在与旋转引起的重力抗衡。在谷神星的灰色背景下，两个人造天体在渐渐散开的碎片中同步旋转，距离越发接近。

阿廖沙很快从失重中恢复，他脖颈与额头的青筋暴起，艰难看着显示屏上弹出的数据，沙哑地喊道："加油，氪……"随后右手握住操作杆将飞船向上移动。对接口的距离缩短，着陆器对接口中的三个对接爪已快要插入飞船的对接口。阿廖沙大声喊道："加油，氪！……"

对接爪完全插入对接口，阿廖沙立即摁下操作台的红色按钮，数十个固定爪迅速锁住着陆器对接口。透过缝隙照射来的阳光顿时消失，两个人造天体严丝合缝接在一起，但仍在谷神星上空高速旋转。

"对接成功，开启反向推进器降低转速！"阿廖沙按下绿色按钮，两个喷口再次喷出白色气体，组合体在谷神星上空转速开始下降。"慢慢来，"他低声说道，"慢慢来……"当阿廖沙看清灰色大地的沟壑，超重消失后，他又摁下一个大红按钮，"主引擎启动！"

离子发动机发出幽幽的蓝光推着组合体摆脱太阳能板的碎片，向上回到谷神星上空的轨道。"进入原定轨道，开始交接氢弹！"他按下舱门开启按钮，伴随一声气体释放的喷气声，两个人造天体之间的舱门迅速滑开。随即他按下氢弹弹射按钮，巨大的长方体弹体被机械臂投送进了着陆器，并被着陆器内的货架捕获，固定在着陆器的布弹车货舱内。

"氢弹交接完成，准备与着陆器分离。我们成功了！"阿廖沙高声对着麦克风喊道。

操作舱的舱门弹开，阿廖沙晕晕乎乎地走下操作舱，感觉天旋地转。测控中心的每个人似乎都在为这场灾难的圆满解决而欢呼。这时，刚刚苏醒过来的马克西姆也走出操作舱，拍拍阿廖沙的肩膀，说："阿廖沙·克谢列夫先生。"随后站直敬了一个标准的军礼："我真佩服你。"

"布弹车到达原定引爆点，正在运行布弹程序。"指挥长看着屏幕上布弹车跨越谷神星表面的千沟万壑，最终停在导航软件标记的预定引爆点。他摁下操作台上的布弹按钮，那个长方体箱子瞬间从布弹车展开的布弹口中弹出，准确稳定地落在谷神星那布满灰色粉尘的地面上。

伊万诺夫看着寄托了全部梦想的物体真真切切地被放置在谷神星表面，内心如同掀起惊涛骇浪一般，内心无比激动与自豪。此刻，屏幕上出现倒计时，随即指挥长的声音响起："进入最后 1 分钟倒计时，1 分钟后起爆氢弹。"如同月球引发的潮汐一般，这句话再次激起伊万诺夫心中的浪潮，激动与紧张在全身翻涌，他感到血液似乎快要沸腾了。

"30 秒后起爆氢弹。"指挥长凝视着屏幕上毫无变化的画面说道。

伊万诺夫回想起近两年的努力，喜悦与悲伤……这一切，都是为了弑星计划。这是人类历史上第一颗非用于彼此进行战略威慑的氢弹，是人类一致对外的有力武器。如今，这颗属于全人类的氢弹将在全世界的注视下，绽放出最耀眼的光辉。

"10，9，8，7，6……"

伊万诺夫闭上眼睛，决定在那个真正的闪光时刻再睁开眼睛，目睹这一切。

"5，4，3，2，1，起爆！"指挥长挥拳猛拍起爆按钮，强大的信号洪流瞬间奔向宇宙，被中继卫星接收到，飞向星海中那颗小太阳。

一瞬间，布弹车传回的影像消失无踪，观测卫星拍摄到的影像出现在屏幕上。一圈圈环形冲击波自爆心向外扩散，每一圈冲击波散发出刺眼的光芒。谷神星的岩石大地如同柔软的绸缎，被氢弹这一可怕的巨人揉搓着。此时，一颗太阳自大地升起，那是氢弹爆炸产生的核火球，犹如一个从内部膨胀的气球向外扩展，火球内部的一切化为辐射尘，或在高温高压中湮灭。周围亿万吨的泥土和岩石在空中飞散，火球在漆黑的天空中形成壮丽烟火，无数辐射尘和碎石则在核光芒的照耀下降落。

然而，剩余的岩石并未落下，它们在剧烈爆炸中达到谷神星的第一宇宙速度，向天空快速飘散，最终汇聚成一圈极细但易于观察的星环。各种大小的岩石在星环内缓慢飘浮，看似对人类创造的新奇迹进行圈注，让谷神星成为继妊神星之后，唯一有星环的矮行星。

"氢弹能量释放结束，恒星级氢弹实验成功！"总指挥欢呼，如同引爆炸弹一般。欢呼声与喝彩声充斥整个测控中心，大家拥抱、握手，欢腾的身影甚至遮住了显示屏的光亮。

唯有伊万诺夫仍疲惫地坐在原地，两行细泪从眼眶溢出，但他笑了，露出这两年来最灿烂的笑容，犹如氢弹爆炸的火光般灿烂。

关于恒星级氢弹小型化改进的提案

恒星级氢弹项目组于三天前在谷神星表面完成了恒星级氢弹的首次引爆实验，这次实验是恒星级氢弹研究的一次伟大成功，但并非终点。

项目组经过为期两天的全体会议后，提出了目前恒星级氢弹的几个问题。首先，宇航技术的落后使每一次实验都极为困难。比如此次实验。若非宇航员阿廖沙高超的对接技术，实验将无法完成，导致数百亿损失，因此必须大力发展宇航技术，使实验更加简便、高效。其次，氢弹的体积和重量过大，因太空中没有传播介质，只有通过直接命中方式才能使能量充分释放。然而，以如此大的体积和重量，即便是八十年后的先进太空舰队，依旧难以直接命中敌方舰队。

针对第二个问题，我们提出了解决方案：尽一切可能在不缩小当量的情况下，缩小氢弹的体积与重量，甚至能装入导弹头中。这样无论是未来对外星舰队的核打击，还是核试验都更为便利。

因此，恒星级氢弹项目组经过一致同意后撰写了该提案，现在我以总设计师的身份上交该提案，恳请基地与世界联合会批准我们的研究，并投入必要的研究资金。

伊万诺夫·扬

2067 年 10 月 22 日

十个外形简洁、闪着蓝色指示灯的灰白色长方体被包裹在求知号探测器的巨大箱体中，上面印着 Sa 地区军事研究所氢弹项目组的缩写：

SVN–CZB。伊万诺夫紧盯着包裹着他们数月成果的探测器被装入中子重型核动力火箭的整流罩中，内心没有兴奋，只是在反复地踌躇着他的决定究竟是否正确。

十五　太空军

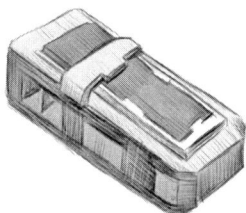

在明亮的冷色调走廊中，江海岳与吴将军并排行走着。

"这个造船基地，不小吧？"吴将军指着四周的摆设与装饰，眼中满是自豪。

"是挺大的，将军。"江海岳显得有些沉闷，低头回应，"我还是不太明白您叫我来这儿具体是为了什么。我在舰队工作三年，最近才完成一次海外维和任务，但突然接到通知让我来此……到底要干什么呢？"

"哈哈哈，我才想起来，你才当了三年的兵呢……"吴将军大笑。

"什么……意思？"江海岳十分疑惑，"吴将军，这话很令人费解。"

"反正，到了港口你就知道了。"

他们走到走廊尽头，江海岳的手机突然收到来自世界联合会的信息：

"江海岳先生，应世界联合会地球防御理事会需要，请您在 2068 年 3 月 9 日前前往 E 海太空军基地报到。感谢您的配合，让我们一起为全人类尽自己的一份力！"

"吴将军，这……"江海岳把手机递给吴将军看，吴将军读完后也露出惊奇的表情："太空军基地？还是世界联合会地球防御理事会的邀请？

海岳，你赶紧准备吧，说不定最高决策层做出了某些临时调动。"话音未落，吴将军的手机上也收到一条来自世界联合会的信息，内容正是江海岳的调令通知。

他们面面相觑。吴将军很快反应过来，拍拍江海岳的肩膀说："好了，海岳，你该去太空军基地报到了，我该回舰上忙碌了。我们都有自己的使命，再见，期待未来再会。"

江海岳转身立正，绷紧双手，敬了一个满含力量的军礼，然后登上接他的越野车，开始了新的征程。

"太空军……"他默默地在心中想着，"太空军，那么我的征途，就是星辰大海了！"

自从张彦成和梁龚捷调回原单位后，K国首都指挥部第二调查办公室便没有之前那种活跃的氛围，只有马晨一个人继续清理未完成的工作。尽管这两年来他们经常聚会，一起回忆那段通力合作的时光，但明显来往少了许多。李泽栋偶尔还会和马晨合作解决计算机上的问题，因为思云公司的案子仍未完全结束。但在马晨心里，配合最默契的还是那两个年轻人，而李泽栋即将调回A国总部工作，这样他打交道最多的便是何龙了。但何龙也要离开。

"张彦成他们已经走快两年了，你这段时间可真是，一个人闷头干大事啊。"何龙对瘫坐在椅子上的马晨说。

马晨抬头喝了口果汁，疲惫地答道："那是啊，一起干活的日子就那么短暂，真是有些留恋。不知道下次再与他们合作是什么时候。幸好您还在这儿，不然我就成孤军奋战了。"

这时，何龙的手机响了，他急忙从口袋里掏出，仔细阅读后惊讶道："好家伙，这是……怎么回事？"

"我看看？"马晨立刻起身，接过何龙递来的手机，念道，"任命您为世界联合会太空军K国分队总司令！明天要去E海报到，我的天，这真是好消息。"

何龙再次阅读信息，告知马晨："车在门口等我，我要出发了。你接下来的最重要任务是处理完思云公司的案件，我们会有机会再共事的。"

马晨虽然有些失落，但依然假装轻松地与何龙道别，看着何龙匆匆离开办公室。

"太空军紧急征召兵江海岳报到。"江海岳在紧闭的太空军基地大门前向哨兵敬了一个标准的军礼，接着递上他的通行许可证，并在签到表上写下自己的名字。

尽管这是世界联合会与 K 国军队共同建设的太空军基地，但门口除了封闭的水泥围墙、高高飘扬的世界联合会旗帜，持枪的哨兵和持弹的哨兵，与他原来服役的海军基地并无二致。不过，这里的保密等级显然高出不少，从巨大的军事禁区提示牌和哨兵执行的重重放行程序可见一斑。

江海岳穿过狭窄的金属自动门，门随即飞快地关闭了。基地内部的光景只有一片巨大的银色正方形建筑与周围茂盛的树木绿带，建筑玻璃大门上方悬挂着世界联合会的徽标。

刚走进建筑的走廊，一位身着深蓝色军装的将军走了出来。其身高和年龄看起来与吴将军相仿，但胸前的徽章多一些。

"你好，我是何龙。"将军伸出手来。

江海岳与他握手，面露敬意："何将军您好，我是江海岳，从 E 海海军基地来。"

"海岳，你应该知道这里是什么地方吧？"何龙朝前走，江海岳急忙跟上。

"E 海太空军基地。冒昧地问您，这地方到底归哪个机构管？到底是世界联合会还是 K 国军队？"江海岳趁机询问这个困扰他很久的疑惑。

"难以明确，准确而言，归世界联合会管理。随着弑星计划的开展，各国军事合作越加频繁。现今全世界有一种团结趋势，我们也希望这种趋势能够持续，毕竟全人类团结对抗外星文明入侵必将产生巨大作用。"

"是的。不过，我还有个疑问，何以太空军偏偏招海军士兵？难道空军和太空军不是更为相似？"

"的确，空军与太空军的战场十分接近，且皆以三维参照系作战。某些名词便可看出人类对太空军的认知：宇宙飞船、太空舰队，甚至前段时间讨论的太空母舰，这些术语皆源于海军。空战本质决定了在地球大气层作战只限于较小单位进行极强机动性追逐或格斗，这显然不符合对太空军的认知。而海战，尤其潜艇战，和太空战极其相似：第一，都是将移动较慢的大单位作为炮台进行作战。第二，与潜艇战相似，在舰体表面出现破损时，将造成极为严重的后果。"

"我尚未完全理解，您能再详细解说吗？"

"那我先说说为何这种巨舰大炮的作战方式在地球上会被淘汰。二战时期的战列舰只能在二维平台作战，而战斗机和导弹将作战范围拓宽至三维，自然而然战列舰失去了优势。在太空中，即使是巨型战列舰，亦是在三维空间中作战，加上太空中无须面对空气阻力等因素，因此空军武器与能够充分发挥战力的超级巨舰相较，几乎没有任何优势。"

"这下我就理解了。但是，为何太空战场中的作战单位只能是巨舰？小型战舰不能吗？"

"当然不能。在太空中建造舰艇需要时间与资源，且小型战舰携带的战场资源有限。在人类现有技术水平下，八十年内在太空建造一条物资补给生命线恐怕不太可能；而小型战舰又不能频繁回往母港补给，因此主导未来太空战场的，唯有巨舰。不过，也不是只能使用巨舰大炮战略。以巨型舰队为主，还可增加无人侦察艇、舰载战斗机、导弹等辅助武器，以构建强大的太空防卫力量。"

"好的，我明白了，谢谢何将军的指点。"江海岳点了点头。

300 名海军官兵很快在等候室落地窗另一侧的花岗岩广场上集合完毕，江海岳已换上那件蓝色的太空军制服。清一色的蓝色军帽彰显太空军的责任，清一色的蓝色制服流露出太空军的庄严，黑色军靴则代表太空军的神圣。广场前的演讲台上，何龙迅速爬上台阶，打开麦克风，开始讲话。

"大家好，我是世界联合会太空军 K 国地区总指挥何龙。今天各位来到这里的原因，相信大家也都清楚。

"红矮星文明企图利用超高技术和极为疯狂的殖民计划，试图夺取我们生息已久的太阳系。人类的技术在它们面前，或许微不足道！在 20 世纪 80 年代，我们的国家面对怎样的对手，我们又是如何存活的，大家一定心知肚明！世界联合会地球防御理事会已经组建世界联合会太空军，我、你、他，每一个成员皆为太空军一员。这将成为载入史册的历史节点，这是人类文明抵抗精神的象征！无论两个文明之间技术多么悬殊，人类的勇气将永刻于星空之中，我们就是人类文明的永恒纪念碑！

"我明白在座许多人可能这辈子看不到光荣的人类舰队在浩瀚宇宙中熠熠生辉的样子，但我们身为最后一批在地表作战的军人，总要为未来的太空军做些什么吧！因为我们是军人，未来的背水一战靠的正是我们现在的艰苦卓绝！

"然而，我也知道有些人可能并不愿加入太空军。因此，在座的 300 位同胞，有要退出的吗？"

300 名脊背挺得笔直的太空军士兵再次挺直身子，呐喊道："报告总指挥，没有！"

"好！"何龙以同样热血的语气回应，"全体都有，听我指挥！现在全体宣誓入伍！"

江海岳眼中燃烧着热烈的青春之火，和其他 299 名士兵一样高举右臂，紧握的拳头上满是汗水。

"我是世界联合会太空军的军人，我宣誓：我服从世界联合会与我国政府的领导服从命令，严守纪律，英勇顽强，不怕牺牲，苦练杀敌本领，时刻准备战斗，绝不叛离军队，誓死保卫人类文明！"何龙带头宣誓，随即一股如同巨浪般的呼声爆发出来……

程玥威严而温婉的嗓音在世界联合会大会堂中回响着，她身后是刚刚揭幕的世界联合会太空军军徽："世界联合会太空军预计将在太空中布设约四千艘太空战舰，其中两千艘将位于小行星带，九百艘在月球附近，一百艘在近地轨道，此外还有多个侦察小队驻守柯伊柏带。同时，我们还需要在上述位置建设数十个太空母港作为舰队补给基地，随时提供战略物资。此外，我们需要不同军种的通力合作，比如发展空天飞机、战略核导弹等与太空舰队协作使用的辅助武器，以便对敌人实施更有力的战略威慑和战术攻击。这样伟大的太阳系防卫计划需要全球所有科技强国通力合作才能在八十年内实现。根据世界经济组织的估算，这将耗费全球二十年的 GDP 总值。因此，为了更有效地调动全球战略资源建立太阳系舰队，我们在世界各地与地方政府共同设立了太空军指挥部。接下来，我来宣布各地区指挥部的总指挥。

"Y 洲战区设有三个指挥部，分别为我国 E 海太空军指挥部、J 国太空军指挥部和 Q 国太空军指挥部。"

屏幕上的世界地图三点被标红，浮现出三位将军的照片。

"洲盟洲战区三个指挥部……

"西 M 洲战区三个指挥部……

"F 洲、DY 洲、南 M 洲战区的指挥部仍在建立，后续我们将召开听证会宣布。"

屏幕上的世界地图消失了，转而浮现出太空军的军徽，背景是各个历史时期人类航天英雄的剪影。"我们相信，"程玥转身面对台下参会者，"世界联合会太空军的建立，将为人类对抗外星文明书写一段史诗。让我们迎向星辰大海，在这条未知的伟大旅程中扬帆起航！"

十六　太空法

"本次听证会第一个议程结束，接下来进入第二个议程，即完善世界联合会临时拟定的《太空法》，并通过投票表决的方式支持或否决其中的每一个细节。"程玥背后的大屏幕上浮现出由各种语言组成的"太空法"这个词。

"《太空法》总体分为五个章节，首先我们来完善并分析第一个章节：《太空资源及航天技术的公有化》。该章节是会议开始前我们内部拟定得较为完善的部分。下面请各位代表阅读面前的资料并提出问题。"

经过与会代表多轮提议、辩论、争执与妥协，最终以116票赞成、1票反对、9票弃权的结果，《太空资源及航天技术的公有化》通过表决，从2068年3月10日起，该法案正式生效。

程玥怀揣着《太空法》全文及会议录像的文件，缓步走在世界联合会总部大厦的走廊上。阳光从落地窗洒入走廊，形成光怪陆离的景象。程玥穿梭在光斑之间，一项更为大胆的想法在她的脑海中挥之不去。

A国不签署《太空法》，真的会对法律的推行没有影响吗？如果A国不参与太空军的建设，那么八十年的时间根本无法让世界联合会构建出强大的太空军部队。她按下直通办公室的电梯按钮，走进办公室后，再度陷入沉思。

A 国仍是太空军建设中不可或缺的一环。现在摆在程玥面前的只有两条路：一是劝说，二是强迫。事实上，只有一条路可以走。证据表明，继续劝说的风险太大，可能不仅无法打动 A 国，反而使 A 国觉得世界联合会会引发国际纷争，彻底浪费宝贵的发展窗口。因此，剩下的只是强迫，问题是——怎样强迫？

战争显然没有必要，这将消耗大量资源，带来的结果却微乎其微。此外，过于温和的政治博弈也显然不可取，这不太可能改变 A 国的看法。换言之，随着国际格局改变，常规的政治手段已完全不再适用于当前世界。不过，实际上还有一种，投入与收获成正比的终极手段——一种无数人曾梦想着实现的计划。

程玥为自己的想法兴奋不已，许多模糊的构想在脑海中盘旋。她很快新建了一个文本文档，并郑重其事地在文档标题处敲下了一行将成为人类历史上最重要发展的标题：

关于组建地球联合的初步构想及会议安排

程玥叫来助理，关闭电脑上的文档，激动地说："小周，你去通知大家，一周后早上九点，世界联合会全体召开内部会议，我有个很重要的决定要宣布。"

十七　核爆危机

　　年轻人在黑暗的房间中沉思着，没有拉开窗帘，也没有打开任何一盏灯，只是在那里静坐，唯有电子白板上的 OLED 像素点发着微弱的光，隐约照亮他戴眼镜的脸庞。他凝视着发光的电子白板，目光停留在那些意义非凡的公式与曲线上，脑中的思维如宇宙飞驰——作为物理学家的想象。

　　这时，他脑海中浮现出一位身影——那位因工作繁忙而近期未见的友人，他在世界联合会地球防御理事会工作，是个有些不修边幅、却拥有着大智慧的朋友。

　　手机的嗡嗡声打断了他的回忆，随之而来的是如巨浪般的广播声，令他心中恐慌：那混合着种种可怕声音的巨响，是 K 国首都市政府和国务总会广播的全面核打击警报。

　　"各位参会代表，大家好。欢迎来到弑星计划第 25 次公开听证会。今天从 R 国科学院 Sa 地区军事研究所上报的《关于微型恒星级氢弹研制的成果》文件开始，会议时间为 2068 年 3 月 16 日上午十一点，会议现在开始。"程玥用温柔的声音说出她在这个熟悉场景中无数次演讲的词句，但这第 25 次让她感到一丝异样。

台下，目光坚毅的 R 国学者伊万诺夫·扬和同事们热烈鼓掌。他是 R 国家喻户晓的英雄，几乎以一己之力改变了 R 国人民对战局的看法。恒星级氢弹的成功研发极大鼓舞了人们对胜利的信心，科学研究也因此紧锣密鼓地展开。掌声逐渐平息，伊万诺夫将脚边的黑色公文包轻轻拿起，又轻轻地放在面前的桌子上。

"首先，请各位代表翻阅桌上的文件资料，以初步了解恒星级氢弹项目。目前世界联合会对该项目的投入大约是一千亿，所取得的收益和对人类的帮助同样十分可观。本次氢弹项目是弑星计划第二阶段研究项目的成功例子，鼓舞了各地民众的信心，同时促进了世界各国科学技术的全面发展。可以说，这是人类生存最艰难的时代，也是人类发展最好的时代。我们相信，只要这样成功的项目越来越多，人类反败为胜的概率也会越来越大。根据新型量子计算机 ESQC-2000 的演算，人类成功抵抗红矮星文明的概率因恒星级氢弹项目的成功而上升至 10.019%。哪怕只有最后一丝生存希望，世界联合会也不会放弃。"在翻阅纸张的沙沙声中，程玥的声音在大会堂中回响。

"秘书长女士，你确定吗？" A 国代表用咄咄逼人的语气发问，吸引了全场的注意，"R 国私自研发恒星级氢弹的行为已侵害其他国家的权益，甚至严重影响了我国的国防安全！这种只有原始人才能想到的方案，居然在 21 世纪 60 年代提出来！之前情报局交给世界联合会的提案，你们一点都没注意到吗？"

程玥刚想回应，却被伊万诺夫的声音打断。他的右手紧紧抓着公文包的提手，怒声说："原始人？ A 国竟然还有脸叫我们原始人？自己在那场冲突中捞不到好处，现在开始恼羞成怒了？我们工作人员两年多的辛勤工作，就被你们一句话打水漂？如果人类因为科技不够发达而在外星文明的侵袭下灭亡，A 国就是最大的罪魁祸首！你们一边疯狂发展畸形科技，一边限制他国研究，我想反问你们，这种事在 21 世纪 60 年代居然还能发生？"

"你在逃避问题。"A国情报局的一位官员冷冷地说，"我直说吧，你是否承认，R国确实有私自进行空间核试验的嫌疑？如果有，那就更有必要停止你们的研究，这个项目已经变成全人类的大危机！"

伊万诺夫的右手将公文包抓得更紧了："我再次重申，我国所有核试验行为均在世界联合会批准下进行，情报局对我方的指控本身就是不合法的！实际上，恒星级氢弹项目对弑星计划产生了极强的正面影响，我们应当被感谢与敬佩，而不是被你们这些作恶多端的情报人员诬陷！"

"正面影响？"某洲盟代表调侃道，"你们的恒星级氢弹项目既野蛮又粗暴，这种攻击方式怎么可能对红矮星文明的远航舰队产生作用？人类的核武器，对它们而言不过是挠痒痒，必定涉及基础物理的新攻击方式，才能在最后时刻反转战局！"

"洲盟代表！"程玥敲了一下演讲台，有些担忧地看了一眼伊万诺夫，严肃地说，"请注意会场纪律，尊重每个国家在弑星计划中所做出的努力。不知道你是否听说过，早在陨星危机公布的第一天，就有来自贵国的科学家提出，在月球上布设超过一亿颗大当量核弹。它们爆炸的总推力可以使月球飞速前移，逃离可能波及地球的区域，与敌方小行星相撞。当然，这是一个投入巨大、牺牲巨大的方案，况且我们也不知道敌方小行星的详细天文数据，因此每个有发展前途的项目，都是世界联合会所要支持并协助的。"

"秘书长女士，"A国情报局代表从口袋中掏出一张存储卡，"如果世界联合会仍支持R国的恒星级氢弹项目，请允许我展示一组由我方对地观测卫星拍摄的高清照片。"

程玥接过存储卡，平静地插入演讲台下的计算机处理器。大会堂中央的屏幕上，EDC标志消失，替代的是一组卫星照片：一块块印着Sa地区军事研究所缩写的灰白色长方体正包裹在中子火箭的整流罩中。

其他参会代表对A国观测卫星的分辨率感到震惊，对这些灰白色长方体的意义充满好奇。它们为何被装进整流罩中？更奇怪的是，为什么R国的整流罩总装在室外进行，而非装配厂房？

"联想到此前恒星级氢弹项目组向世界联合会提交的提案，以及长方体上印刷的文字，我们猜测这很可能是R国研制的小型恒星级氢弹。当然，在申请后进行空间核试验是合法的，但世界联合会并未在此次发射任务之前接到有关空间核试验的申报单。"

"贵国代表，"K国代表站起身，"你们没有理由诬陷那些长方体物体就是恒星级氢弹。假如R国真的进行了空间核试验，肯定会在太阳系天体上产生扰动。但根据天文台的观测，近一年来太阳系并未产生任何扰动与变化。贵国在怀疑他国之前，请综合考虑各项标准再提出结论。"

"那就说明你并没有仔细阅读伊万诺夫提交的新提案。"情报局代表回应，"提案上详细解读了微型氢弹设计图，连设计图原稿也包括在内。而根据比对，设计图与卫星图像中那些不明长方体物体的每处细节都完全吻合，表明R国确实私自将氢弹运上太空，但是否进行核试验尚未确定。"

"如果没有进行核试验，那就很奇怪了。"洲盟代表插话，附和道，"运载火箭携带的每克载荷都是极其珍贵且需付出巨大努力的。既然R国把氢弹送上了太空，为何不进行核试验呢？"

伊万诺夫看了看紧紧抓在手里的公文包，沉默片刻之后，转头与三位同代代表低声交谈起来。洲盟和A国代表则得意扬扬，面露胜利者的神态，傲慢地看着焦急的伊万诺夫。

程玥亦沉默片刻。她对着连接后台观察室的麦克风低声说了一句话，思考大约十几秒后抬头道："伊万诺夫代表，根据后台观察室人员调查，洲盟代表和A国代表所说情况属实，且具有充分证据。如果你决定不提出异议，我将进行投票，决定是否暂停R国的氢弹项目。毕竟，尽管这是一个可以推动人类发展的项目，但私自将氢弹送上太空违反国际法。希望你能将详细情况告知我们。好了，30秒后，如果你还没有提出异议，我就要开始投票了。"

伊万诺夫依然沉默。30 秒倒计时进入最后 5 秒时，他的额头已满是汗珠。看了看正安静地注视着他的程玥，又看了看旁边的代表们，他终于开口："好吧，我承认氢弹项目组将一批恒星级氢弹送上太空，这是在未获世界联合会批准的前提下进行的。不过，这批氢弹并非用于爆炸性空间核试验，基于保密原因我无法透露详细用途。我愿意接受一切处分，但绝不能停止恒星级氢弹的研制，此项目乃是全人类面前的第一缕曙光，绝不能轻易熄灭。"他终于松开了紧紧抓住公文包的手，如释重负地调整了一下坐姿，轻轻地呼出一口长气。他复杂地看了看随他而来的 R 国代表们，暗暗给了他们一个意味深长的微笑。同时，他庆幸自己终于战胜了理智，因为在他的公文包里，的确有最新研发成功的微型氢弹的触发开关。

程玥悄悄用冰冷的手整理了一下头发，之前一直假装的镇定，这时候才慢慢放松下来。她示意各国代表开始投票。毫无疑问，R 国以外的所有国家代表都赞成停止 R 国的氢弹项目，这次核爆危机以和平的方式落下了帷幕。

十八　地球联合

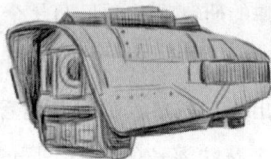

张彦成先生：

　　您好，这里是世界联合会地球防御理事会。在征得您所在单位同意后，我们将派遣您至科学院物理研究所 Ti 市粒子研究室进行弑星计划第二阶段的尖端科学研究。请于 2068 年 4 月 3 日晚上九点前到 K 国 TN 省 Ti 市粒子研究室 A 区南门报道，到时会有特派技术员为您和同事介绍具体内容。

　　感谢您的配合，请为全人类尽一份力！

　　刚刚完成一次计算机模拟实验、脱下无菌实验服坐在办公室休息的张彦成看着手机上的信息，心中却没掀起太大波澜。如今的张彦成，经历了两年历练，心态稳重了许多，面对工作冷静自若。不论是不到三十岁就成为院士，还是被调至 Ti 市粒子研究室，甚至成为 K 国代表团成员，他都坦然面对。

　　他将研究任务表中的最后一项画上对勾，整理好实验资料，扛起笔记本和存储研究数据的硬盘，默默地离开了研究所。两位刚入职的研究员在身后谈论道："今天怎么了，老大之前晚上九点才走，今天五点就走了？"另一位回应："我看可能是临时事务吧，反正任务完成了。咱们跟着张院士做的项目含金量都挺高的。听说咱们物理系就我们两个进了这个所，也只有我们两个跟了张院士！"

"你不用那么古板地称呼他吧，张院士张院士的，好像他多老了一样。"第一位研究员看着张彦成离开时小声说，"他说过，叫他张彦成就行。"

张彦成远远听到两人的谈话，笑着摇了摇头，默默走远了。

再次坐上世界联合会专机的张彦成心情平静。他知道，经过全人类两年多的共同努力，任何震惊的消息都无法比得上那次会议后的消息更为可怕、更加令人不安。坐在他身边的是同为 K 国代表团科学代表的李景峰，来自空天飞行器技术研究院。张彦成第一眼认定李景峰与自己相似，因此，两位年轻人坐在一起，迅速变得热络。尽管两人专业领域不大重叠，但日常的知识储备使得他们在技术问题上能够携手探讨。张彦成向李景峰解释弦理论研究价值及相关设备和实验设计后，李景峰也提到了他们的研究项目。李景峰出生于 2032 年 8 月 5 日，正是航天局第一架可重复使用航天器成功发射的那一天。他自小与空天飞行器结缘，22 岁毕业于飞行器设计与工程专业，立刻进入航天局工作，仅两年后便参与研发第一架技术成熟的航天飞机，预计将在 2075 年前投入商用。他因此受到媒体的广泛赞誉，如同张彦成一样，成为年轻的顶尖科研人员。最有趣的是，张彦成成为院士的那天，恰好也是李景峰成为空天研究院院长的日子。两人人生轨迹相似，使得他们有种相见恨晚的亲切感。

经过 2 个小时的航程，黑夜降临，飞机上的 Y 洲区代表们精神抖擞，期待着这场规模空前的大会。根据世界联合会新闻报道，由于每个国家至少派出五人组成代表团，因此形成了人类史上最大规模的会议，共有来自全球及世界联合会本部的 1072 名参会人员出席。尽管人们并不清楚此次大会的真正目的，但每个人都能感受到有重要事件即将发生，且它定将载入人类史册。

"不过，"李景峰继续兴奋地说，"航天飞机虽然成功，但仍需火箭辅助入轨，成本已降至极限，包括火箭回收利用，依然不足以支撑人类大规模廉价进入太空。因此，我相信将会很快出现真正的空天飞机，为世界联合会太空军建设保驾护航，或许我还会参与空天飞机的研制！"飞机在这愉快的谈话声中继续飞行。

在这美丽的夜空中，6架世界联合会专机此时均从不同方位驱驰，目的地一致：Ti市国际机场。它们在De市时间下午五点抵达世界联合会总部。再次走进总部的蓝色玻璃大楼，张彦成感到这两年的时光如同轮回，此次会议结束后，或许又将面临一段激动人心的生活。两年过去了，这座映射着蓝天白云的玻璃大厦依旧庄严、依旧神圣。唯一不同的是，跟张彦成的心拉近了不少。

会堂内一片安静，Y洲区代表团率先入场，第一眼便看到坐在主席台前整理会议资料的程玥。两年过去了，张彦成眼中的程玥更加成熟。尽管在每日的世界联合会新闻中都能见到她的面庞，但近距离见到本人，聆听其言，才能感受到真正的变化。

2068年3月25日下午六点半，地平线的夕阳落下去了，包括程玥在内的1073名参会人员悉数到场，在紧张、激动与猜测交织的气氛中，人类史上最重要的世界联合会大会召开了。

十九　破局

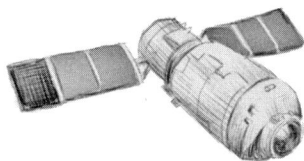

　　程玥缓缓站起身，凑近主席台上的三个收音麦克风，开始发言："欢迎来到世界联合会第 17 次公开会议，也是人类历史上规模最大的一次大会。会议时间定于 2068 年 3 月 25 日下午六点半。"她起初因激动声音发颤，随即恢复至往日的清晰响亮。

　　"预计整个会议将持续 7 天，今天我们将完成第一和第二个议程。"程玥按下大屏幕的切换按钮，一幅全球大陆的图片浮现在屏幕上，在 7 块大陆的上方，一轮圆弧遮拦之下，显现出两个巨大的英文字母：PU。字母上方是世界联合会的徽章。会场立即响起低语声，人们开始猜测这两个字母的深意：洲盟联合体？不，一次如此重要的会议绝不可能是单纯为了洲盟局部地区的联合。猜测与议论变得越发热烈，直到程玥再次按下切换按钮，屏幕弹出不同语言书写的"地球联合"，瞬间如同按下了暂停键，所有人陷入沉思。

　　实际上，众多支持和平的代表看到这个充满力量的新词时并不是特别震惊。因为在前所未有的危机面前，人类唯有齐心协力，团结一致，才可能寻到一线生机。他们早已看到全球大同的趋势，而最终结果显而易见。即便一直对世界联合会的某些举措不满的部分国家，如 A 国，此次参会代表在了解到小字背后的含义时，也未如往常那般急躁跳跃。那场惊心动魄的核危机之后，A 国政府意识到单打独斗毫无出路。不得不说，世界联合会的这一决策非同小可，地球联合是在大势所趋，民心所向。而程玥，身为秘书长，会选择在一个最适当的时间节点，将这一宏大决策公之于众！程玥看到戴肯赞许的表情，不由得放松了紧绷的神经。

程序持续，程玥继续平静地说："是的，经过世界联合会各部门的多方讨论，我们决定成立名为'地球联合'的实体。这一决策是为了进一步推进弑星计划与构建世界联合会太空军。地球联合，是国际性人类联合组织，它不仅限于维护和平、促进人类持续发展，它本身就是将各国统一在同一框架中的实体。地球联合的成立，将根本改变人类历史，这将成为人类历史最伟大的丰碑——首次将全球每个国家、每个民族、每一个人都联合在一起！新的时代开始了！"

说到这里，程玥停顿了一下。然后，她语气激昂地说："我宣布，2068 年 3 月 25 日，地球联合正式成立！"

与此同时，热烈的掌声回荡全场，各国代表团意识到这是多么重要、多么光荣的时刻！此时，张彦成看到了熟悉的身影——戴肯，此时他的笑容更加灿烂。随着地球联合成立的时刻到来，会场中的每一个人都明白，自己不仅是本国的国民，更是地球联合中紧密连接命运共同体的一员！当大家共同为地球联合的诞生鼓掌时，他们无不意识到——在灾难当前，必须为人类的未来而共同奋斗！除了现场 1073 人如雷鸣般的掌声，全球 70 亿观众也同时响起掌声，如新时代的钟声，引领人类文明步入崭新的命运共同体时代。

"接下来，"程玥继续说道，"现在开始第二个议程，讨论地球联合中政府机构、科学研究及航天科研机构的成立事宜。

"首先是地球联合政府机关成立事宜。请各位代表审阅会议桌上的地球联合 1 号档案，里面包含联合政府的详细法案、联合政府在国际事务中的执法权力，以及其下属政府组织需要让渡的权力。

"联合政府的前身即为现有的世界联合会组织。成立后，内部架构基本保持不变，管理制度将有所调整。"

程玥解释说："全球将划分为200多个紧密联系的片区。各国政治体系和社会制度由各国决定，但在科研、军工、航天领域，必须将全部力量投入联合科学院、联合航天局与联合太空军。请各位代表表述观点。"

K国代表团的张文彬起身发言："我国全力支持世界联合会的决策。在全人类即将遭遇外星文明入侵的时刻，我们全力支持联合政府。地球联合的成立是世界联合会做出的极为明智的选择，我们相信地球联合的成立将为全人类的生存带来希望。希望各国能积极配合，为人类发展贡献力量。"

张文彬的发言赢得了不少掌声，随即R国代表提问："秘书长女士，关于联合政府执政官体系的详细情况，请如实告知，这关系到各国在地球联合成立后的权益及联合政府执法准则。多谢。"

程玥翻开一页准备的档案，深吸一口气回答道："关于执政官体系的具体情况，五天议程中会进行详细讨论。简单概述为：在现有秘书处的基础上增加秘书长在各国的调动权与管理权，最高执政官即为书记长，能够制止或支持各地执政官的决定，按情况调动各地战略资源和科研资源。全场将选举最高执政官，并制定相关法案。"

R国代表微笑，用友好的语气说："个人而言，我极力支持您担任联合政府最高执政官，您是世界联合会历史上最优秀的秘书长。"

这时，坐在张彦成右侧的李景峰起身，稍显紧张地发言道："秘书长女士您好，我是空天飞行器技术研究院的李景峰，我的问题与联合航天局有关。请问联合航天局合并后，全球各国的航天技术是否可共享？互助对空天飞行器研发有何影响？地球联合会制定哪些政策以支持航天科技的发展？谢谢。"

程玥扫视联合航天局的档案，抬头答道："关于全球航天技术的共享，这是地球联合必须大力推行的，涉及人类进步和抗击外星文明所需的尖端航天技术。我相信在地球联合的帮助下，各国航天技术会更顺利发展。同时，地球联合将通过资金、人才资助等方式支持相关项目，其正面影响不仅限于加速航天科研发展，还利于地球联合成立后各国沟通与合作。地球联合还将推出一系列航天科研支持政策，各国航天局可在沟通大会上申请经费资助，技术交流将促成科研人员的流动与合作。我相信这些政策将推动人类航天技术的稳步前行。最后，我以个人名义对这位代表致以深深敬意，科研第一线的每位人员都值得我们尊重。"

第二个议程的讨论持续至晚上十一点。经过 5 小时快节奏的会议，参会代表们已显疲惫，而程玥也不知回答了多少个问题，听到过多少次反复辩论。张彦成同样发言，提出与联合科学院科研政策相关的问题。他明白，作为国际平台上的一员，他的每一句话都代表着全国数千万科研人员的心声。大家都明白，地球联合成立意义重大，方方面面的细节要科学谨慎。程玥宣布休会，嗡嗡的说话声再次在安静的大会议厅响起。涌动的人群随工作人员的引导，朝着酒店富丽堂皇的大厅走去。

"各位代表，大家好。现在是 2068 年 3 月 26 日上午九点，是地球联合第一次全球代表大会的第二天会议。今天的议程有两项：第一项，确定地球联合会歌和太空军军歌。第二项，讨论地球联合维和部队的军权及相关事宜。"在会堂连夜新安装的落地窗透进来的灿烂阳光中，程玥开始了第二天的议程。最后，经过讨论，张文彬代表递交的《团结歌》突显了全球人民团结协作的精神主旨，在投票中获超过全场五分之四的选票，正式选定为新会歌；太空军军歌则确定为《祖国不会忘记》。

上午的议程进行了 2 个小时才休会。代表们吃完饭后，下午一点，第二个关于联合政府维和部队的议程开始了。代表们讨论了整整 2 个小时，最终同意共同装备太空军，共同抵御红矮星文明。

第三天和第四天的议程围绕《地球联合法》的修订与完善展开。各国提交了自家的宪法供参考，代表们共同讨论两天通过了《地球联合法》。人类的法学研究和执法标准由此进入一个新时代。这几天的会议是对既有人类国际社会的全面革新，所有人的奋进之心被激发，整个世界都进入斗志昂扬的状态，各地报纸全方位报道了这次会议的进程。这一阶段国际社会的飞速变革令人感到称奇，人类正以最正确的方式规划着这场蓝色星球上的变革。

第五天的会议主要围绕联合政府执政官体系展开。这场会议决定选出一位能团结人类文明、维持文明运行并推动科学技术发展、战胜红矮星文明的领导者。从现场代表们的投票结果看，世界联合会历史上最优秀的秘书长程玥当之无愧，任期五年。程玥深知这不仅是对她的信任与认可，更是责任与担当。

现在是最后一天会议的最后10分钟。在这最后10分钟，程玥发表了一段激动人心的演讲："各位参会代表、电视机前全世界的公民们，2068年3月31日，地球联合正式成立。为了纪念人类历史上最伟大的变革节点，我们决定将已使用2068年的纪年方式'公元'更换为'联合纪元'。在新时代的钟声中，我们始终相信，在团结的人类文明的旗帜下，人类将繁荣发展，生生不息。在抵抗红矮星文明入侵的战争中，人类文明必胜。人类将以地球为起点，在宇宙中万代延续！人类的勇气、坚毅和智慧将永刻于太阳系的光辉之中！现在我宣布，地球联合正式成立！此时此刻，时间之手指向2068年3月31日下午六点，同时也是联合纪元元年3月31日下午六点，请各位代表、各位公民在冉冉升起的地球联合旗帜下，唱地球联合会歌！"

全场代表热血沸腾，程玥在暖黄色的灯光下被庆祝的鲜花与旗帜包围，显得格外激动。全世界公民在电视机前起立，代表们整齐立正，现场交响乐团奏响《地球联合会歌》的激昂前奏，升旗手庄严按下电动升旗按钮。此刻，全世界人民的心紧紧连在一起，人类文明真正成为一个整体。

二十 启程

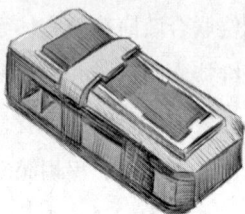

张彦成正在公寓里整理前往 Ti 市的行李，透过落地窗，温暖的阳光洒进室内。这是一个很温暖的午后。

此时，手机突然响了。

"听说你过两天要调去 Ti 市工作了？那以后见面的机会就少了吧？"是马晨。

张彦成拉上行李箱的拉链，举着手机回答道："对，要去 Ti 市工作了，不过见面不算麻烦，坐火车很快就能碰头。有什么事吗？我在收拾行李！"

"这么急，都开始收拾行李了。你要走了，不一起吃顿饭？好久没聚了，赶紧来吧，老地方等你，我跟梁龚捷也说过了。"说完，马晨就挂了电话。

半小时后，张彦成走进了一家饭馆。他尚未找到那两张熟悉的面孔，肩上却重重挨了一拳——随之而来的是粗哑的声音："你这小子，我之前说过的吧？迟早有机会让你好好搞物理研究，世界联合会迟早给你分配更大的实验室，果然实现了吧？看看现在！又是院士，又是去地球联合开那么重要的会，现在又要去 Ti 市搞研究了！"

张彦成擦去眼镜上的水汽，对着清晰起来的马晨的面孔呵呵地笑着，在圆桌前坐下，接过梁龚捷递来的一杯热水一饮而尽。马晨旋即转头对老板喊了句就把菜点了："老板，一斤牛肉、一斤羊肉、一斤爆肚、一瓶二锅头！"

火锅中的汤汁很快就沸腾起来，三盘红白相间的新鲜肉片和一大盘用来调味的深棕色黏稠稠麻酱被端了上来，同时还有一瓶白酒。小玻璃酒杯被马晨哗哗地斟满了，三人碰杯后举起酒杯一饮而尽，一个个被白酒的灼烧感呛得直嘬嘴巴。

久未谋面的三个人边涮肉边饶有兴致地聊了起来，看着马晨享受地吞着麻酱调出来的几团黑乎乎的爆肚，张彦成和梁龚捷实在无法接受这种吃法，只得老老实实地涮着牛肉和羊肉片。三人相谈甚欢，聊到各自的近况，同时也回忆起在第二调查办公室工作时的往事。话题渐渐转向一个人——张兆和。提到他的名字，三人的情绪顿时低落。

"办案二十余年，从未出过差错，唯一对不住的人，还是张老。"马晨语调低沉起来。

"也不是你的错，这件事的确蹊跷，谁能想到世界联合会造出的那个人工智能会导致外星文明侵入地球呢！"其他两人同样情绪低落，但仍试图劝解心怀愧疚的马晨。

"我知道这事儿太蹊跷了，但就是过不去这个坎，始终觉得对不住张老，必须做点什么。所以我想，反正第二调查办公室现在不忙，我不如利用闲暇时间，去翻翻有关 Quest 基地建设的资料，走访张老的旧友，最终整理出一份张老详细的生平资料，或许还能给他写个传记！"马晨恢复了往常健谈的样子。

"好家伙，你居然要写传记？"张彦成和梁龚捷同时发问。

"怎么，不相信啊？别看我现在对你们的专业领域像个文盲，实际上我也曾是个文化人，只不过加减乘除、函数之类的全忘了，语文水平还不错。更何况就算我这个二杆子憋不出来，找个文学家请教请教也不是难事。万一我写得顺溜了，也可以给你们写写，所以好好工作吧！"

"这……倒是个不错的主意。"张彦成说道。

"我最近负责天文台的天体运动计算，上面决定把我调到 Quest 基地，这是个很好的机会，可以完成张老退休后研究的几个课题，也能了却他的夙愿。如中子星和脉冲星的详细理论模型、霍金辐射的研究、三体问题的计算等。这些也符合我的兴趣，不仅能为正面临危机的地球联合做贡献，也能让张老在天之灵得到安慰。"梁龚捷也谈起了他的打算。

"哦，对了，除了传记，我最近也在忙张蓝星的事。他现在在服刑，但是根据新的《地球联合法》，他是可以减短刑期的。他的技术能力很强，肯定能在太空军和地球联合的建设中发挥作用。张老去世后，他意识到自己的悲观主义是错误的，看到地球联合成立的新闻，他对人类的未来变得乐观起来了。"马晨说到这里，面露喜色。

张彦成看到两位老友都有了自己的打算，对张兆和的事也不再纠结，心情也随之好转。

自由号火车在铁路上飞驰，以每小时 600 千米的速度平稳行驶。张彦成正在整理笔记本电脑里的研究资料和成果论文。

从 K 国首都到 Ti 市只用了 5 小时左右，列车缓缓停下。如今许多尖端科研部门设在 Ti 市，其中包括张彦成即将前往的联合科学院物理研究所（前 K 国科学院物理研究所）Ti 市粒子研究室。

Ti 市粒子研究室的主体建筑俯瞰呈近似勒洛三角形的形态，被镜面玻璃覆盖，东面是一条狭长的蓝色建筑物和一圈星罗棋布的小建筑物，构成类似中轴线的结构——这是 K 国史上最先进、规模最大的粒子加速器，是人类高能基础物理进步的前沿实验装置。

张彦成从双肩包里掏出几天前联合科学院寄给他的快速通行牌，在快速通道的读卡器上刷过，然后大步走入粒子研究室。三角形办公楼分成三个区域，正对大门的区域正好是报到地点 A 区。张彦成直接走进 A 区南门，在明亮灯光下完成登记后，被安排进入办公区和粒子加速器实验室进行交流与参观。在长长的走廊中穿行时，他遇到了不少来自全世界各地的优秀研究员，所有人的研究方向都有一个共同点——弦理论。

张彦成穿过办公楼和粒子加速器实验室之间的连廊，Ti 市明亮的阳光透过窗户，让人心生愉悦。他将快速通行牌放在自动门的读卡器上，自动门快速滑开，他进入了一个作为物理学家来说，无数次在梦中出现过的世界。暖黄色的灯光下，大团大团整齐排列着的供电线路在管道和实验设备四周密密麻麻地围在一起。直线加速器部分静静地放在狭长走廊的中间，巨大的加速器主体上缠绕着一圈一圈的储存环，张彦成已经能想象出这台钢铁巨兽启动时，兴奋的高能粒子的储存环中飞速移动起来的样子。墙上镶嵌着各种各样复杂的实验监测装置，电子显示屏整齐地排列着。行走在这狭长的走廊上，脚下的钢铁悬浮平台发出咣咣的声音，这里简直像一个钢铁巨兽的家！走到走廊中间，直线加速器仍然在中间好好地摆放着，但旁边出现了几架棱角分明的白色装置。张彦成知道这些白色装置中包裹着用于聚焦电子的四极磁铁，在这台加速器用于正负电子对撞实验时，这些白色装置起到的作用非常重要。张彦成继续往前走，仿佛没有尽头的走廊左右出现了一块巨大的空间，暖黄色的温和灯光在走廊上叠加了一层滤镜，仿佛脚踏实地的走廊顿时变成了一个悬浮平台。在平台的两侧，那广阔的空间，便是呈巨大环形的配套探测器。张彦成站在两个巨大的环形结构之间的悬浮平台上仰望着，探测器负责收集粒子加速实验产生的次级粒子数据，并记录到中央计算机上，环形探测器上分布着密密麻麻的彩色探头，在暖黄色灯光和指示灯的作用下显得灯火通明，一派繁忙的景象。一大把用来检修探头的数据线在半空中悬浮着，张彦成看向脚下真正的一楼，忙碌的人群正在读取着数据线传来的结果，逐个检查着不计其数的探头，而与此同时，和中间的悬浮平台处于同一楼层的左右侧走廊上也在进行紧张的检修任务，电子显示屏上滑过一行行复杂的检修数据。张彦成在悬浮平台上对着探测器那复杂的结构愣了许久，才发现有一个人正和他一起盯着探测器看。当他看到那人的脸时，他愣住了。

这是一张清秀的年轻女性的面孔，清澈的瞳孔中映照着暖黄色的光亮，与她相称的小巧高挺的鼻尖，几根零散的碎发披在额头上，她的目光正集中在巨大的探测器主体上。张彦成惊讶的并非她的美丽，而是这张脸深深吸引着他，仿若高中同学陈菡初。距离高中毕业已过去整整十年，两人都年近三十，居然能在这里再次相见，这也许就是冥冥之中造物主给两人安排的缘分吧。

见女子转头看向自己，张彦成连忙扭头试图避开视线，仍未能挡住她。她脸上闪过一丝惊讶，仿佛在问：怎么是你？然而，她只是礼貌地说："你好，我是研究员陈慧，来自高能物理研究所，现在是联合科学院K国首都高能物理研究所的工作人员，负责粒子加速器实验设计与理论模型计算。幸会。"

这句话在张彦成脑海中只留下两个字：陈慧？他默默思索着，陈慧是谁？但眼前这位年轻研究员，分明是高中同学张菡初，十年过去了，但名字不可能变啊。他磕磕绊绊地说："你好，我是张彦成，联合科学院K国首都物理研究所工作人员，负责理论模型计算与实验结果评估。幸会。"

二十一　日记本

姓名：陈慧

2056 年 9 月 1 日

　　今天是一个大雨天，高中入学的日子。

　　实在没什么可写的，就把开学的日子记录下来。

2058 年 8 月 12 日

　　收到了大学录取通知书。

2062 年 12 月 31 日

　　从此，我不再叫陈菡初，而是叫陈慧。这家里也只有我和妈妈两人了。之后可能几年内都不会再碰这个本子。

联合纪元元年 4 月 3 日

　　五年多没有碰这个本子，主要是没有值得记录的事情，今天却有了。

要去 Ti 市粒子研究室报到了，换个工作环境还是让我兴奋的事。

"现在是下午 5 点，请已到场的新报到研究人员前往办公楼三楼大会堂准备参加动员大会。"陨星危机后，像这样的动员大会我曾参加过无数次，原以为记录会议纪要只会浪费笔墨，实际上我错了。

我扭头对准备抬脚的张彦成说："一起去吧。"随后给了个友好的微笑。他愣了愣，然后急忙回答："好，好。"一路上他的脚步都很急，似乎担心跟不上我，又似乎怕超过我。我们沉默地走到办公楼的电梯中，我忍不住想跟他说点什么，于是假装之前并不认识他："你的主要研究方向有哪些？我好像听说过你，院士是吧？"

"是的，"他现在显得没那么窘迫了，"主要研究方向……目前对弦理论研究较多。量子力学与核物理也是方向。这里很多人都是弦理论方向的专家，你的主要方向是什么？"

"高能物理。"我迅速回答，"涉及粒子加速器实验等多方面，还有——弦理论。"我惊讶地发现，他与我有共同的研究领域，心中再次闪现无数想法，"是的，这里的研究方向确实与弦理论有关，大部分科研项目都是为太空军服务的，但我目前看不出弦理论研究的军事价值。"

"军事价值当然有，"他毫不犹豫地回应，"高能物理，运用粒子高速运动产生的高能作为太空军兵器的能量源，相比传统武器将更具实用性。不过，弦理论与宇宙大一统模型息息相关，目前我确实从这一单一方向看不出太多军事价值。"我们穿行在阳光灿烂的走廊里，不知不觉就把各自的近况大概了解了一些，还顺带着聊了些物理专业领域的事情。在 Ti 市核子中心能和高中旧识相见，这的确是一件惊喜的事情。

大会堂不久后即到，推开会堂的大门前，我问他最后一个问题："获得院士这个荣誉时，心里在想什么？"

他紧紧盯住我的双眼，满含憧憬，坚定地回答："我心中全被研究所所长在白板上写下的一行字填满。"

"什么字？"

"不鸣则已，一鸣惊人！"

这句话在接下来的每一天里，都在我的脑海中回荡，我知道这句话将成为我在 Ti 市工作的主旋律。

核子中心主任只是一番平平常常的开头，紧接着简单地概括了一下我们总体的研究目标——为太空军一种强有力的高能粒子武器进行理论基础构造和实验证明。比较让我摸不着头脑的是，我与张彦成的名字赫然出现在蓝色背景屏幕上。主任带着微笑解释道："任何伟大的项目都需要牵头者。对这个与人类延续紧密相连的重大科研项目，我们选择的两位技术负责人分别是：第一位，联合科学院院士、K 国首都物理研究所弦理论课题组组长张彦成。他是全国最年轻的科学院院士，在基础物理和高能物理方面能力卓越，将对项目研究起到良好牵头作用。第二位是联合科学院 A1 级研究员、K 国首都高能物理研究所技术总负责人陈慧。她是全国四位在物理研究中获评 A1 级研究员中研究成果最多的一位，在高能粒子实验方面同样能发挥出色的牵头作用。两位技术负责人有什么想说的，可以上来给大家讲讲，借此起个动员的作用嘛。"

我和张彦成同时愣住，没想到刚来到 Ti 市粒子研究室报到的我，竟转眼就成了这里的技术总负责人。这种突如其来的变化与我脑海中铭刻的"不鸣则已，一鸣惊人"形成共鸣。我紧张地站在了台上，在脑中努力构思作为一名技术总负责人该说些什么。

我看向一旁的张彦成，他倒是显得很积极，接过话筒很快就讲了起来。不得不说，从高中开始，就能看出他在演说方面的天赋，说他是"书呆子"，只是不了解他而已。他接下来的讲话对我和其他同事而言，确实有些"一鸣惊人"。

"大家好，感谢大家的信任，让我站在这个重要岗位。今天到场的各位来自六十多个物理研究机构，共近二百名主力研究人员，还有维持粒子加速器等设备基本运行的一百五十名工程人员，总计三百多人聚集于 Ti 市。我们在一起工作，只为了一个目标——利用高能物理与基础物理理论中的能量释放反应，制造一种强大的太空军打击武器。这种武器的威力必须遥遥领先于红矮星文明的装备，才能取胜。对刚刚萌芽的人类文明而言，这似乎是天方夜谭，但我们这些为此奋斗的三百多人，拥有一个最有力的武器，一种能与红矮星文明的求生意志相匹敌的武器——信念！

"从恒星级氢弹项目的成功，到核爆危机的化解，再到地球联合的成立，人类文明在危机出现时由一无所有、迷茫恐惧，转变为现在的积极面对、在地球联合的领导下，我们相信可以在基础物理研究领域开展许多对人类生存非常有意义的复杂研究，为太空军的发展赋能，也为抵抗外星侵略者的战争做贡献。弑星计划与地球联合是人类历史上最大的两次变动。今天是联合纪元元年 4 月 3 日，我们将开始这一伟大的研究计划。我们究竟会成为下一个恒星级氢弹项目的缔造者，还是下一个核爆危机的引发者，这是对各位坚定信念的考验！弑星计划是人类历史上最悲壮的征途，人类的方舟已扬帆起航，在惊涛骇浪、大雾弥漫的海面上小心翼翼地航行。我们不知道彼岸在哪儿，但我们相信彼岸一定存在。信念在，彼岸就在，希望就在，光就在！

"我们即将踏上的是一条充满艰难险阻的基础物理漫漫征途。但我们是人类的一员，是闪耀群星中的一员，历史已经选择了我们，物理学的定律终将选择我们，我们迟早会在这漫漫征途中看到太阳升起。只要我们保持坚定的信念，就一定能看到彼岸的希望，能够见证人类的光辉时刻！"

雷鸣般的掌声在台上台下响起，台上的掌声则是我发出的。每个人的心中都因为这番振奋人心的讲话而热血沸腾。

动员大会后，各个部门宣告成立，研究任务总共分为四个板块：理论提出、模型建立、实验证明、构想应用。第四个板块与太空军相关。只要把模型算明、实验成功，便是为人类文明铺路。至于之后的事，还是那句老话——相信后人的智慧吧！

粒子研究室自晚六点半开始供餐，但由于新入驻的第一天人流量较大，今晚的供应时间提前至六点。食堂的饭菜，我只能说……除了一些特色小吃，实在没什么可写的。我粗浅的印象是：自动配餐机很好玩，饭菜免费供应令人惊讶，张彦成吃的东西也很普通。

眼下，浩瀚星空在窗外宛如一只纤毫毕露的巨大瞳孔注视着我，而我在台灯暖黄色灯光的照耀下，想象着自己在群星之间穿梭。世界上一切物理定律，都是我与群星交流的工具；世界上一切尖端科技，都是群星记忆深处的密码……台灯的暖光在十年间从未改变，它照耀着我的梦想，照亮着我的思想，与群星的注视相得益彰。

我并不清楚写下这段文字的意义，也许我的大脑知道。但我确信，今天又是一个启程的日子。

联合纪元元年4月4日

理论模型建设从今日开始，我们必须首先抓住一种适合我们研究的理论，并沿着理论的核心思想深入研究。主任本想将讨论安排在会堂，张彦成却微笑着拒绝："会堂这类地方太严肃了，不适合做梦。"

"做梦？"主任有些愣。张彦成坚定地回答："这一百年来的物理学，基本上不就是做梦吗？我们，不正是要把这些绚烂的梦想化为现实？"

最终，五十七名负责理论研究的科研人员聚集在一间空旷的办公室中，唯一的办公用品是一块电子白板和一张小圆桌。大家双腿交叉地盘坐在地。在这明亮办公室中，我们挑战着人类思维的广度与深度，探讨着那些晦涩难懂、狂放绚丽的物理法则。我们的思维可以包容整个宇宙，这一天，我们终于开启了真正的思考。

出乎我意料的是，张彦成走进来时手中拿着的并非一堆研究资料，而是装满小钢珠的塑料袋。他穿过盘坐的同事们，来到圆桌前，把塑料袋密封口打开，将一颗颗小钢珠撒在圆桌上，钢珠在桌面上纷纷跳跃。张彦成双手将钢珠汇聚，让它们静止不动，面对屋内另外五十六位疑惑不已的人说:"这个圆桌上正好有五十七颗钢珠,它们的意义,我现在不告诉各位。"说着,他也盘腿坐下,"好了,让我们开始做梦,努力把梦变成现实吧。"

"首先,"墙角的一位核物理学家抢先开口,"倘若要实现如张工所说的能量释放,核反应与质能方程是理论模型十分重要的板块。无论用何种方式积蓄能量,肯定要用与质能方程有关的结论,或更直白一点——核聚变来释放能量。"

一片赞同声响起。张彦成拿起电子数位笔,在白板上设置了几个按钮,举手画出一条弧线。人们并未了解这条弧线的意义。"还有什么想法吗?"他问道。然而,物理学家的思维似乎被那些资料禁锢了,20分钟里再无人提出第二条弧线。张彦成深吸一口气,看着大家,说:"看来,大家距离成为爱因斯坦式的人物还很远。答案显而易见,我们的能量释放过程必与现代物理的基本法则——"

就在他停顿之时,我感到作为一名长年被实验资料与论文束缚的研究者,仿佛长出了物理学的翅膀,在他的影响下跟随他在浩瀚星空中翱翔,沐浴于满天星光中。物理学家脑中的遣词造句总是和宇宙星空绑在一起。是的,物理学家,真正的物理学家是能飞起来的人,而当我长出了物理学的翅膀后,只要抬头一望,答案就写在星海之间!

"量子理论!"我脱口而出,顷刻间,整个办公室的目光齐聚于我身上。我的脑海中再次浮现出自动蹦出来的答案。接着,我说,"质能方程和能量释放反应模型必然涉及原子结构模型的建立,而现代物理界最前沿的原子结构模型,便是量子理论的电子云理论,是现代物理学的基石!"

张彦成并没说什么,但他的眼神分明在鼓励我:还有什么?继续说下去!

我的思维仍然在物理的星空中翱翔着,而下一个答案在星空尽头再次显现了出来。我的内心为之震动,这个答案无比使人吃惊,这是人类科学史上从未有过的大胆猜想，三个最前沿的物理理论在此时合为一体了！我紧张地说出那个惊人的答案："量子理论的电子云模型还不是真正正确的原子结构模型，当弦理论和超弦理论中原子的特性和量子理论中的特性联系到一起时，我们就获得了完整的原子和基本粒子的结构模型！这真是……张彦成，我们这将彻底改变人类对原子结构模型的理解，将现代物理学的两座高峰结合在一起，站在巨人的肩膀上观察星空！我看见彼岸了！"

"我也看见了。"张彦成说着，在电子白板上写下其余两条弧线，此时，整个屋子里的人都明白了这弧线的意义——三条有重大意义的弧线连接成完美的勒洛三角形，正是粒子研究室办公楼的形状。随即，张彦成用数位笔在白板上方用力写下四个字："三位一体。"是的，百年前的三位一体核试验开启了人类科学的新纪元，如今的三位一体，让人类在这大雾弥漫的海上见证彼岸！

"张工，您确定吗？"一位理论物理学家质疑，"尽管质能方程原理直观，然而将其扩充为完整的聚变反应模型，仍需与复杂的量子理论和弦理论相结合，这远比 R 国的恒星级氢弹项目艰巨！量子理论虽有薛定谔等前人铺垫，但解读描述微观粒子状态的薛定谔方程之难，堪比登天，何况将弦理论关联，简直是天方夜谭！更何况，弦理论如今仍只是设想，尽管诸如超对称性等结论一直在探索，但在数学与物理层面，将设想转为详细的理论模型，恐怕即使请来爱因斯坦也无法实现！研究时间有限，若研究如此庞大的东西，是否值得继续？光是理论研究便需花费如此巨大的精力，实际应用岂不更难？我们只有八十年时光，张工！"

台下的质疑声此起彼伏，但张彦成淡淡说出的一句话，令全场瞬间安静："这任务定然艰巨，否则怎会是我们坐在这儿？红矮星文明要生存，他们便来掠夺我们的家园；我们地球人更需生存，于是这条艰难的路就摆在眼前，光就在眼前，彼岸就在眼前，怎么样都得搞！道理大家都懂吧？我来搞定弦理论模型建设。谁跟我一起来？"

　　唱衰声消失得无影无踪，这些被物理资料黏住的专家终于被张彦成插上了飞行的翅膀。坚定的声音一次一次响起来："我来！我来！"张彦成轻笑几声，最终和负责弦理论模型建设的十八位向物理定律挑战的勇士站在一起。这十九名先锋是真正勇攀高峰的物理学家，他们要把一个虚无缥缈的幻想转化为严谨详实的理论模型，而我又想起了五年前那位老教授对我国第二位诺贝尔物理学奖获得者说过的话："那就去登天吧！登天难，你们不也登上去了吗？"

　　是的，我们在登天！

　　张彦成拣起十九颗钢珠，将它们整齐排成弧线。我似乎领悟到这弧线的意义，"三位一体"将贯穿我们的研究过程，不仅代表三大人类物理高峰的结合，也象征着五十七名理论成员的团结一致，在这个勒洛三角形的办公楼中做着比登天还艰巨的研究！

　　"各位，"张彦成开口，"我用小钢珠展示我们五十七位团队成员，因为小钢珠是人类物理的起源。那个时间对称的时代，宇称守恒的时代，是巨人的时代。而我们这个时代，是站在巨人肩膀上的新时代！"

　　在沉默之间，我知道自己该说什么。我豪迈地说："我一直痴迷于量子理论研究，我来负责扩充构建量子理论，谁跟我一起来？"有十八位同志和我站在了一起，第二条由十九颗钢珠组成的弧线出现了，人类历史上最伟大的研究活动——三位一体项目的太阳正在冉冉升起。

　　最后，剩余的十九位负责研究核物理的成员，自然而然地选择质能方程的研究。三位一体项目理论研究也正式开始！

　　剩余的半天时间里，我忘我地阅读。与量子理论有关的书籍在我脑海中密密匝匝纠缠，字母和符号变成我脑里浩瀚宇宙中的星辰，在那空间尽情飞翔。在这个处处充满乌云的量子世界，我的思维却像在广阔的宇宙之间遨游。我相信其他五十六位同志也在各自的宇宙中遨游。张彦成此时正在弦的宇宙中遨游。

联合纪元元年 4 月 5 日

今天的早餐格外丰富，有鸡蛋、牛排、牛奶、大虾，以及各类蔬菜，主食选择甚至比平日还多很多。昨日的餐食却相对简单，传闻粒子研究室主任令食堂今晚起必须提供营养丰富的菜品，因为理论研究费脑子，一定要保证科研人员足够营养的饭菜。既然已经有国宝一样的待遇，那我们不妨全力配合好好吃饭！

张彦成本来向主任申请的是三间独立的小办公室，但被我否决了。三位一体项目的各个模块紧密相关，三个研究板块之间的交流会非常频繁，频繁进出办公室交流势必会浪费大量宝贵的研究时间。毕竟，人类的应对时间只有七十多年的窗户期，我们必须抓紧脚步。最终，我向主任申请了一间粒子研究室中最大的办公室，里面恰好配备了三块电子白板和一套中央计算机的终端操作系统，这使得我们在计算过程中能够充分利用中央计算机的算力以提高工作效率，尽管大部分理论计算仍然需要我们在电子白板上一笔一笔地写下来。

一位计算机技术员在办公室的大屏幕上搭建了一个项目进程系统，研究成果可以立即上传，甚至可以将整个理论模型打包成文件传输上去。五十七人在同一间办公室工作，却并不显得拥挤，反而在暖色调的灯光下显得宽敞明亮。五十七人拥入宽敞的办公室，紧张的气氛中很快让大家进入了各自的研究状态，但这种状态很快被张彦成打破。

"大家都别看那些资料了，被书本束缚住，在这里坐一天也不会有思路的。"顿时，人们的注意力再次集中到这位技术负责人的身上。

"被资料黏住并不是一个好的开端。我们搞科研项目，不是一开始就拼命翻资料，而是厘清思路，弄明白我们的研究项目应该先做什么。比如我们弦理论组，我的思路是，第一步用物理语言把目前研究出来的弦理论与超弦理论中的特性表示出来，然后将这些特性编织成网，形成一个完整的弦理论模型，也就是新的微观粒子结构模型。至于量子理论模型和能量释放反应模型，就得你们自己去寻找了！"

"我知道我们该干什么，"我抬头看到了解决方案，"我们现在应该做的是解开薛定谔方程，然后再用结论扩展成完整的量子理论框架。这样一看，任务确实变得简单明了，只要把方程解开，研究就可以迅速推进。"

"我也知道我们该做什么了！"那位核物理学家恍然大悟道，"我们现在要做的是在纸面上建立一个能量释放反应的变化过程模型，用进化算法很轻松就能完成！"

"你们看，"张彦愉快地说，"研究果然从一开始就走上了快车道！"

研究员们一分一秒都没有浪费，立刻开始了各自的计算工作。作为量子理论部分的负责人，我在同事们的注视下，拿起数位笔，庄重地在白板最上方写下这行令无数物理学者为之着迷并付出了毕生精力的微分方程——量子力学和现代物理的基石：

$$ih\frac{\partial}{\partial t}\psi\left(r,t\right)=\left[-\frac{\hbar^{2}}{2m}\nabla^{2}+V\left(r,t\right)\right]\psi\left(r,t\right)$$

这的确只是一个基石，这仅仅是薛定谔方程的基础形态。根据研究目标，只有将每一种微观基本粒子的薛定谔方程求出并解出，才能拼凑出量子理论下用薛定谔方程描述微观世界结构的完整图景，才能使研究顺畅进行。终于，我们开始了！从最基本的自由电子开始，每一块拼图都需要我们精细雕琢，才能让最后产生的基本粒子模型显得完整、精确。美丽的量子乌云在每种基本粒子之间飘荡着，而我们现在所做的工作，就是把这量子乌云下基本粒子的状态用物理的语言精确地表示出来，将这些精细雕琢的模型联系起来，汇成一幅包罗万象的原子物理图景。等张彦成的弦理论模型建立完成后，我们再将这两幅描绘基本粒子运行方式的美丽图画融会贯通，形成一个威力无比的强大武器，用爱因斯坦的智慧——质能方程将基本粒子中蕴藏的能量充分释放出去。这就是三位一体项目的研究设想！我们在原子结构的平地上站稳脚跟，再用地动山摇的力量释放大地内部的能量！绚丽的量子玫瑰在电子白板上绽放，我们在这间朴素的办公室里用量子力学的力量和弦理论的力量定义着这个宇宙中我们知道的所有微观粒子。我们完成这个伟大的理论模型后，任何原子的内部结构的复杂程度，都将和一个宇宙相当，以人类的大脑根本无法想象这其中有多少能量可为我们所用！所有的粒子特性都将在我们面前展开，所有的悖论都将迎刃而解！我们站在巨人的肩膀上，用我们思想的利刃割开我们和光明之间的屏障。接着，无论是浩瀚的群星，还是肉眼无法看见的微观粒子，都将一览无余地被人类的眼睛看见！

联合纪元元年 9 月 29 日

有半年多没有记录，主要因为每天的研究实在令我着迷，并且模型构建让我的手臂写得酸疼，根本没力气记日记。时间飞逝，不知不觉又到了 Ti 市的秋天。今天，我必须好好记录下来——今天是人类物理史上第一次完成大统一模型建立的日子，我们终于获得了原子的完整结构图，我们完成了爱因斯坦生前最后的夙愿。我仿佛被微观粒子的海洋胶着住，完全没法把控周围世界发生的事情。

这四个月来，我们用尽毕生所学，在这片空白的理论世界中，将每一种微观粒子的薛定谔方程，也就是完整结构模型，构建出来，并最终合成了一个完整的原子结构统一模型。除了负责在基本量子力学基础上建立原子结构模型，弦理论模型的建立两个结构模型的合并也已经完成，这一切伟大的成就都是在我们的笔尖下流淌出来的。

最近，由于忙于各自负责的工作，除了工作上的交流，我和张彦成都避免谈及学生时代的旧事。为了记录这篇日记，我不得不向张彦成索要一些关于研究的信息。以下是他在阶段性工作总结大会上的讲话。

"弦理论模型的建立其实和量子理论模型的扩充相似。我们需要将基本粒子在不同形态下表现出的种种特性用物理语言描述出来，然后就像拼拼图一样把这些零散的特性拼凑起来，接着使用一个我在之前的研究中发现的总结式——这是一个比较简便的数学方法，你们可以叫它张氏总结，嘿嘿，说不定这个总结发表之后我还能拿个诺贝尔奖。总之，用这个总结式将所有特性拼凑在一起，形成一个简洁的弦理论方程——我们就叫它弦方程，然后再将各种基本粒子的弦方程求出来、解出来并拼凑起来。这和量子理论的建立过程其实很像。然后，把弦理论模型和量子理论模型以某种方式结合起来，我们就能完成能量积蓄部分的模型建立。这六个月以来，在 Ti 市的灿烂灯火下，我们在办公室的暖黄色灯光下，经历了无数次的绞尽脑汁与无数次的茅塞顿开。我们或畅快淋漓，或跌跌撞撞写下的每一个算式、每一个字母、每一个符号，都是人类文明那上可观浩瀚星海、下可测地理万千的广阔知识库中榨出的精华，都是我们找到出路的希望。每写下一行公式，在我眼中，那隐藏在迷雾重重中的彼岸就更加清晰。道阻且长，我们仍需研究如何利用基本粒子运行中的能量，但我们已经握有两把强有力的长剑。能否将挡在人类文明面前的高墙劈开，让满天星光透进来，就看我们能否利用好这两把长剑了！我相信，没有人可以熄灭满天星光，也没有人可以阻挡灿烂阳光，更没有人可以沉没希望的彼岸。我们的研究终究会在重重险阻中，为人类文明找到出路！"

晚上，五十七名理论研究人员坐在粒子研究室办公楼前的广场上讨论，就像理论研究开始的第一天。几位研究员乌黑的头发中似乎夹杂了几丝白发，六个月的高强度计算耗费了我们很大的精力，但我们仍满怀憧憬与希望，在星空下探讨将两大理论合并的方法。

"我们需要霍金。"一位研究员似乎陶醉于 Ti 市的星空，这句话引来众人的哄笑。

"霍金去世时我还没出生呢。"张彦成笑着回答，"国际交流之类的当然可以，但归根结底我们还得靠自己——我可以非常自豪地说，我们已经是这个领域最优秀的物理学家了。就算要找老师也没人能教我们啊。"

"量子理论的汁水已经被我们榨干了，"我突然冒出这句话，众人的目光顿时转向我，"要想找到一个将两者结合的办法，我们得在弦理论的特性里找……该怎么找呢……"

"这让我想起那次答辩会，"张彦成说，"对我而言，那是一切的开始。答辩结束后，我参加了那次震惊世界的大会——宣布陨星危机的世界联合会大会，那的确是所有事情的开始。跟我一起去参会的是一位刑警，后来我又和那位刑警一起共事，接着发生了 AI 危机，我们彻底查明了危机的真相，之后又是核爆危机，随后便是地球联合成立，联合纪元开始……陨星危机发生后的这三年，简直好像每天都有新的变化产生，我不知道经历了多少危机前想都不敢想的事情……对那次答辩会，我还记得主题和弦理论有关，还有什么呢……还有……等等！

此时，乳白色的光芒洒在粒子研究室门前的广场上。在这光芒中，张彦成缓缓起身，就像他口中那次普通的答辩会一样，而这个动作，不经意间将彻底颠覆人类文明的进程。

"各种基本粒子区分不同特性的方式，是闭弦的振动频率！"他若有所思地说。同时，这句话如同一道闪电般击中了在场的所有人，我们齐刷刷地站起身来，脑中仍在嗡嗡作响。

"我明白了！只要利用高能物理实验的方法调制呈闭弦状态的基本粒子的振动频率，并让振动频率符合量子理论模型中的特性，就能让基本粒子任意呈现出任何其他粒子的物理特性。能量积蓄将变得异常简单！我们确实拥有了超人的力量！"这一答案在我脑中飞速弹出。

"是的，基本粒子在闭弦状态下的振动频率是可以调制的……"张彦成喃喃着。

"我懂了！"越来越多的同事茅塞顿开。大家无比激动地发现了一种伟大的定律——一种可以将人类对原子的两种理解结合起来的伟大定律！五十七名理论研究者向办公楼中那间宽大的办公室狂奔着。在暖黄色的灯光下，两块白板上纷繁复杂的公式终于拼到了一起，我们手握数位笔，将三位一体中的两个部分连接起来——剩余的部分，就交给能量释放反应，将两块白板上的公式中的能量释放出去吧！

联合纪元元年 9 月 30 日

　　昨晚，整个理论组的所有成员一夜未眠。我们花了十几个小时在计算机物理场模拟软件中做了一个模拟闭弦振动的小程序，确保模拟结果符合完整的原子结构模型的各种特性。我们知道，要想在粒子加速器中实现同样的对基本粒子振动频率的调制绝非易事，而现在我们甚至连调制到哪种频率能让基本粒子所呈现的能量更大都不清楚。因此，张彦成又让我们集体盘腿坐在办公室的地板上想象。我的思维再一次在物理宇宙中漫游，群星之间出现了一根环形的弦粒子，在以最基本、最恒定的频率振动。在我独属的物理宇宙中，闭弦振动频率渐渐疯狂，仿佛跳着一支简单而又迷乱的宇宙之舞。我感到自己的意识随着共振而愉悦，奇怪的是，在原本独属于我的宇宙中，五十六名理论研究者的意识体突然涌现——我们感受到了亲手创造的基本粒子模型中的能量。而在那一刻，这能量中的终极答案仿佛呼之欲出！在这个宇宙震荡的时刻，我感觉五十七个人的意识合而为一。我们代表着一个拥有无穷力量的巨人，操控着这个世界中每一颗基本粒子的振动频率——我们看到了真相！五十七个人用完全一致的语言道出了那个真相：

　　"只要将基本粒子的振动频率调制到符合任何一种基本粒子的物理特性，再将这种超级粒子合并成一个超级原子，就能从中获得无比巨大的能量！"

　　我们花了 6 小时在计算机模拟软件中将一颗基本粒子的振动频率调制成符合所有基本粒子特性的状态。我们注视着那独一无二的、让整个宇宙合为一体的振动波在屏幕上缓缓移动，顿时感到一种无与伦比的神圣与庄严。振动频率已确定，但调制频率的可行性仍需在粒子加速实验中验证。后来，我们又根据量子理论中的原子结构模型在模拟软件中用这些超级基本粒子合成了超级原子——人类历史上第一颗超级原子在计算机中诞生。张彦成为这几种前所未见的物理现象分别起了四个好听的名字：满足所有基本粒子特性的振动状态称为寰振态；基本粒子，即闭弦由普通振动转为寰振态的过程称为量子弦化；呈现寰振态的基本粒子称为寰子；而由寰子构成的超级原子则称为寰原子。

午饭前，我们提交了粒子加速器的使用权限申请单，仅仅5分钟后，就收到了粒子研究室主任审批通过的消息。饭后，我们再次走进被暖黄色灯光覆盖的加速器实验室，探头已经缓缓组装，检修人员紧张地操作着面板上的启动按钮。我们走入暖色的灯光海洋，注视着探头的姿控电机和用于储存高能粒子的线圈逐渐开启，感到那些沉睡中的基本粒子被机器唤醒，准备通过粒子加速实验将其转化为蕴含巨大能量的寰子。

"陈工，粒子加速器的所有检查和准备工作已完成，现在处于待机状态，你们可以开始实验了。"一位戴蓝色安全帽的工作人员将一本厚厚的粒子加速器操作指南递给我。我们迅速在桌上摊开操作指南，10分钟内完成速读后便迅速开始实验。实验分为三步：第一，获取足量的自由电子作为基本粒子实验的基础，这可通过粒子线圈获得。第二，启动粒子加速器，释放自由电子，干扰其振动，以调制粒子振动频率。第三，当探头监测到自由电子因振动频率变化而转化为寰子时，中止粒子对撞实验，保留实验数据。全体理论研究人员及粒子加速器操作员在1分钟内全部到位，而我则进入位于两边悬浮平台的总控室，这里如同巨舰的舰桥，各种按钮和监测终端整齐排列在操作台上。控制台上新添了一排密密麻麻的彩色指示灯，指示灯全亮时，便表示加速器中的自由电子已满足所有基本粒子的物理特性，完成了量子弦化，变为一颗寰子。此时，终端屏幕随粒子储存线圈的启动逐渐亮起，充满能量的自由电子在线圈中积累，巨大的探测器上的每一个五颜六色的探头都完美契合。电信号在中间滋滋传播，反映到终端操作台上便是一个个亮起的小灯。

操作台迅速亮起指示灯，所有的操作员旋动操作位上用于粒子加速器操作的旋钮。每个释放粒子束或对粒子进行干扰的操作位指示灯都已点亮，整个粒子加速器实验室变成一台巨大的运转机器，内部的变化以毫秒为单位计算！根据操作指南，高能粒子储存已完成，各项系统启动程序也已达成。接下来轮到我发出指令启动加速器，开始对撞实验。

在同样位于总控室的张彦成及其他十二位核心研究人员的注视下，我拿起麦克风，向整个实验室广播："总控室报告，一切系统启动正常。现在启动粒子对撞实验，释放高能粒子束。"

我轻轻按下操作台中间的长方形红色按钮，顿时，屏幕上的数据如大潮般涌来，探测器的每个探头正承受着巨大的电信号冲击。一时间所有的指示灯都亮了起来，高能粒子束在粒子加速器中疯狂地奔涌着、碰撞着，每一秒都有源源不断的复杂数据在经过探头向终端传来。此时还是正常的高能粒子对撞实验。依据实验方案，我们需立即指挥二十个干涉操作台对当前加速器管道中的海量粒子进行振动频率的干涉。此次由张彦成发出指令："粒子对撞反应已开始，请二十个发射工位立刻根据操作指南对粒子束振动频率进行干涉。"

第二阶段开始，终端显示屏上弹出一个个干涉工位操作的窗口。我想象着那些奔涌的高能粒子遭遇管道内部干涉设备的干扰，振动频率完全改变。监测粒子振动频率的显示屏上，那条红蛇般的振动曲线正呈现出变化万千的优美弧线，宛如一首高能物理的乐章……通信器中不断传来报告声：一号干涉工位完成干涉操作后，显示加速器内部粒子束特性的小灯又亮起几盏。报告声此起彼伏，振动曲线不断变化，似乎失去了规律。我的心在紧张的氛围中狂跳，探测器传来的各种指示音和激动的广播声让我热血沸腾。我相信此时的张彦成内心也是如此，我们可能是世界上第一批在理论建设完成后，能见证其在实验中完美体现的物理研究者，或者该称为物理学家。振动曲线继续变换，仿佛高能粒子在跳起壮美的舞蹈，每个姿态都是物理定律的结晶！指示灯一个个亮起，我的额头上，在无菌实验服下渗出了细密的汗珠。终于，指示灯齐齐亮起，二十个干涉工位顺利完成了全部干涉操作。操作台的一切迹象，包括那条红线的舞动、整齐亮起的指示灯，以及探测器终端传来的声音都在告诉我们，那束高能粒子此时已转化为亿万个蕴含丰富能量的寰子。我们仅用半小时的实验，便完成了人类历史上第一次量子弦化反应！想到寰子中蕴藏的力量，我感到害怕。未曾过分地留恋这个伟大的瞬间，在张彦成和众多研究者虔诚的目光中，我果断地拿起通信器，发出指令："量子弦化反应完成，加速器中已富集了一批寰子，请终止实验，保留实验数据。"

脱去无菌实验服，所有人掩饰不住作为实验全程参与者的激动心情。这是人类高能物理研究史上最伟大的对撞实验，每个人的眼中都闪烁着无限的想象与希望！是的，我们看到了彼岸。如今以人类基础物理领域的突破性进展，决定这场生存之战的终极武器不再只是梦想。我们终于如张彦成所言，看到了这个项目的光明！三位一体项目中的两大板块已全部补齐，能量积蓄反应模型既有完整理论，又有实验证明，我们的壮举终将载入史册。

但除了这些，我印象最深刻的还是张彦成那个好玩的书呆子说的一句话。他说："好了，实验做完了，那么媒体什么时候来？"

联合纪元元年 10 月 1 日

今天是我们项目有突破性进展的一天，我们完成了能量积蓄模型的整理归纳及报告填写，并确立了能量反应模型的基本原理——通过将多颗寰原子进行核聚变反应，释放巨大的能量。

能量反应模块已开始建立，世界首次量子弦化反应完成。我们这群志同道合的年轻人正在物理学的浩渺宇宙中飞速向前。今天，我和张彦成及负责能量释放反应的研究员一同将整个能量积蓄部分的模型过了一遍，一直工作到晚上九点。研究员仅在办公室啃了几个馒头便解决了温饱，于是，深夜安静的食堂中只剩我与张彦成在默默享用忙碌一天后的晚餐。

　　我狼吞虎咽地吃着盘中那几块稀糊糊一样的蚵仔煎。在安静的食堂那暖黄色的灯光下，看着距离这么近的他，我的心禁不住狂跳，这气氛实在有些尴尬。也许是感受到我的异样了吧，张彦成终于忍不住打破凝固的空气，轻声说道："你吃的那东西……能吃吗？"

　　我用奇怪的眼神看了他一眼，又瞥见他盘中一成不变的饭菜，轻松地回应："好吃得很！我活着是为了吃饭，你吃饭是为了活着。在粒子研究室工作了半年多，你每天的食物简直一模一样，只是维持生命的补充剂。我觉得应该研发一种营养剂，专为你这种人提供维持生命的东西。"然后继续埋头吃饭——今天实在饿得不行。

　　他尴尬地笑了两声，然后和我一样狼吞虎咽起来。也许是觉得应该说点什么吧，张彦成转头望了望四周，确认只有人工窗口那快睡着的大爷还在这儿后，莫名其妙地对我说了句令我措手不及的话："唉，陈慧是怎么回事？"经过 5 秒钟的愣神之后，我才吞吞吐吐地回答："哦……那个啊……"

　　最终，我花了半小时向他完整叙述了从高中毕业到加入粒子研究室前一天的经历。我很久没有体验到这种将记忆全部倾诉给他人的感觉，而眼前的这个人，是我早想让他知晓过往的。他不仅仅是我的高中同学，更是——怎么说呢，对我而言相当重要的人。我丝毫没有停顿地说着，就像自然地讨论着天气一样讲述着我的记忆。张彦成的经历我也终于知道了一些，从高中毕业到进入粒子研究室的空白被我们用 1 小时填补了起来。我出神地听着他从那次答辩会，到与一个叫马晨的刑警一起执法，再到一起揭示陨星危机的根源，后面甚至提出解决核爆危机……他的生活实在比我精彩得多。

　　回公寓的路上，我静静地回味着这个甜蜜的夜晚。张彦成，一个博学、勇敢、坚持并富有领导力的人，所有美好的词语都指向这个令人放心、给予他人温暖的人。

联合纪元 2 年 1 月 4 日

　　今天又是一个载入人类史册的日子——三位一体项目理论模型初步完成。通过进一步的海量计算，我们引入了爱因斯坦质能方程下的核聚变反应模型，并将其与寰子模型串联，形成寰原子的特殊聚变反应模型。张彦成为这个反应取了个好听的名字——量子弦聚变。根据理论团队的计算，相同质量下的弦聚变能释放普通氢弹能量的上千万倍。如果我们能实现可控弦聚变，太空军所需的恒星级航行引擎将变得异常简单，人类终于能突破化学能引擎的限制，利用更先进的推进技术，实现更高的能量转换效应。

　　勒洛三角形的三边已全部补齐，三块白板上的板块也合并在一起，我们最终完成了使用人类物理学最顶尖发现的能量积蓄与释放模型。三位一体项目终将包容整个宇宙中的基本粒子，过去的我们只能站在大地上仰望天空，而现在，我们就如同 17 世纪的牛顿和 20 世纪的爱因斯坦，能够透过繁星窥见宇宙真正的奥秘。

　　总结大会上，圆满完成研究任务的五十七名理论组成员互相热情握手，代表全人类共同攀登这座高峰，俯瞰近在咫尺的彼岸，沐浴在重新闪亮的星光下，乘风破浪……人类科学发展的方向再次掌握在我们手中。是的，没人能熄灭漫天星光。我们战胜重重险阻，最终完成了一个伟大的描绘物质本源并彻底释放能量的理论模型。不论接下来的研究路上会遇到怎样的挫折，我们始终铭记：我们由星辰铸造，虽然知道这些星辰中潜藏危机，我们依然有勇气仰望星空。

　　我和张彦成这两位技术总负责人炽热的双手终于握到了一起，我们彻底成了同路中最亲密的战友。

联合纪元 2 年 1 月 9 日

　　如今每天的变化都很大。粒子研究室主任批准了我们扩建中心实验室的提案。二十名建筑工程师和高能物理技术员用了四天时间废寝忘食地工作，完成了量子弦聚变实验室的建筑设计和实验设备布局设计。实验设备的研制需要我们参与，但与此同时，我们也要对原有的理论模型进行查漏补缺，确保在实验前解决好所有问题。

弦聚变实验室分为三个模块，第一个是我们新提出的"寰子直线加速器"。这种装置的操作比普通加速器更为简洁，同时剔除了不必要的模块，优化了干涉模块的工作效率，提高了量子弦化的成功率，其余部分与传统加速器相同；加速器通过干涉基本粒子后，形成寰子，再通过输送管道进入回旋加速器，利用多颗寰子相互轰击合成寰原子，进而完成能量积蓄反应；接着，回旋加速器中的寰原子将进入托卡马克装置进行量子弦聚变反应，并使用电磁场约束装置将生成的核火球限制在装置内，以实现初步可控的弦聚变。该装置的部分技术细节有待改进，但从设计图上看，这套量子弦聚变装置规模将创下几个人类之最——人类历史上灵敏度最高、探头数量最多的粒子探测器系统，人类历史上体积最大、效率最高的回旋加速器，人类历史上最先进的托卡马克装置。继去年量子弦化实验成功后，如果在新实验室中实现量子弦聚变，三位一体项目将真正变成实际科研成果，更多军工技术人才将其应用于聚变炸弹或太空军舰所需的恒星级引擎。当然，这一实验也有一定的危险性，除了寰原子可能产生的电离辐射和放射性，由于技术尚未成熟，若用于约束核火球的电磁场失效，核火球触及托卡马克装置内壁，将会引发巨大爆炸。尽管因各种能量限制，弦聚变的能量大幅衰减，但在 Ti 市，这样一次接近原子弹级别的爆炸也将造成惨痛损失。因此新实验设备的制造必须格外注意。

联合纪元 2 年 8 月 3 日

又是很久没有写日记。三位一体项目已经开始了一年多，今天的 Ti 市粒子研究室已是天壤之别——全球首台量子弦聚变实验装置已经建成，全球首次量子弦聚变实验即将进行。这几个月发生的故事实在太多，今天这篇日记，先来好好回忆这一段光荣之路。

1月11日，粒子研究室粒子加速器实验室前方围起高高的施工帷幕，人类历史上最伟大的科学建筑——量子弦聚变实验室破土动工。同时，理论组开展了对量子弦聚变实验方案的评估，张彦成领导的弦理论小组负责对"寰子直线加速器"模块的设计更正，我领导的量子理论小组负责对回旋加速器模块的设计更正，剩下的人负责聚变模型的小组负责对托卡马克装置的设计更正。我在原设计方案中发现了一个回旋加速器的重大设计漏洞。经过三天的评估和修正，我们总共发现并填补了19个设计漏洞，其中13个是由量子理论小组发现的。1月15日晚上，张彦成结束工作后第一次拍了拍我的肩膀说："陈慧，我真的佩服你。"2月初，实验室的基础建筑结构已大致完成。看着实验室的规模日渐扩大、砖头整齐叠起、钢筋被外结构淹没，我们知道距离正式实验已经越来越近。在假期短暂与母亲团聚后，我们再次回到充满暖黄色灯光的黑板，重新握起数位笔，对已有的理论模型进行完善。三块合并在一起的电子白板，也让整个理论组、整个三位一体项目合为一体。我第一次感激能够与张彦成——一个特别靠谱的人并肩工作是一件多么幸福的事。理论模型的规模不断扩大，漏洞逐渐增多。后来，大部分理论组成员开始指导实验室的建设，理论研究室只剩我和张彦成两人仍在奋力拼搏，填补各种漏洞，为实验室建设提供技术支持。张彦成对我的笑脸越来越多，我内心的涟漪也越来越多。经过这几个月的理论模型完善工作，我心中默默认定张彦成就是我人生中那个命中注定的、在这个世界上于我而言最重要的人。

实验室主体设备开始建设，3月9日，全体理论组成员前往已经建成的空中平台，参观建设中的回旋加速器和托卡马克装置。每一位戴蓝色安全帽的人，至少拥有大学研究生学历，他们带着从校园学到的尖端知识，投身这人类物理学研究的前线，做着艰难的机械制造工作——这里每个人的名字都应被载入史册。拥挤的人流中，Ti市的春风轻轻拂过我眉梢，我和同事们在平台上见证建造人类历史上最精密的实验设备。

6月27日，所有实验设置完成建造，理论模型完善和补漏也已完成。此前4月，我和张彦成第一次单独外出。5月，张彦成第一次跟我回家探望母亲。在理论模型彻底完成的那天，站在 Ti 市的星空下，我问他那些星星分别是什么，他一一指了出来。紧接着，我随口问："你觉得最喜欢的星星是哪个？"

"最喜欢的……星星？"他一脸疑惑，神情仍是可爱。

"当然，观星不都有这个爱好吗？"

而我还没意识到，接下来他将说出怎样的一句话，会像一颗惊雷一样击穿我的大脑。

"夜空中的星星没有我最喜欢的。"他指着满天星斗说，"但在我心中，一直珍藏着一颗最神圣的星星。"说着，他深情地看着我，"这颗星，近在眼前，你懂的。"

是的，我怎会不懂！头顶的星空仍然璀璨，但在我们彼此心中，这星光的意义早已不同。那一刻，仿佛整个世界都沐浴在神圣的爱情光辉中。如今再回想那个观星之夜，我仍觉得心潮澎湃。我的人生从此确定，他就是这个世界上唯一的人，而我也是这个世界上最爱他的人。

今天，理论组全体成员在新实验室庄严宣誓，将为人类科学进步奉献一切。这五十七颗耀眼的新星，齐聚一份沉甸甸的文件——世界首次量子弦聚变实验方案。领导很快批准了这份提案，所有风险评估都通过了。今天下午五点，世界首次量子弦聚变实验的筹备开始。预计在48小时30分钟后，我们将代表人类，首次奏响那弦聚变的乐章！

联合纪元2年8月5日

此刻，我孤身一人坐在总控室里，忐忑地等待实验开始。张彦成去后方机房监测实验数据，其他操作员各自回到操作位，唯有我这总指挥静静待在总控室。距离实验开始还有倒计时2小时，我在缓缓启动的总控室中握着这支陪伴我两年的圆珠笔，记录下这激动人心的时刻，心中既紧张，又感到空虚。因为我知道，如果实验成功，那么三位一体项目将全面终止，这些一起工作了两年的伙伴也将离去。唯有那个把我视作星星的人会一直留在我身边。我们永远不会分开，如同月亮与地球的伟大爱情……

激动的心情如同巨浪般涌来。我们真的为人类文明找到了彼岸，作为先锋队员的我们，正是在这次实验中，初次踏上人类文明的彼岸！跨越山海，终见曙光！

重要文件　请勿销毁

注：联合纪元 2 年 8 月 5 日，在 Ti 市粒子研究室进行的世界首次量子弦聚变实验由于托卡马克装置中的电磁场约束失控，导致核火球触碰到装置内壁，引发爆炸，约五千吨 TNT，发生了惨痛的伤亡事件。粒子研究室内部 289 名实验人员中有 21 人遇难，211 名轻度受伤，39 人重度受伤。所幸因实验室外壁对爆炸的衰减，市区内并无死伤。为防放射性元素扩散，爆炸后的实验室残骸已被当地消防局封锁，仅允许持有联合政府工作证、穿着 III 级以上防护服的人员入内。同时，联合政府开展幸存实验人员及全市市民的放射性元素体检。该篇日记持有者陈慧为实验人员中距离托卡马克装置最近者，因高温核火球能量释放不幸牺牲。所幸实验开始前，陈慧依据《实验室安全守则》将日记交给同事，得以保存完好。其男友、三位一体项目技术总负责人张彦成，在爆炸时在较远的后台机房中，已脱离生命危险，但仍然严重烧伤、烫伤，体内有少量放射性元素淤积。目前，联合科学院医疗技术研究院已介入对多名伤员的治疗，利用基因靶向疗法治愈烧伤、烫伤及放射性元素淤积。联合政府最高执政官程玥对此次惨痛事故表示强烈惋惜与敬意。

缅怀，致敬。

地球联合　联合纪元 2 年 8 月 5 日

二十二　曙光

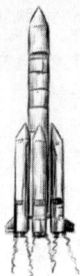

　　马晨穿着厚实的黄色防辐射服，面色沉重地走在已化为一片废墟的粒子研究室园区。承载着人类最崇高科学追求的勒洛三角形办公楼，已被猛烈的爆炸化为断壁残垣。周围是一群同样穿着防护服、面色低沉的人，他们在废墟中疾步行走。几位消防员在碎砖中挖出一块形状奇怪的金属碎片，盖革计数器上的辐射读数顿时飙升。消防员们立刻用防辐射材料将碎片包起来，放进背包中。马晨隔着特殊质地的手套拍了拍一位消防员的肩膀，良久才艰难地问："消防员先生，见到一个叫张彦成的人没有？"

　　"没见到，你去问别人吧。我们包里全是放射性碎片，别靠我们太近。"消防员回答后，跨过一块大碎砖，向前小跑着离开。

　　马晨继续在废墟中穿梭，问了好几个消防员、电视台记者，但没有一个人知道张彦成在哪儿。他的脑袋顿时嗡的一下，这位二十多年没掉过泪的刑警，此刻却因老友的生死未卜而潸然泪下。他坐在一块砖头上，仔细回忆着昨天下午的所有细节。

　　那时，刚下班的他正坐在电脑前，对照着一堆张兆和的生平资料写着他的传记，脑中却一直想着：Ti 市粒子研究室的预定实验时间应该到了，怎么新闻上还是没有消息？正在他思索之际，K 国首都指挥部的电话来了。

"马警官，张彦成出事了！"

当时的他，脑中也是像这样嗡的一声，好长时间才反应过来。他焦急地对着电话那头问："出事了？他们不是忙着做实验吗？和他女朋友一起？"

"不是，现在地球联合的网站都崩了，就是因为这起爆炸事件，浏览量太高！我不方便解释，您赶紧打开电视机吧，正在转播这个事件！"他立刻急匆匆地打开电视机，看到画面时，脑袋又是一阵嗡嗡响。边看着电视上转播的内容，边慌乱地捡起摔在地上的手机，急急地询问："那张院士现在怎么样了？他女朋友怎么样了？"

"张院士情况不明，地球联合官网上有伤亡名单，但现在根本无法浏览！我们指挥部唯一知道的是，张院士的女朋友当场牺牲了！电视上没有转播伤亡情况，但张院士的情况肯定不容乐观，这次事故的惨重堪比一场大地震……"

"我现在就去买票！"

最后，马晨得知张彦成在 Ti 市第一医院接受紧急救治——所幸人还在！马晨悬着的心终于放了下来。他迅速站起来，向医院跑去，他知道遭受严重创伤的张彦成，此时最需要的就是安慰。他在医院挤满伤员的特殊病房走廊上狂奔，最终根据护士的指引，来到了张彦成所在的 509 病房。

正准备冲进病房，门口的医生却拦住了他："先生，这个病房已被放射性沾染，请您……哦，您穿了防辐射服，快进来吧。您……就是马警官吧？"

马晨一言不发，只是轻轻点了点头，眼睛快速寻找着张彦成，完全听不进医生的解释："刚刚真是不好意思……"

医生在马晨身后继续小声说道："病人目前情况还好，已脱离生命危险，并且神志清醒。但全身烧伤、烫伤严重，根据血液检测，还有放射性物质沾染。不过，幸运的是，由于实验室卫生环境严格，目前没有观察到伤口感染现象，病人必须好好休息。乐观的是，联合科学院已提供了一批基因靶向治疗仪，预计几个月内可以恢复健康。但最让我们担忧的，是张院士的心理状况。这么大的爆炸事件，他们两年来的技术成果全都付诸东流，加上许多同事，还有他女朋友的去世……心理上的问题更为严重。"

马晨推开病房的滑动门，只见张彦成弓身将脸埋进双臂之间，压抑的鸣咽声闷闷地传来，乱蓬蓬的头发在颤抖，打碎的眼镜夹在柜子上的毛巾中。他的手臂和小腿都缠满了绷带。医生在一旁继续说："张院士3小时前刚醒来，我们告诉他伤亡情况后……就这样了。"

马晨并未搭理医生，继续向病床走去。医生离开病床，回到病房外继续写他的报告。马晨沉重地站在病床边，转头看了看忙碌的护士和医生，然后轻轻在病床边坐下，注视着沉浸在悲伤中的张彦成，微微张了张嘴，却不知道如何开口。张彦成感觉到马晨的存在，缓慢挪开双臂，腰杆也慢慢直起，抬起头，哭红的脸颊上贴着几块创可贴，双眼流满泪水，悲伤地望着马晨。马晨见他一副欲言又止的样子，故作轻松地说道："还活着呢？扛不住了吧。"然后强挤出一个微笑。

张彦成没有理会，直勾勾地盯着天花板，带着哭腔说道："马晨，你根本不明白……反正参与实验的不是你，最亲密的人死去的也不是你！"

"那我可是太明白了。"马晨仍以轻松的语气说，"办案这么多年，见过的惨剧不计其数。我告诉你，十年前有一起爆炸案，那可是……"

"你够了，马晨。"张彦成语气中的哭腔越来越明显，"在这种时候，你跟我讲爆炸案件……"

"行行行，我不明白，我这个人就是直肠子……现在哭也哭过了，你还这个样子干什么？"

张彦成将头转向另一边，背对着马晨摇头。

"这是要干什么？行，跟你说过多少次，人生没有过不去的坎。你看那次世界联合会大会之后，你不也是这个样子。只是这次是更严重些……来，跟我说说吧，说说陈慧，或者你想说的任何事。"

张彦成缓缓转过头，注视着马晨问："你什么意思？"

"你不是提到陈慧吗？想说什么就尽管说出来，你就会感觉好一些。"

张彦成的情绪慢慢平复下来。他擦干眼泪，用悲切的目光看着马晨，一股脑把在粒子研究室的工作过程，以及他与陈慧度过的时光详细地讲述了出来。他的叙述如同在讲述别人的故事，满眼悲伤。马晨聚精会神地听着……最后，张彦成眼眶再次红了，带着哭腔对马晨说："本来这次实验结束，我们就回K国首都去，过属于我们的幸福生活……没想到，实验失败了，设备爆炸了，她……就这样离我而去了。我身受重伤，还成了医生眼中的精神病人。我的星星陨落了，陨落了……马晨，你不会觉得我是个精神病，或者有问题吧？"他突然激动起来："他们都死了，仅剩我一个人发疯，我宁愿去的也是我……"

马晨拍了拍他的肩膀说："陈慧是地球联合公认的烈士，我为她的不幸去世感到悲伤，怎么可能看你在那儿哭就认为你在发疯呢？执政官今天还在大会上哭了呢！况且，我既然来了，就绝不会贬损你，让你掉得更深，而是要把你拉起来！还记得那句话吗？站直了，别趴下！"

"我真的站不直，马晨。"张彦成的情绪再次悲伤起来，他闭上眼睛，含混不清地说，"这次实验失败，意味着研发周期将无限期延长……而且，实验失利大致是因为我们的风险评估过于轻描淡写，在技术不成熟的情况下就决定实验，这件事归根结底是我引起的。换句话说，我间接导致了12位优秀科学家的去世和上百人的受伤，还有巨额的财产损失！我简直是全人类的罪人。

"你的意思是，实验失败是你造成的？"马晨呲着大牙笑起来。

张彦成可怜兮兮地看着马晨，缓缓点头。

马晨仍笑着回答："扯淡。你们搞科研的可真奇怪，一出事比我们一般人还不理性，第一时间把责任全揽到自己身上。真是扯淡！"

张彦成认真辩驳："是真的，责任就是我的。"

"那也是扯淡。你好好休息吧，别老想着揽责任，搞得心理压力更大。"

张彦成无助地看着马晨，掩饰不住悲伤："我失去了……我的初恋，失去了12名优秀的同事，失去了两年来所有的技术成果，人类还失去了一个反败为胜的机会……马晨，你明白这些事情对我的打击有多大吗？"

"我不明白。我可没当过科学家，实验室没炸过。"

"你真是心硬啊！办案这么多年，就不曾遇到失去家人的案件吗？"张彦成仍含着泪。

"大哥，"马晨用轻松的语气说，"纠缠于失去而看不到获得，是多么愚蠢的做法！"

"咱俩真的没法谈。"张彦成显得更加无助，声音中的哭腔加重，失望地低下头。接着，他忽然抬起头，"那你总能想象那种感受吧？因为自己的冒失而失去一切的感觉……"

"我能想象得出来。"马晨看着张彦成的眼睛，身子前倾，故作神秘地说，"这样吧，为了让你摆脱事件的打击，我告诉你一个终极哲学定理：弱小不是生存的障碍，傲慢才是。"

张彦成别过头，迅速回答："这毫无关系。"

马晨哈哈大笑。"当然有关联。我来给你解释。如果你一直纠结于失去量子弦聚变技术而让人类变得弱小，那在我看来就是扯淡。"

"如果你懂一点科学常识，就会知道人类文明和红矮星文明的技术差距有多大！弱小就是生存的障碍！"

"你还是没懂我的意思。真正能让人类文明毁灭的因素是傲慢！而现在的人类文明，你看到傲慢了吗？只要有你们这些踏实肯干、孜孜不倦的科学家，无论人类多么弱小，最终都能齐心协力变得强大，然后把傲慢的敌人一举干翻！这是扎实的终极定理！"

此时，沉默的张彦成眼中的光芒恢复了一些。但悲伤再次涌上他的心头，他的眼神又暗淡下去："总之，一切都完蛋了，彻底完了！实验室没了，同事没了，实验成果没了，心爱的女孩也没了！我现在就是个光杆废人！我一个光杆，怎么搞研究？万一下次实验再出什么差错……"

"能有什么？"马晨用同样口气反问，"能有什么？张彦成，如今按你说的，就是个光杆废人，你什么都没了，也就不会再失去！"旁边的护士也关注这场谈话，马晨继续说道："既然什么都不会再失去，那你还怕什么？就算实验又失败了，那又怎样？之前 YF-177 火箭发动机试车，失败了整整十二次才成功，不知道有多少实验人员被炸伤，你这才失败一次，竟然被打趴下了？你已经什么都不会再失去，那就赶快伤心几天，然后调整心态，好好养伤，等伤治好了，重回实验室，干一番，把这个量子弦聚变搞定！"

防辐射服的面罩随着马晨的讲话剧烈抖动。张彦成缓缓抬起头，用明显好多了的声音接着说："我知道你想安慰我。如果你觉得我没事，肯定就不会来了，对吗？我这个光杆废人，就算回到实验室，也得和一批完全不懂这种理论的成员磨合，把之前的成果复现一遍，才能重新实验。有时我感觉，整个世界好像都在和我开玩笑……"

"开玩笑就开吧！我没有看错你。你确实是那种能孜孜不倦搞研究的优秀科学家，院士的称号没给错。你能把这么大的打击看作开玩笑，说明你的心理比大部分人强多了！行了，我看你差不多了，好好休息吧，我就不打扰你了。"

"等病养好了呢？"张彦成的眼中光芒仍未恢复，注视着准备离开的马晨说。

"养好了就搞研究啊！全人类等着你的量子弦聚变呢！张院士，记住我的话：弱小不是生存的障碍，傲慢才是。"

"如果实验又失败了，我真不知道怎么面对世界……"张彦成仍沉浸在悲伤中。

站在床前的马晨飞快地回答："让你那些念头赶紧滚开！张彦成我告诉你，世界越不善待你，你就越不能让这个世界如愿以偿。你要做的就是好好休息，等研究重启了，努力工作，让世界别再跟你开玩笑，把你的量子弦聚变扔回给世界吧！"

说完，马晨便离去了，留下从深渊中爬出的张彦成心怀希望地躺在病床上。

陈慧的葬礼在联合纪元 3 年 4 月 29 日举行，直到这天，Ti 市粒子研究室爆炸事件的相关事宜才处理完成。同时，粒子研究室的重建工作也在稳步进行。遗憾的是，29 日上午张彦成还要进行最后一次基因靶向治疗，这次治疗结束后，他身上的烧伤、烫伤、放射性物质沾染将完全治愈，他也将重整行装，返回新粒子研究室那明亮的实验室，为迷雾中的人类重新带来光明和希望。

下午办理完出院手续后，张彦成带着所有行李直接前往城郊新开辟的一块墓地，这里专门用于安葬在科学研究中不幸去世的科研人员。陈慧的母亲站在墓前，面容憔悴。从葬礼结束的时间推算，她应该在这里待了很久。张彦成缓缓将花束放在墓前，然后起身和陈慧的母亲一起看着墓碑上那张年轻的面孔。

张彦成站了很久，阳光晒得肩膀有些生疼。他调整好语调后，艰难地对陈慧的母亲说："阿姨，我真的对不起，我没能保护好陈慧。"

"孩子，这不全是你的责任，你不必自责。"陈慧的母亲带着微微哭腔平静地说，"我们是这个世界上最爱陈慧的两个人，她不希望看到我们只是自责，尤其是你，孩子！"她从口袋上掏出一个皮革封面的小本子，上面用娟秀的字体写着"日记本"。她又掏出一个移动硬盘，一同递给张彦成："这是陈慧从高中用到实验前 1 小时的日记本。移动硬盘里是她自己拷贝的研究资料，包括量子弦聚变的全套理论模型和实验数据，这对你们日后的研究应该有帮助。这个本子，我想来想去还是决定送给你。

抱歉，里面的内容我看过了，我知道了她对你的心意，在她年轻的岁月里，有你这样的年轻人在她内心占据那么重要的位置，她至少在实验前的每时每刻都该是快乐的。我由衷地感谢你。生命的逝去，我们谁都不想看到，就像谁都不想看到我们的美丽家园被外星文明占领一样。"

张彦成轻轻接过本子，看到日记本最后的一行字——他所爱的人在奔向天堂前写下的最后一行字："跨越山海，终见曙光。"他差点控制不住自己，好在眼泪并没有流出来。他轻声对陈慧母亲说："阿姨，我也要感谢您把日记本给我。在她之后，我再也不可能这样爱一个人了。"

张彦成穿着防护服，在暖黄色的灯光下，在新实验室的走廊中穿行。他知道，这第二次实验，是对物理定律的又一次挑战，也是实验失败后的冒险。全体理论研究人员和粒子加速器操作员在 1 分钟内到位。张彦成进入位于悬浮平台上的总控室。这是曾经属于陈慧的地方，他们第一次做量子弦化实验的场景仿佛就在眼前。这里就像一艘巨舰的舰桥，密密麻麻的按钮与监测终端整齐地排列在控制台上……这熟悉的场景，让张彦成想起第一次实验的小小成功所带来的希望。而正是因那个成功，让他们有些大意，以至于在后面的量子弦聚变实验中遭遇惨败。整个实验室启动完毕，张彦成知道，该发出指令启动加速器开始弦聚变实验了。

张彦成感到心中沸腾起来，经历整整一年的黑暗后，终于迎来又一个黎明。他知道，实验一旦启动，便再也无法回头。但他不会回头，人类永不言败！他轻轻按下操作台中间那个小小的红色长方形按钮……振动曲线继续变化，仿佛高能粒子发出一声声啼鸣，这是宇宙的洪钟！最终，指示灯齐亮，二十个干涉工位顺利完成了所有干涉操作，那束高能粒子此时已变成亿万颗蕴含丰富能量的寰子。人类历史上第二次量子弦化反应顺利完成，张彦成毫不犹豫地发送指令，启动回旋加速器，开始合成寰原子。

回旋加速器内涌入一批充满能量的寰子流，信息电缆交错的精密外壳中,是奔腾不息的高能粒子。回旋加速器启动高功率工作,寰子彼此轰击,形成量子理论下的标准寰原子。张彦成想象着这场疯狂的轰炸,更大的炸弹在一片粒子轰击的火光中被创造出来,这是多么壮美的场面,这是让任何一个物理爱好者为之沸腾的场面!每一次爆炸在微观世界中造成的冲击,就仿佛宏观宇宙中星系相撞产生的壮观景色一样!结构精密的回旋加速器仅用了十分钟就完成了轰击任务.所有饱含能量的寰原子通过布满探测线圈的管道,进入了那危险又迷人的托卡马克装置。

张彦成的内心忐忑不安起来,他知道尽管电磁场技术已成熟,但上次的惨痛事件仍然可能重演。托卡马克装置正在无序的粒子运动中寻找核聚变时机,传感器传回的能量波动曲线仍然平直,犹如红蛇停止舞蹈,懒散地趴在地上,等待时机到来后的惊涛骇浪。突然,慵懒的红蛇一下子蹦到屏幕顶部,能量和热量的实时数值突然飙升至天文数字,弦聚变反应开始了!托卡马克装置中,被电磁场约束的火球熊熊燃烧,体内的寰原子聚变成重寰原子,回旋加速器中产生的寰原子在这疯狂的燃烧中飞速消耗,这简直是颗小太阳!曲线跳至最高,但舞蹈并未出现——能量的飙升与保持,使传感器一直保持在读数的阈值,核火球的能量简直无法想象!张彦成已想到用这颗火球为航天发动机提供推力,将产生伟大的进步。火球仍在燃烧,火焰热烈地跳动,托卡马克装置内部已变成炼狱,但那是美丽而充满激情的炼狱!

火球持续了整整 5 分钟才将所有寰原子燃尽。火球顺利熄灭后,实验人员欢呼声盖过了实验设备关闭的嗡嗡声,张彦成情不自禁地热泪盈眶——这是用十二名生命与三年的青春年华换来的伟大成功。最终,人类第二次量子弦聚变实验取得圆满成功,地球联合在恒星级氢弹之后,再找到了一条让人类逆风翻盘的生路。

实际上,这只不过是太阳照常升起。

二十三　冬眠

"地球联合太空军 E 海太空军基地参谋员江海岳报到。"

江海岳穿着整齐的深蓝色太空军军服，冷色调灯光笼罩下的会议室就像无垠太空中的一颗银星，发着微微偏蓝的光。深灰色的墙壁上镶嵌着地球联合太空军的新军徽，这是联合纪元 3 年改用的标志。何龙将军此时背靠指挥大屏，坐在会议桌前，会议室内三十位太空军战士的目光齐刷刷地投向他。

"我们可以开始本次太空军战略会议了。"何龙说着，起身打开指挥屏上的一个模拟软件，上面是等比例太阳系的完整地图。当软件自动聚焦到木星——太空军未来的第一作战基地时，何龙感慨地对战士们说："真没想到，我们这些曾经在陆地上作战的士兵，不是面对地形地貌图或航海图，而是这样一张战场极度广阔的作战地图。"

"实际上，除了太空军中的少数航天员，大部分战士根本没去过太空。"江海岳身旁的一位前空军飞行员说道。

江海岳飞快地回答："很快就能实现了。空天飞机和太空电梯正在快速发展中，五年之内，太空军部队转移到太空并不成问题。"

"好了，关于航天技术的发展并不是本次会议讨论的重点。"何龙说道，"根据地球联合发布的《联合纪元太空军作战战略》，我们将围绕作战地图进行多维度讨论。请各位根据假想的太空军部队部署情况发表看法。"

"我认为，"一位曾任海军战略指导员的战士说，"小行星带、火星轨道、月球轨道和近地轨道四个基地的协同作战及兵力分配，是太空军战略的要点。通过深空机动配合敌人舰队的移动，能够迅速迎敌，将其彻底消灭，这是现代战争中的基础战略要素。"

"不对，"江海岳接着说，"大幅度调配兵力迎敌不仅无法消灭敌人，反而可能因机动性处于劣势而陷入被动，最后只能在近地轨道固守，这可能会导致战争的失败。各个基地的基本驻扎应该保持不变，但同时我们需要配置一些机动性强的游击队来灵活应对敌方舰队的机动。例如，舰载歼击机就能发挥这种作用。尽管我们需要充分利用巨舰大炮在太空中的战略优势，也应考虑运用歼击机和导弹等小作战单元灵活应敌。在现代战役中，依赖于巨舰大炮的较差机动性进行战略转移是不可取的。"

"江海岳说得对。"何龙表示赞同，他在屏幕上开启一个模拟程序，显示出太空军舰队派出歼击机进行游击作战的宏观模拟图，几个代表小作战单元的绿点在小行星带间飞速移动，"游击战策略可以让我军避免了许多不必要的大规模调动及战略失败。"

一位年轻战士说道，"你提出的游击战理论没问题，但作为太空军的战略指导员，我想谈谈导弹在太空作战中的作用。太空军应该在太空作战中承担类似于游击作战中的空军角色。利用导弹攻破敌人防护圈，提供重火力掩护后，再用游击策略，歼击机小队深入敌后进行有效打击。"

经过3个小时的详细讨论，江海岳终于提出了他作为参谋员最想表达的战略方针："各位，作为参谋员，除了军事战略，我认为太空军中思想工作同样至关重要。我们这些第一批太空军战士，必须树立不可战胜的信念，才能在真正的作战中逆风翻盘。同时，我还想提出一个计划：增援未来计划。我们不知道未来太空军的信念是否会动摇，但至少我们这一代太空军，都是充满胜利信念的胜利之师。我建议选出约 20 名信念坚定的战士，让他们通过冬眠技术跨越时间，为七十多年后的苦战提供增援。希望何将军能将我的想法转达给上级。"

会议结束后仅仅三天，江海岳提出的增援未来计划便获得批准，同时他本人也被选中，将与另外 19 名来自世界各地的优秀太空军士兵一起进入冬眠。经过一周的考察后，他们终于准备启程。

启程前一天，江海岳收到了太空军基地下发的个人信息考察表。何龙对填写表格的江海岳说："填写此表是根据《地球联合人道主义法》，必须确保每个人已婚已育才能前往未来，而且您可以带一位亲人一起去。"

"不带。"江海岳回想起 12 岁时在海边的往事，那是他启程的时刻，他心中默念：更可怕的敌人真的来了，我会保护好大家。他放下填好的表，坚定地对何龙说，"作为前去正面迎敌的太空军士兵，我不能有牵挂。"

预定的启程时间为联合纪元 3 年 12 月 3 日。这天上午，为了让对作战装备一直感到不安的江海岳放心，也是作为启程前的最后一次告别，何龙与他参观了刚刚建成的太空军军工研究所。江海岳看着各种非常规能源的航天发动机理论模型、空天飞机的气动外形模型，甚至还有太空电梯缆绳的材料结构，欣慰地笑了，转头对何龙说道："这下我就放心了，相信后人的智慧。"

冬眠中心位于 K 国首都城郊。当江海岳从直升机上跳下，回望何龙时，他坚定地喊道："何将军，江海岳保证在未来完成任务！"

何龙只是招了招手，他知道，当第一批太空军士兵踏上时间尺度上冰冷刺骨的征途，当一个又一个故人渐渐离他而去时，他的军人生涯可能就会接近尾声了。他知道江海岳他们是这片国土上最优秀的军人，这支胜利之师中的每个人都是勇敢的战士。虽然他们本可以在七十年的相对和平中安稳地度过一生，但为了确保人类的胜利，他们选择奔向充满危机的未来。

　　超低温液体渐渐渗入江海岳的口鼻和全身，意识在冰冷刺骨的冬眠舱中逐渐消失。这支增援未来计划中选出的胜利之师，终于在时间的尺度上启程了。

Ti 市粒子研究室"三位一体"项目组联合提案

　　目前，Ti 市粒子研究室掌握的量子弦聚变技术已完成理论验证，并进入航天和军工技术领域的应用设计阶段。地球联合太空军军工研究所（以下简称"军工研究所"）与地球联合航天局航天科技集团（以下简称"联航科技"）的五十名特派员完成了对"三位一体"项目进度的考察，包括对理论模型的理解剖析和对实验数据的应用分析。工研究所和联航科技已分别提出两个详细的应用方案：不可控弦聚变对应的聚变炸弹，以及可控弦聚变对应的弦聚变发动机。这两种方案对地球联合太空军的建设有着极强的正面作用，且弦聚变理论还有许多应用空间，可以帮助我们应对红矮星文明的移民舰队。

　　目前，由于地球联合尚未批准应用研究，应用研究仍处于基础设计阶段。危难当前，时间十分紧迫，请地球联合尽快签署批准项目，感谢。

联合纪元 3 年 12 月 9 日

　　签名处：

　　地球联合最高执政官：程玥

　　联合科学院现任院长：刘忠诚

　　太空军军工研究所技术负责人：艾曼·阿姆斯特朗　王磊

　　地球联合航天局航天科技集团技术负责人：龙雷皓

　　Ti 市粒子研究室"三位一体"项目技术总负责人：张彦成

　　在意识到该计划的重要意义后，联合政府于 12 月 9 日召开了"增援未来"计划联合大会。代表们在会议现场拟定了一项提案，并毫无悬念地通过，提案内容是：通过近期普及化的冬眠技术，在第一个任期结束后，程玥将在一切重大事务处理完成后进入低温冬眠。同时决定上百名优秀科研人员将在联合纪元 4 年 1 月 1 日进入冬眠，与"增援未来"计划的第一批启程者——20 名太空军战士，一同前往未来。与此同时，量子弦聚变理论的应用方案已获得地球联合批准，张彦成的使命终于完成，这项伟大的应用研究使命也移交给了经验丰富的太空军军工研究所和联航科技。

张彦成在同一天得知自己将奔赴未来，并且量子弦聚变的应用研究已然开始。地球联合邀请他前往弦聚变应用研究基地参观。他原以为只是看看研究进展，同行的政府工作人员拿出增援未来计划第二批冬眠者名单时，他内心并未有太多波动，很快便填写完毕。虽然他清楚已老去的父母将无法跨越时间的鸿沟与他相见，同时代的朋友也将离他远去，但他明白，责任是唯一能解释一切的东西。他这一代人还算幸运，能以冬眠的方式承担更多使命，而 20 世纪 70 年代那一批人，才是真正能承担使命的人……

"张院士，根据增援未来计划的人道主义政策，您还可以带一位亲人去未来。您要选择父亲还是母亲？"

"……"张彦成思考了一会儿，然后回答说，"让我选择一位老朋友吧，他查明了陨星危机背后的真相。如果他愿意，就让他跟我一起去。他有资格见证人类最后的胜利！"

张彦成很快在表单上签了名字，无尽的忧伤与怀念涌上心头。他怀念的，是那颗已经陨落的星星。

研究基地内部的车间大门缓缓滑开后，张彦成被眼前的震撼场面惊住了。一根根监测光纤整齐地悬挂在复杂的金属外壳上，研究员们正在测试微型弦聚变设备的稳定性，并计划利用其制造航天发动机。曾经需要庞大空间进行的粒子加速实验，如今可以在汽车大小的金属设备中完成。张彦成环顾四周，看到忙碌的技术员们在用回旋加速器生成寰原子核心，另一个车间试着制造弦聚变炸弹。工作人员递给他一册设计图册，他激动地翻看着其中复杂的发动机剖视图和弦聚变炸弹的反应模拟图，参观了一会儿后，又与工程师们聊了许久。彻底了解了目前的研究进展后，他满意地接过工作人员手中的应用研究提案，在上面签上"张彦成"三个字。

完成这一切，他的内心不免感到欣慰。这些技术成果终于在今天变为切实的应用，为人类照亮未来的曙光。"这下我放心了，我可以安心地去面对未来了！"

告别仪式很简单。陨星危机的阴霾越来越近，时间也越加紧迫。即使面对着这世界上最爱他的父母，张彦成也只说了一句"爸，妈，我走了。"马晨则对他读大学的儿子说了句："希望在未来还能碰见你。"就再无其他多余的话。张彦成在启程前给陈慧的墓前添上几束花，轻声说道："我要去未来了，希望当我醒来时，你仍在天上看着我。"

第二批冬眠人员的组成较为复杂：既有科研人员，也有太空军士兵，还有程玥。当程玥看到张彦成出现在冬眠中心的圆形房间里时，她郑重地说："张彦成，很荣幸能与您一同启程去未来。"

张彦成微微一笑，他知道，这里所有的人都肩负着重要使命，他们的启程关乎人类能否逆风翻盘。冬眠舱盖缓缓滑开，房间里的人们套上白色的抗低温冬眠服，依照舱盖屏幕的指引钻进冬眠舱中……

二十四　前行

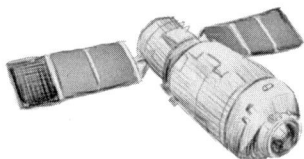

关于太空军建设"三步走"的方针提案

联合航天局航天科技集团经过一周的缜密讨论与技术考察，最终确定了太空军航天技术"三步走"的发展方针。具体内容如下：

第一阶段：以地面为基地，发展低成本快速天地运输系统，将大量资源运输至太空，并在运输线路终点建造大型空间站，作为近地轨道上的资源基地与观察哨。该阶段的三项重大工程分别是：太空电梯系统的天梯工程，技术负责人为林雨桐（纳米缆绳模块）和龙雷皓（推进系统设计模块）；空天飞机系统的腾云工程，技术负责人为李景峰；以及大型近地轨道空间站系统的地球边哨工程，技术负责人为洪子昂。

第二阶段：以近地轨道空间站为资源基地，建设位于近地轨道、近月轨道、近火轨道和近木轨道的四座太空军舰队空港。利用月球的氦-3、火星的赤铁矿和木星的核聚变原料等丰富资源，可以在舰队空港建立完整的物质循环系统。该阶段的工程为太空军的集体建设项目。

第三阶段：以太空军舰队空港为资源基地，根据太空军基本战略方针，研发并量产太空军装备，形成完整的太空军作战体系。该阶段工程为太空军集体建设工程。

联合航天局航天科技集团

联合纪元 4 年 1 月 29 日

签名同意处：

地球联合最高执政官：利昂塔夫斯基·切科诺夫

各工程技术负责人：林雨桐 龙雷皓 李景峰 洪子昂

　　材料研究所生产的人类第一捆纳米缆绳及其配套释放器，于联合纪元 5 年 6 月 3 日由联航科技研发的运载火箭送往地球同步轨道。纳米缆绳采用分子堆砌技术制造，在微观尺度上呈由小六边形组成的管状结构。纳米缆绳的释放器同样是太空电梯顶端的配重环，它采用从月岩中提取的金属制造，质量较大，确保配重精确的同时拉长配重环之间的距离，压缩制造成本。配重环入轨后迅速释放纳米缆绳，在联合航天局飞控中心的精确控制下，将几根强度极高的缆绳毫厘不差地垂至太空电梯的低端，位于赤道上的太空电梯基座，为世界上最大的人造岛屿。纳米缆绳与建设完成的环形基座完成连接后，太空电梯的各种推进设备也开始建设。原本平滑的灰色环形基座逐渐添加了各种功能设备和基地运转设备，三座高高立起的白色弹射工位也已架设。三条平坦的公路将巨大的电梯基座和人工岛主体连接，各种复杂设备在弹射工位上搭建，一环一环的束缚器确保缆绳始终紧绷。周边的太空电梯基地设施也已完成，包括新的飞控中心、电梯控制塔和未来用于空天飞机起飞的机场。虽然研发时间有限，太空电梯轿厢仍只能采用传统火箭推进器进入太空，但为了增强初速度，弹射工位底部安装了电磁弹射平台，能够在轿厢升空的 5 秒内提供更大加速度。考虑到电梯轿厢的重复使用性质，工程师们在轿厢底部增加了冰盾装置，以在返回地面时降低轿厢温度。轿厢本身十分庞大，与一架飞机的体积相当，除了货运空间和载人空间，内部还有许多散热装置和推进装置。轿厢整体呈长方体，白色外壳上有棱角分明的倒角设计，四角分别配备了四个较大的凸起方块，即发动机的喷口模块，它们能为太空电梯提供总计 800 吨的推力，这也导致乘员乘坐时承受约 9G 的过载。最终，太空电梯运输系统于联合纪元 6 年 1 月 2 日建成，但此时的太空电梯仍无法运行，因为这套运输系统还需要一个终点站。

地球边哨国际空间站作为太空电梯的终点站，由联航科技第一研究院的洪子昂设计。该空间站整体呈环形，是第五代空间站，巨大的环形结构在匀速旋转时能产生约 1G 的人工重力，直径约 398 米，长度 400 米，成为太空中迄今最大的人造物体。其主体结构按环形排列，灰白色的大舱室与橙色太阳能板一环扣一环，显得结构密度很高，环形结构上的对接装置与太空电梯末端的配重环紧密扣合，三个轿厢通道末端有随时可打开的电梯港口，港口对接后航天员可直接进入空间站工作。贯穿整个环形结构的是一根长 400 米的核心舱，末端装有霍尔电力推进器，必要时可开启推进器紧急与电梯配重环脱离。星星点点、密密麻麻的工作设备镶嵌在空间站的外壳上，整个空间站与地球轮廓形成同心圆，强度高到不可思议的纳米缆绳仿佛顺着无尽的深渊延伸至地表。整个空间站项目由全球 98 个拥有航天发射能力的国家联合完成，随着顶端质量的逐步增加，配重环的数量也在不断增加。当空间站彻底建成时，蓝色背景下黑色缆绳通道间将形成精密有序的灰白色设备，一环一环的配重环则构成通向地表数万千米的快速运输通道。幻想一下，如此庞大的金属结构与复杂的配重环系统组成的大运输系统正与地球以同样的速度缓缓转动，每个人都会为人类技术的飞速进步而感到振奋。

空间站于联合纪元 10 年 3 月 7 日建成，这一天也是太空电梯第一次正式运行的日子。一百名全球最优秀的航天员乘坐着人类有史以来创造的最伟大运输系统，承受着 9G 的超强过载，仅用 20 分钟便抵达数万千米外的地球同步轨道。空间站与太空电梯的建成耗费了全球 7% 的 GDP，尽管当前的日子越发艰难，人们见证着技术奇迹，依然怀抱希望。尽管危难当前的日子越来越艰苦，但人们见证着一个个技术奇迹，仍然心怀希望地面对生活。与此同时，"三步走"的第二步工作也同步开展，依靠太空电梯向太空运输建设太空港所需的金属原料变得成本低廉且十分快捷，因此太空港——又一个巨大钢结构的建设也在飞速推进着。

李景峰的使命并不在于未来，而是在于现在。空天飞行器研究所经过几个月的努力，找到了最佳气动外形，调整了鸭翼布局的整体结构及外层特殊涂料的性质，同时还着重设计了航空发动机与航天发动机之间的转换。整架空天飞机的气动外形及外壳材质略有调整，同时整体体积扩大了许多，机舱后部由弹舱改为乘员舱。驾驶舱挡风玻璃和外层涂料均为防热材质，最多可支持三百次重新进入大气层。乘员舱顶端的出舱口可与空间站港口对接，乘员在进入失重状态后可轻松进入空间站。唯一遗憾的是，航空发动机不得不采用一次性结构，飞机尾部的两台航空发动机将在到达同温层后被抛掉，内部航天发动机喷口随即开启，为空天飞机提供极大推力。该型空天飞机在上升过程中同样会产生过载，但大约仅 6G，相比之下比太空电梯温和得多。首架深灰色空天飞机于联合纪元 14 年 4 月 1 日在太空电梯基地首飞，30 分钟后成功与空间站对接并安全返回地球，降落在太空电梯基地的三号跑道上。虽然该型空天飞机本未正式命名，但当李景峰看到机载摄像机传来的蔚蓝地球画面时，他脑海中立即响起一个响亮的名字——天际线号。

联合纪元 20 年，经过整整 16 年的刻苦研究，第一台弦聚变发动机和第一颗弦聚变炸弹出厂，分别在联航科技总部试车中心成功试车以及在小行星带完成起爆实验。此时的张彦成依然处于无意识的冬眠中横跨时间的鸿沟，但他知道他终究可以放心，因为那是人类史上最绚烂的烟火。

何龙最终如他所愿，于联合纪元 39 年孤独去世，享年 81 岁。他为联合太空军的战略研究做出了巨大贡献，出版了《论太空军的战略》，并被地球联合称为"史上最优秀的战略指导员"。临终时，他不断向医生诉说他对三位老友最后的话，并请求将这些话转达给地球联合，当他们苏醒时告诉他们。

　　戴肯在何龙去世后的第三年，于联合纪元 42 年去世，享年 78 岁。他同样是一位优秀的战略指导员，在《论太空军的战略》中多次为何龙提出修改意见。

　　观测站于联合纪元 45 年达到了使用寿命，最终在与大气层摩擦产生的红色火焰中燃烧殆尽。马克西姆与阿廖沙仍然是 R 国宇航局的航天员，他们目睹了观星者二号巨型空间望远镜的发射，并看到了宇航局用它观测到的陨星的清晰影像，还看到了红矮星文明远航舰队的样子——由整齐的三棱锥组成的方阵，环绕在小行星周围。马克西姆于联合纪元 58 年去世，而阿廖沙则活到联合纪元 68 年，距离陨星抵达地球还有十年时间。

　　人类文明飞速前行，陨星也在不断接近。就在今年，联合纪元 78 年，危机最终逼近了繁荣发展中的人类文明。

二十五　苏醒

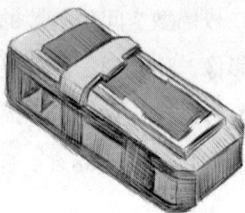

　　冬眠舱内的耀眼白光突然刺进张彦成那已紧闭整整 74 年的瞳孔中，他在逐渐散去的超低温冬眠液中睁开双眼，感到嗓子像是被什么糊上了一样，说不出话来。他感觉自己只不过经历了 2 个小时的睡眠，虽然全身上下是那么疲软，慢慢苏醒的大脑却兴奋了起来，因为他知道，他将面对联合纪元 78 年的崭新世界。冬眠舱舱门缓缓滑开，生命循环系统的管道自动脱落后，他缓缓从冬眠平台上坐起，却发现浑身都使不上劲。很快，医生和护士跑了进来，将浑身疲软的他抬起放在自动担架上。张彦成看见担架右边的平台上有一块实体的生命检测仪，顿时感到十分踏实——上一次遭遇实验爆炸后，他在医院的病床上一直使用这个检测仪，在他的想象中，这个时代应该不会有这种古老的设备了，但这个检测仪分明是他那个时代的产物。医生设定好自动担架的恢复程序，然后对他说了句："张院士，欢迎归来。"

　　张彦成感到喉咙中积满了液体，他想张嘴说话却怎么也发不出声音，只是费劲地点了点头。自动担架移动起来，沿着地面箭头指示进入了恢复室。

"你终于来了！"一声粗哑的笑声传来，是马晨！这家伙依旧穿着那件熟悉的蓝衬衫，正大笑着向张彦成招手，"我是 5 个小时前苏醒的，冬眠这个事儿吧，身体机能恢复得其实贼快。我现在除了没什么精神，其他一切都好，你看这连饭都吃得下。"

张彦成张了张嘴，却说不出话来，整个喉部被一种液体浸泡着。跟在身后的护士端来了一瓶药水："这是喉部清理液，请把它喝下去吧。因为超低温液体还淤积在您的喉部。清理液可以排出这些液体，不过过程会有点难受……哦，您就吐在这个水槽里吧！"

张彦成缓缓将淡蓝色液体灌进喉咙中，一股火辣辣的灼烧感直冲颅顶。鼻腔和胸腔中淤积的超低温冬眠液随之在剧烈的咳嗽中排出，灼烧感也慢慢消失了。他感到声带在恢复，急切地用略显沙哑的嗓音回答说："能在新时代看见你，是一件幸事。"

"嘿，"马晨呲着大牙笑了起来，"什么幸事，本来咱就是一起冬眠的。你那冬眠衣可以脱掉了，那些护士非要让我换一套新衣服，我穿着不习惯，还是穿我那件 74 年前的衬衫吧。你别说，这冬眠舱还把衣服保存得很完好呢！"

张彦成换上那套启程时穿的衣服，顿觉舒适了很多。他不禁感慨万千，尽管跨越了如此漫长的一段时光，但旧人旧物依然陪伴着他，让他有一种很熟悉的归属感。

护士为他端来苏醒后的第一餐，又递给他一个餐具套装，说："赶紧吃饭吧，现在是中午十二点整。冬眠中心的营养餐可以让您的身体机能恢复得更快。"他又补充说，"这种面包加工的时候往里面合成了很多营养素，专门用来补充冬眠苏醒者的能量和营养。地球联合这七十多年一直都在维持增援未来计划。您不知道吧，现在的世界可了不得呢！待会儿再跟您说，您先吃饭。"

"是营养素合成的预制菜？"张彦成吃了一口面包，又尝了一下湿漉漉的水煮白菜，居然没有任何味道！他对食品工业的想象仍然停留在

74 年前的科技水平，丝毫没有意识到这片面包中蕴含着怎样的尖端科学技术。

"没你想得那么低级。这么说吧，这面包可以不需要小麦粉来制作，所有原料都是用基因培植技术合成的！这玩意儿根本就不是普通食品，而是人工营养素补充剂！"马晨解释道。

"你们能直接合成食物了？"张彦成一脸惊奇地看着忙碌中的护士。

"可以，但像您尝过的，这种合成食物确实有点难吃，但也只是用来给冬眠苏醒者当营养素补充剂。"护士说着走出了恢复室。

"对吧，"马晨一脸得意地看着吃惊的张彦成，"我说了，现在的世界可了不得呢！"

接下来的 1 个小时内，马晨迫不及待地跟他讲着从护士那儿听来的世界现状。张彦成最关心的当然是弦聚变应用研究和太空军的发展，他很快知道了人类已经在赤道上建成了一座长达三万五千七百八十六千米的太空电梯，在电梯末端建成了长四百米的巨型空间站，还在太阳系建造了三座巨型空港，这些空港中停泊着一支拥有总计四千零三十二艘巨型恒星际星舰和两万架行星际歼击机的庞大太空舰队，而这支太空军队伍中的四千零三十二艘巨舰全部装备着以弦聚变引擎为内核的辐射推进引擎，最高可以加速至光速的 20%，比陨星使用曲率发动机推进的速度略胜一筹。同时，这支太空军队伍使用最广泛、威力最大的武器就是利用量子弦聚变理论研发的弦聚变炸弹。张彦成想象着人类科学的顶尖产物，他脑中那伟大理论的实际应用现在就在亿万千米外的太阳系空间中飘荡着，他终于亲眼见到了人类的彼岸和曙光在眼前绽放。当然，保卫太阳系家园的战争将会是一场苦战，人类不知道红矮星的技术到底有多高，但我们的胜利之师一定会为人类的延续不懈战斗到胜利的那一刻。

听着马晨讲起来滔滔不绝，张彦成充满神往地向天花板望去，他的想象已经穿越天花板。他对着太空中那人类智慧的结晶，发出了作为一个旧时代科研人员最真诚的感叹：

"我就知道，应该相信后人的智慧的！"

张彦成在冬眠中心休息了八个月，最后一次体检证明他的身体机能已完全恢复，甚至由于超低温冬眠和苏醒程序对肌肉恢复能力的锻炼，他的各项身体机能还有所提高。在冬眠中心的八个月，他接受了太空军部队对他的指挥作战能力的培训，知道了新的弦聚变武器的部署与投递方法，见证了程玥在冬眠中心重新上任成为辅助执政官的时刻，看到了柯伊柏带侦察舰队传来的陨星的清晰影像——它们已到达太阳系外围，正在接近冥王星轨道，也收到了地球联合的通知，知道自己将在9月29日乘坐天际线号空天飞机飞向太空中的地球边哨空间站，准备迎接陨星与远航舰队的到来，协助太空军舰队使用弦聚变武器进行作战。他知道太空电梯的基座和空天飞机机场都在赤道上的一个人工岛上，但他在看到太空电梯基地的实景之前，还不知道自己将看见怎样的繁荣景象。

前往人工岛的飞机在机场起飞。K国首都基本没有太大变化。张彦成并没有看到之前无处不在的全息悬浮大屏幕出现，也许人类在这七十多年间根本无心发展这些——太空军这个吞金兽使得全球一年GDP的40%都要用于建设太空舰队，其他方面的科研经费被压缩到最低。张彦成看到熟悉的橙色航站楼时，内心不禁无比感慨，这座七十多年前的、他走过无数次的机场，对他来说，有着许多珍贵的记忆。

他乘坐的是全球最忙碌的航班。随着人类大规模进入太空，从K国首都这个全球最大城市到太空电梯基地的这条航线变得更加繁忙，最多的时候一天可以执飞五次班机。执飞这趟航班的是X-99型超声速客机。因此，从地面前往赤道上那座太空电梯基地的旅程，也就变得异常快捷。仅仅5小时的高速飞行后，远处的天际线上方便出现了几条细细的直通太空的黑色缆绳，上面还有白色的长方体拖着火焰尾迹在移动着。张彦成兴奋地指着舷窗外那些黑色缆绳："那不就是太空电梯吗？"

距离基地越来越近，他们看到那些形状复杂的电梯轿厢在缆绳上飞速地上升，并攀过一环又一环的配重环。而电梯基座那复杂的结构、大大小小的机械设备以及在机场跑道上飞速滑行的空天飞机，让所有第一次看见太空电梯基地的人都无比激动。

"我没法理解为什么电梯轿厢要用火箭推进器。"一位冬眠者说。

"太空电梯修得急，电磁推进系统没有足够的时间研制，只能用火箭推进器了。"一位现代人解释道。

飞机在基地机场跑道上缓缓降落。张彦成走出机舱的那一刻，终于看清了电梯基座是怎样一个无比巨大的钢铁巨兽。从机场开始延伸的三条车道将电梯基座和人工岛主体连在一起，基座下方的小型人工岛是一块用钢铁铸成的灰色圆盘，上面同样附着密密麻麻的设备。三条车道直接连接白色的人行廊桥，乘员就从这里进入轿厢。由地面牵出的几根缆绳牵扯着三个白色弹射工位让其保持稳定，而从由机械零件堆砌而成的弹射工位上方看去，一环一环的配重环围在缆绳周围，构成了一条通往地球同步轨道的天梯。在太空电梯的尽头，那座长四百米的巨型空间站在白天也隐约可见，足见它的巨大。整个电梯基地就是用重工业与机械交织而成的一首雄壮的交响曲，这是伟大的人类文明独自奏出的交响曲！

张彦成等人从航站楼的特殊人行廊桥进入空天飞机的客舱门。从廊桥上的玻璃幕往外看，一架棱角分明、外形冷峻的深灰色飞机映入眼帘，此时的机组人员已经穿好抗荷服，坐在由绝热材料制造的挡风玻璃座舱中。穿过人行廊桥，在登机口上套上抗荷服，张彦成感到行动已经有些困难，于是小心翼翼地爬进机舱顶端那带有太空对接机构的客舱门。空天飞机虽然外形巨大，但内部乘员舱并不大，主要原因是抗过载的椅子占了很大空间。张彦成坐在自己的座位上，将防撞梁放低到自己脖子前，然后戴上抗荷服的面罩，等待起飞。张彦成注意到，半透明的舷窗旁有一个显示过载 G 值的屏幕，此时的屏幕上弹出的数字是正常的 1G。

坐上飞机只过了 5 分钟，机长就通知客舱："空天飞机即将起飞，请检查好抗荷服穿戴是否正常，防撞梁是否正常放下。空天飞机将产生约

6G 的过载，请各位准备好起飞。"

飞机尾部的航空发动机喷口迸发出橙红色的绚烂尾焰，接着在航空发动机的轰鸣声中，隐隐约约传来了机场的广播声："起飞程序开始，人行廊桥撤出，客舱门关闭。"连接着客舱门的人行廊桥缓缓移动着折叠起来，飞机快速移动到 1 号跑道上，做好了起飞准备。张彦成感到抗过载座椅的靠背缓缓下移，似乎是为接下来的加速做准备。突然，一股强大的力量从背后袭来，伴随而来的是航空发动机更大的轰鸣声以及更绚烂的火焰，起落架在跑道上飞快地转动着，空天飞机在航空发动机的推进下在跑道上以极快的速度滑行起来，所产生的加速度让张彦成只能被按在靠背上，根本没力气抬起来。

空天飞机滑行到跑道末端，接着便以更快的速度腾空而起。张彦成感到座舱中的一切似乎都在因腾空瞬间产生的巨大加速度而颤动，他本人也因飞速上升产生的失重感而呼吸困难。空天飞机不仅仅是在向前飞行，甚至还在转弯，他们的航线是绕着太空电梯螺旋进入太空的！张彦成看到舷窗旁的 G 值显示器上已经变为 3G 的过载，但火箭发动机启动后，会产生 6G 的过载，而仅仅 3G 的过载就已经让他完全喘不上气来。还好抗荷服的面罩在向他的肺部源源不断地输送氧气，不然他可能会因过度紧张而窒息。飞速上升产生的白色湍流在深灰色的机翼上飞速掠过，而飞机则不断进行着灵活的机动，环绕着太空电梯飞行。窗外喷射着火舌的电梯轿厢清晰可见，而地面则在渐渐缩小，航空发动机的极限高度到了，此时他们已经离地面有三十千米的高度。处于剧烈震动中的客舱传来广播声："航天发动机即将点火。航空发动机脱离。"

空天飞机尾部的两块长方形航空发动机被抛掉，那种强劲推力消失了。但紧接着传来的是猛烈的推进与加速度、猛烈的轰鸣声，以及更加猛烈的机舱震动。空天飞机尾部喷射出带着一节一节马赫环的橙黄色火焰，这是液氧液氢火箭发动机的美丽火焰。空天飞机围绕着黑色背景中的太空电梯飞速地上升着，掠过一环又一环的形状复杂的配重环，一台又一台再入大气层的电梯轿厢，向着上方的环状空间站飞行着。过载达到了 6.8G，张彦成感到自己即将晕倒过去，但仍然在用全身的力气对抗着过载。巨大的金属环结构从舷窗外飞速掠过，空天飞机与电梯轿厢在沿着缆绳齐头并进，此时的机身完全倾斜成 90 度，和火箭发射时的姿态无异。巨大的环状结构越来越近，地球边哨空间站的巨大舱室被空天飞机飞速掠过，一块块橙色的太阳能板和布满了桁架结构的舱室与飞机擦肩而过，环状结构终于在空天飞机旁边出现，原本巨大的机身在更加庞大的空间站前显得像一只飞虫一般，在缓缓旋转着的人工重力环旁边拖出长长的白色尾迹。背后用于束缚空间站的六边形零件渐渐远去，空间站那长长的柱状核心舱伸出三条平台与电梯缆绳紧密地连接在一起，一台台电梯轿厢在遮天蔽日的圆盘下方稳稳停住。这金属零件盛宴随着空天飞机的飞速上升而越来越丰盛。他们看到环状结构后方那反射着光芒的太阳能板、一环扣一环的离心重力结构及那三角形的巨大桁架结构，这一切都随着空天飞机的缓缓减速而变得清晰，圆盘结构上每一个小小的支架及每一块小小的设备都尽收眼底。随着一阵轻轻地撞击，客舱门上的对接机构与空间站那已接纳了许多电梯轿厢的港口紧密扣在了一起。一种神奇的失重感涌了上来，从强烈过载中缓过来的张彦成终于能够呼吸了，而且十分适应失重的飘浮感。客舱中传来机长的广播："空天飞机与空间站港口对接成功，各位乘员可以离座进入空间站。"

客舱中的人缓缓飘浮起来，他们蹬着地板向舱门移动。张彦成离开座位面对失重，居然没有一丝不适感，仿佛失重直接让他从过载的不适中恢复过来了，仿佛他就属于这里，属于太空。马晨从后面拍了拍他的肩膀。"你别说这空天飞机真带劲，我现在还没完全恢复过来。哎哟——"马晨跌跌撞撞地飘浮着，接着被座椅磕到了脚，"你看，我说没完全恢复吧。这一进太空就飘起来了，更难恢复。"

"进了空间站就好了。"张彦成边回答，边继续向舱门移动，"空间站有模拟重力，和地球上一样。"

"那就……舒服！"

人们从舱门进入了空间站港口——巨大环形结构上的一个长方体舱室。这里停泊着数十架空天飞机以及许多电梯轿厢。明亮的灯光将深灰色墙壁照得通明，从外面看，这里只不过是庞大环形结构上的一个小光点。熟悉的地表重力再次将他们稳稳地拉在地上，一位太空军士兵看着周围停泊整齐的电梯轿厢与空天飞机说："这儿平时可没这么多人。现在陨星到冥王星轨道了，果然人就多起来了，应该都是准备去太空港的。"

张彦成和马晨在一位工作人员的引导下穿过连接各大环形机构的一条走廊，进入了总控室。总控室中繁忙的工作人员正监测着空间站与太空电梯每时每刻的运行，巨大玻璃幕让他们将无垠太空中的景物尽收眼底，而让张彦成无比激动的是三十多万千米外环绕着月球运行的一个巨大物体，那物体旁还有许多体积略小的物体排成整齐的方阵。他兴奋地对那位工作人员说："那是太空港和舰队吗？"

"是的，那就是。"那位工作人员也欣赏着太阳系的美丽景色，"近地轨道上其实也有一个太空港，这里看不到，乘坐太空艇可以很快到达那里。现在陨星应该掠过冥王星轨道了，我要去准备协调工作了。十几个小时后，陨星就会到达小行星带，到时候就会引发一场激烈的战争，我们准备了整整八十年的战争……当战争开始之时，你们就要指挥舰队使用弦聚变武器进行战斗。待会儿会有太空军士兵进来给你们讲解工作流程，并在舰队集结完毕后接通通信链路，到时候你们就可以与舰队通信了。"

工作人员走出总控室，留下两人在房间欣赏强大的人类文明打造的太空景观。

二十六　战斗前夕

　　白发苍苍的舰队总指挥穿着蓝色的舱内活动服在木星空港的指挥室中踱步，木星那绚丽而壮美的风暴从舷窗透了进来。舱外的群星随着空港指挥室的离心重力缓缓转动，而舱内的灯光丝毫没有闪烁。总指挥盯着眼前显示各舰部署情况的大屏幕，屏幕上一个个排列整齐的绿色三角在表示空港的蓝色区域中一动不动，只有几个表示侦察队的红色三角形在黑色区域中缓慢移动着。总指挥脑中模拟着与敌人的舰队交战时的所有应对措施。突然，在光影交叠的指挥室中，大屏幕上弹出了通话窗口。总指挥将思绪从想象中抽离出来，走到大屏幕前接受了通话。画面上的参谋员在地球联合太空军的徽标下向他敬礼，接着用凝重的语气说："总指挥，这次胜利信念排查的结果出来了。"

　　"结果怎么样？"总指挥用沉稳的声音问道。

　　"很不好。"参谋员的声音更加低沉，接着，通话窗口旁又弹出一个信息窗口，上面是一张自动播放的调查结果统计表，"这是调查结果的统计表，覆盖了每一艘舰上人员和每一支侦察队，柯伊柏带侦察队员的结果也纳入进来了。但最后的结果非常不好。"统计表上的内容向下滚动着，总指挥看着一个个表示"缺乏胜利信念"的调查结果，也感到不安起来："调查结果最好、信念最坚定的是哪只舰？"

"有四只舰的调查结果比较好。"参谋员说着调出四个信息窗口，上面显示出几艘战舰的舰名及其所属编队，"分别是 Y 洲舰队第一分队旗舰蓝色边疆号、洲盟舰队第三分队旗舰万年风雪号、北 M 洲舰队第一航母编队旗舰马拉雅号和 Y 洲舰队第一分队导弹作战舰浩荡号。由于这几艘舰本身就是舰队主力，所以在战力调配上并不需要担心。但让我们担心的是那些调查结果很差，而且是主力舰队。如果在战争过程中，缺乏胜利信念的这些主力战舰如果发生逃亡行为，那该怎么办？对舰长进行心理干预根本来不及了。"

"你知道我担心的是什么。"总指挥低下头沉思起来，"现在处于自由活动状态的舰有多少？"

"Y 洲舰队 32 艘、洲盟舰队 63 艘、北 M 洲舰队 19 艘、南 M 洲舰队 11 艘、F 洲舰队无、DY 洲舰队 42 艘，总计 167 艘舰在执行巡航侦察或者燃料运输任务。此外，还有 278 艘舰在空港内，但处于自由活动状态，随时可以脱离空港进入辐射推进状态。"参谋员调出各舰活动状态的显示窗口。

"对一支缺乏胜利信念的舰队来说，这很危险。这四百多艘舰随时可能逃亡。一旦发生逃亡事件，我们很难阻止那些可以擅自加速的战舰。这意味着四千多艘战舰中的十分之一都有可能流失。现在我向各空港传递指令，所有处于自由活动状态的战舰返回空港，没有完成燃料运输任务的战舰也要返回，由运输小艇代为运输，只留下柯伊柏带侦察队处于自由活动状态。"总指挥眉头紧锁地看着屏幕上同样紧张的参谋员，向着各空港的指挥官下达指令。

屏幕上那些缓慢移动的绿点在接到指令后同时掉转方向，很快就进入港口内，被束缚架紧紧固定在空港的巨大空间中。总指挥看着舷窗外移动着的巨型灰白色战舰，还在沉思着该如何在大战前夕应对这样的局面。

"仅是束缚住战舰还不够，万一舰长执行紧急脱离命令，怎么办？"参谋员对眉头紧锁的总指挥说，"现在针对所有主力战舰的舰长，都要暂时解除他们对战舰以及空港的控制权，直到我们找到方法解决胜利信念不足的问题。"

"参谋员，这个方法好。"总指挥说罢便在大屏幕的表格上选中了几艘主力战舰的舰长，和解除控制权的命令一起，把这份表单发送给了空港的执法机构。这时，在那三大空港的港口内，一艘又一艘巨舰的舰长突然被工作人员通知要暂时解除他们的控制权，接着活动服口袋中的命令卡也被工作人员收走了，还被要求暂时离开总控室。出于军人的基本素质，这些舰长都服从了，但同这些本身胜利信念不足而现如今又缺失舰长的太空军舰队变得更加混乱起来。

"我们必须将这些舰长的权限冻结，直到找到应对方法。"总指挥在收到各个空港的报告后对参谋员说。

"可是我们马上就要迎接陨星和敌舰队了，这些战舰也得有人来承担舰长的职责，不然我们就是在削减我们自己的战斗力！"参谋员用略显焦急的语气对舰长说。

"只要能找到有坚定胜利信念的人就行。至于能不能找到，这点你不要担心。"总指挥突然用坚定的语气对参谋员说，他调出一批封存已久的档案，参谋员瞬间明白了总指挥的意图，"别忘了，我们还有一批最值得信赖、最为忠诚的太空军战士，他们在74年前灾难之初进入了冬眠，只为了在今天将坚定的信念带给我们的舰队。现在，和红矮星文明的交战就要开始。这批精干之师发挥作用的时候到了。"

数万米之外的地表，此时的江海岳正从冬眠程序结束的超低温冬眠舱中缓缓苏醒。

"您的意思是……"屏幕那头的参谋员试探着问道。

"没错，"舰长坚定地说，"启用增援未来计划。"

冬眠舱舱门缓缓滑开，江海岳那充满胜利信念的眼睛，如同接收到了来自人类文明交给他的重任，坚定的眼神在缓缓散去的冬眠液体中透了出来。

江海岳站在指挥室中，望着窗外那无比巨大的红褐色气态巨行星，眼神充满坚定与忠诚。总指挥从后方的自动门处走进来，带着慈祥的微笑对江海岳说："怎么样，您还适应这个时代吧？"

江海岳转过身："增援未来第一批冬眠者江海岳向您报到。"

面对江海岳，总指挥那苍老的眼中也充满坚定的希望："前辈，您好！"

"不，不，"江海岳有点羞涩地说，"冬眠的时间并不算进我的年龄，从实际年龄上，您才是我的前辈。"

"您当然是我们的前辈。"总指挥敬佩地说，"您是太空军胜利信念的奠基者。"

"说到这个，真希望何龙将军能看到今天如此威武的太空军。"江海岳带着无尽的回忆看向了窗外的木星。

"何将军也是一位伟大的前辈。"总指挥的眼中有着深深的敬佩，"他创造的立体作战战略，直到今天还是我们的主要作战方针。"

就在这时，窗外一艘巨大的灰白色战舰掠过指挥室，向着后方的港口入口缓缓航行。它总体呈后宽前窄的三角形，后面的弦聚变引擎连接着中间的一块圆形舰体以及各部分的圆环形结构，形状是两个巨大的长方体箱子。表面看，它并不像空间站那样布满各种设备。相反，它的由高强度装甲打造而成的灰白色表面十分光滑，只在全舰各处的接缝处透出深灰色的内部结构。蓝色的太空军徽标在近距离下显得十分巨大，舰体下方吊装的各种武器则更大了。江海岳出神地看着这头钢铁巨兽，他知道这是从入选太空军的那天起，他就无数次想象过的画面。他转头对总指挥说："太空战舰的体积这么大吗？"

"这还是小的，只是侦察舰。大的有上百米长。这是撤回空港的最后一艘，至于为什么要在大战前夕让所有战舰撤回空港，原因您也知道。尽管我们的装备已经非常强大，但胜利信念的缺失也让我们不得不面对来自内部的威胁。"

"所以，舰队中胜利信念的缺失就是唤醒我的原因吗？"江海岳微笑地看着走向大屏幕的总指挥问，"那么我在舰队中具体做些什么？"

"这就是我接下来要说的。"总指挥打开大屏幕，调出各舰的详细参数，"你们这支经过严格培训的队伍有着坚定的信念。我们相信，你们可以胜任舰长之责。"

"总指挥，我们毕竟来自七十多年前。"江海岳看着大屏幕上一艘艘战舰的虚拟模型说，"对这个时代的新型战舰，让我们这些还没有太多经验的人来担任舰长，恐怕有点冒险吧。"

总指挥调出蓝色边疆号的详细参数页面，江海岳的注意力一下被那艘战舰巨大的轮廓和超强的参数吸引住了。"现代战舰的操控非常简单，只要有操作手册的引导，几小时内就可以熟练掌握。您的任务，就是以坚定的胜利信念，指挥这艘主力战舰进行战斗。"

江海岳看着屏幕上缓缓滚过的参数，若有所思地说："明白了。"他心里迫切地希望着总指挥能将他安排到屏幕上的这艘舰上，他已经为这艘舰的强大参数着迷。

"Y 洲舰队第一分队旗舰，"总指挥指着屏幕上那艘巨舰说，"蓝色边疆号。"

江海岳在繁忙的空港中小心翼翼地行走着，四处抓取着物资的运输小艇不断地进出空港，通信器的广播声在耳边环绕着，他感到这里似乎比他那个时代的海港还要繁忙。突然，背后传来一声喊叫："江海岳先生，请跟我来！"

江海岳看到一艘深灰色运输小艇的前方站着一位向他招手的年轻男子。"前辈您好，我是蓝色边疆号的前舰长，奉命前来接您。"年轻人领着江海岳向小艇的方向走去。

江海岳跟着年轻战士来到深灰色的运输小艇前,这才注意到这艘运输小艇并不小,甚至比曾经的深海探测艇还要大。两人从座舱门钻进小艇的驾驶室中,江海岳环视着防撞玻璃下方的操作面板,对正在启动小艇的年轻人说:"这就是现在的交通艇吗?"

"是的,"年轻人将操纵杆推到顶部,启动了引擎,小艇尾部喷射着蓝色的推进尾焰,在空港的起飞平台上悬浮起来,"空港里几乎每个人都有一辆这样的小艇,运输货物或者在空港的各个部分之间通行会便利很多。因为这里资源有限,所以它不靠燃烧燃料,而是使用霍尔电动推进器前进。它是你们那个时代的先进产物,现在成本已经十分低了。"

年轻人握着控制转向的操纵杆,同时向前加速,港口中的景物飞速从窗外掠过,小艇加速冲出港口,进入了外部太空。江海岳再次盯着外面的木星问前舰长:"我们去舰旁还要出港口吗?"

"当然要出港口,"年轻人轻车熟路地摇动着操纵杆,小艇在太空中快速地移动起来,"空港内不允许小艇通行,小艇速度很快的。"他指了指屏幕上的数字,"空港内的设备又比较密集。万一撞到设备,会很麻烦。"

小艇渐渐远离空港,沿着这个巨大的人造物体飞行。这时,整个空港的轮廓才映入江海岳的眼帘。原来这是一个巨大的深灰色长方体,棱角分明的倒角及表面各种各样的玻璃幕墙和港口随处可见,还伴随着星星点点的灯光。这里简直就像太空中的一颗由人类建造的钢铁星球,上面的灯火比地球还要璀璨。小艇很快就进入一个港口中,这里十分繁荣,球状的农业生产舱和居住舱在空港表面起起伏伏。年轻人驾驶着小艇在密密麻麻的太空建筑中穿行。他指着那些一块又一块的三角形玻璃幕拼成的球状居住舱说:"那是空港的居住区,我就住在那里,就在战舰旁边。现在的条件可比你们那时候好多了。"

江海岳看着庞大的卫星通信阵列,缓缓转动着的空港防御炮台和一系列星星点点的建筑物从窗外掠过，不禁感到这里简直就是一个由钢铁铸成的一座城堡，光怪陆离的景象随着那些密密麻麻的指示灯照进舷窗。小艇进入了空港建筑上的又一个出口，在平台上缓缓降落，舱门也随之打开。两人爬出小艇，周围的景象更加繁忙，许多满载燃料的运输小艇正在不断地起飞或降落，为空港另一端的战舰送去燃料。年轻人指着平台左边的墙壁说："这堵墙后面就是蓝色边疆号。我知道您肯定特别想看看它，那的确是一艘美丽的巨舰。不过，现在它还处于束缚状态，没法看见舰体，等陨星到达天王星轨道，束缚状态就会解除，我们就可以登舰了。"

年轻人和江海岳走过蓝色边疆号的停泊区。在后方的一个柜台前，他从一位工作人员手中接过一张印着太空军徽标的卡片，递给江海岳说："江海岳先生，现在我将舰长权限正式递交给您。这是蓝色边疆号的舰长命令卡，用这张卡，您可以获得战舰的指挥权。而我作为副舰长，将会好好配合作战！"

江海岳接过卡片，感受着光荣的太空军军徽发出的荧光，他知道，这是自己作为太空军的一分子，人类赋予他的无上荣誉。

就在江海岳获得舰长权限之时，空港中响起了巨大的广播声，每一块屏幕上都弹出了表示陨星运行轨迹的窗口，代表紧急的红色指示灯飞快地闪烁着。总指挥那沉稳又威严的声音从广播中传了出来："全体太空军士兵注意，陨星已到达天王星轨道，现在正在接近土星轨道，预计3小时后将靠近空港。请四大空港全体士兵到各自空港的中央广场集合进行战前宣誓。准备登舰！"

二十七　信念

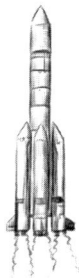

　　环木空港的上万名太空军士兵整齐地排列在无边的广场上，形成一个方阵。广场前的屏幕上显示着其他两座空港的全体士兵方阵，以及人类的四千多艘巨舰和成千上万的太空军士兵构成的庞大舰队。他们正完全集结在一起，接受总指挥的战前动员。江海岳背后那几百名战士，全都是蓝色边疆号的舰员。放眼望去，身材挺拔的士兵们都穿着蓝色的太空军军装，每个人的眼中都闪烁着坚定的光芒。广场前的演讲台上，总指挥迈着坚定的脚步跨上台阶，打开了麦克风。

　　"先生们，八十年前的今天，我们知道了太空中有一颗巨大的小行星正在向我们袭来。八十年来，无数科研人员、军人和地球联合工作人员为保卫人类的家园付出了巨大的努力，终于有了今天无比强大的人类文明。我们的太空舰队，是由一代又一代太空军官兵托举起来的！此时此刻，危机近在咫尺，我们这支带着坚定信念的胜利之师，在强大的敌人面前，一定会战斗到胜利的那一刻！我们将用强大的太空舰队，与敌人战斗到胜利的那一刻，绝不退缩！站在这里的每一位将士，都是全人类胜利意志的化身。我相信，我们会直面强大的外敌，打出人类文明的尊严与威风！接下来，全体宣誓！"

总指挥带头宣誓，接着上万个战士一齐宣誓，宣誓声中夹杂着上百种语言，如同巨浪一般，但这些声音都传递着同一句话：

"我是地球太空军军人，我宣誓：我服从地球联合与太空军的领导，严守纪律，英勇顽强，不怕牺牲，时刻准备战斗，绝不叛离军队，誓死保卫人类文明！"

雷鸣一般的宣誓声刚刚停下，洪亮的点名声又充斥了整个广场。这支纪律严明的胜利之师中，每一个士兵都满怀坚定的信念，向上一级报告着这组的人数。他们的斗志十分激昂，报告声仿佛是战士们宣发自己胜利信念的方式，他们用最阳刚的嗓门，用上百种不同的语言，传递着同一种精神，完成着同一项任务。江海岳转身面对着总指挥，大声说："Y 洲舰队第一分队蓝色边疆号舰长江海岳报告，全舰应到八百三十一人，实到八百三十一人，报告完毕！"

报告声逐渐减弱，最后一艘战舰的名字——万年风雪号被一位 R 国士兵喊出后，总指挥的一句充满力量的喊话，在已完全肃静下来的广场上久久地回荡着："太空舰队全体到齐。全体士兵，登舰！"

江海岳已经通过指令卡背面的路线图将蓝色边疆号的停泊位置熟记于心，他和全舰八百三十一人一起穿过中心广场，前往蓝色边疆号停泊区的那条贯穿整个空港的悬浮走廊——穿过一艘又一艘战舰所在的广阔又明亮的停泊区，在被指示灯照亮的走廊上迈着坚定的步伐。在灰色的空港停泊处那钢铁铸成的回转平台之间，走廊旁的玻璃幕墙上突然出现了几道舰体束缚指示灯发出的蓝色光芒，以及蓝色边疆号的巨大身影。那真是一艘巨舰！它圆盘形的后部和三棱锥形的前部由一个圆环形结构拼接在一起，星星点点的指示灯在上百米的浅灰色舰体上闪烁，一块又一块坚硬装甲镶嵌在深灰色的舰体上，太空军徽标在舰体前方闪着蓝色荧光，舰体下方挂载着的武器正散发着肃杀气息的冷光。此时，它被一根根束缚着它的钢铁支架托举在港口中，舰体右侧的港口门已经缓缓张开，璀璨的星光静静地照耀着舰体。江海岳顿时发觉，这就是他无数次想象过的繁荣景象！他知道必须加快集结速度，于是高喊口号，带领全员向巨舰奔去。全舰人员跟随着他的脚步也奔跑了起来。

江海岳看着走廊尽头的玻璃墙旁那一望无际的巨舰轮廓，看着它浅灰色的坚固装甲，带着坚定的信念走进透着亮光的舰体 A1 号舱门。他已对蓝色边疆号的内部结构完全熟悉。他在舰体后部那广阔的圆盘形结构中沿着一条钢铁连廊飞奔着。周围的燃料加注设备发出嗡嗡的响声，墙壁上的指示灯也缓缓亮起，像是这艘巨舰在迎接他的到来。他穿过圆环形走廊，通过几扇自动门进入巨舰前部。他在繁忙的人群中穿梭着，那些舰员正在各自的操作位上紧张地拨动着操控战舰的旋钮，战舰的各个系统正在乘员们的操作下缓缓启动，钢铁支架逐渐解开束缚，武器系统的电力在缓缓启动，弦聚变引擎的燃料在慢慢填满，战舰的集结路线也被录入操作系统中。这头钢铁巨兽在舰员们的操控下终于苏醒了。

江海岳穿过一条狭窄的明亮通道，最终拐进了位于舰首的总控室。总控室中已坐满操作人员，江海岳坐在舰长操作位上，透过舷窗望着空港内的繁忙景象，小心翼翼地将微微发亮的银色舰长指令卡放在识别位上。电子操作台缓缓亮起，一个又一个指令窗口在屏幕上飞快地弹出。江海岳向总控室中的舰员们用坚定有力的声音下达了第一个指令：“全体都有，启动离港程序！”然后伸出手指，毫不犹豫地按下操作台屏幕上的那个蓝色按键，那是启动离港程序的虚拟按键。顿时，在舵手和发动机操作员的掌控下，一股力量从舰体后部传遍全舰，蓝色边疆号彻底挣脱了支架的限制，和其他位于空港内的战舰一样，在离港程序的精确控制下缓缓将舰首对准港口门打开的豁口，开始加速移动。空港内的景象从舷窗外飞速掠过，而无尽的璀璨星空和那颗红褐色星球则缓缓靠近。终于，弦聚变发动机发出幽幽的蓝光，蓝色边疆号航出了空港，进入了无垠的太空，在一个统一程序的指令下和一艘艘同样巨大的战舰呈编队队形集结在一起。蓝色边疆号以及整个 Y 洲舰队第一分队中的数十艘战舰形成一支强大的作战编队，和其他上千艘环木空港中完成离港程序的巨舰一起，排成人类战争史上最坚不可摧的方阵，用最强大的火力和最尖端的科技迎接来自另一个世界的敌人。

与此同时，正掠过天王星轨道的那颗外来的小行星，也用它粗糙的表面穿过太阳系的边缘地带，带着它的整支护航舰队，向着位于环木轨道上的这支太空舰队，飞奔而来。

二十八　博弈

在过去的几小时里，地球边哨空间站跟随着地球的自转又划过了一道曲线，而总控室中的张彦成在一位太空军士兵的远程教学下彻底明白了太空军使用弦聚变武器的指挥战略，见证了陨星穿过外太阳系的整个过程。现在，地球时间联合纪元 78 年 9 月 30 日下午 6 时 21 分 19 秒，已完全关闭发动机，在环木轨道上停止下来的陨星和地球太空舰队开始正面交锋。空间站与太空舰队的通信在半个小时前已经连上，同时他还被批准使用空间站中的内置计算系统以计算弦聚变炸弹的能量释放反应和最佳投递点。

此时，几亿千米之外的环木空港处，环木空港中的两千一百二十三艘巨舰组成数十个独立的战斗编队，正严阵以待，各自分散在环木轨道上，应对着眼前没有做出任何举动的红矮星文明侵略舰队。两千多艘巨舰星罗棋布地组成规模庞大的战斗方阵。此时，行星背面那三台拖着长长尾焰的曲率发动机已经熄灭，而那些外观规整的灰白色三棱锥——红矮星文明的护航舰队，此时正环绕着行星，形成一支规模不亚于地球舰队的庞大战斗队伍。这一望无际的广阔战线，就在木星那绚丽的大气层之上紧张地拉开了。

蓝色边疆号此时正位于 Y 洲舰队第一分队的数十艘巨舰构成的战斗编队中。而在位于舰首的总控室里，江海岳正坐在最前方的舰长位置上，透过圆角方形的舷窗看着窗外那静止不动的、深灰色的来犯者——那颗终将陨落的小行星。小行星上每一条深谷，每一座高山，每一个沟壑，每一处地貌都是如此清晰，可它面对规模庞大的人类舰队，却丝毫没有急着做出任何举动。身旁年轻的副舰长与舵手看着陨星和敌侵略舰队一直静止不动，感到十分不安。副舰长对同样有些紧张的江海岳说："舰长，我感觉很不好。面对已经完全列好方阵的我方舰队，敌人什么举动都没有，这在太空军战略中是很危险的情况……"

"你们看敌舰队战舰的形状，"一位武器操作员说，"全都是标准的三棱锥，表面没有任何其他设备，这说明敌人的科技水平和我们完全不在一个层次！如此标准的形状是最可怕的。"

"感觉不安是正常的。"江海岳的声音依然坚定，"我们必须随时保持警惕，观察敌人的一举一动，这样就可以——等等，看那闪光！"

远处一动不动的粗糙的行星表面，突然爆发出一道耀眼的白色闪光。掩盖了太阳的光芒。起初，这极其明亮的强光将地球舰队中每一位太空军战士的眼睛刺得酸疼。最初的强光渐渐散去后，取而代之的是一个逐渐扩大的光球，光球上闪烁着五彩斑斓的波纹，就像是一个巨大的、光怪陆离的肥皂泡，它沿着地球舰队的方向逐渐扩大。一艘又一艘的战舰被这团巨大的肥皂泡扫过，继而被包裹其中，但没有一艘战舰传来异常情况的报道声。此时，坐在指挥舰光荣号中的总指挥正向指挥大屏看去，同样没有显示任何一艘战舰存在异常情况，每一艘舰的发动机、武器系统和电力系统都完全正常。整个舰队都在敌方舰队创造的奇怪景象中愣住了，仿佛是高技术文明施展的一场魔术。此时，正在被光球穿过的马拉雅号上传来了舰员在舷窗处拍摄到的景象：整个舰体也发出肥皂泡般的光芒，仿佛被浸在一团奇怪的液体中，但通信系统完全没有问题。环木轨道上的这一幕此时也在被其他两座空港的士兵们注视着，被空间站驻站人员注视着，被地球上关注前线战况的普通民众们注视着。整个地球世界都被这怪异但又壮美的景象惊呆了。而这个处于震惊的世界中保持冷静的三个人，分别是处于蓝色边疆号总控室中的江海岳、处于地球边哨空间站总控室中的张彦成和马晨。

江海岳知道在数亿千米外的地球同步轨道，还有一位科学顾问在随时待命。于是在被光球浸没着的舰体中，他接通了地球边哨空间站总控室的通信，此时的张彦成耳边传来了江海岳的声音。这是两位改变人类历史的人第一次通话："蓝色边疆号呼叫空间站。这里是木星空港，刚刚出现的彩色光球目前已将整个舰队包裹住，由于该光球的用意不明，请科学顾问先生立刻分析光球的光谱特征和可能存在的特性，并将结果广播给整个环木空港的舰队。"

正在屏幕上操作的张彦成，一边啪啪地敲击着键盘，一边示意马晨告诉对方很快就会有结果。空间站计算机的强大算力在一瞬间就生成了一份光球的光谱分析图。张彦成惊叹于现在计算机技术的强大，在一眼看出光谱的针对性特点后，他立刻再次接通与整个环木舰队的通信，用沉稳的声音对舰队说："全体舰队士兵注意，以下是地球边哨号空间站的广播。根据我们对刚刚出现的巨大光球的光谱分析以及特征分析，这种光球并不以波或粒子的形式出现，而是以场的形式覆盖整个舰队，可以叫它'光场'。根据特征分析，它主要针对的是使用光能驱动的发动机，也许敌舰队使用的是这种光子发动机，但由于地球舰队全部采用弦聚变发动机，因此这种光场对地球舰队并无影响。"

似乎是察觉到光场干扰对地球舰队毫无作用，巨大的彩色光球很快就消失了，两大舰队的抗衡再次进入了僵局。光荣号总控室中的总指挥知道，如果红矮星文明突然发起攻击，地球舰队就会陷入可怕的被动状态，在强大的技术的压制下，再反击就很难了。权衡利弊后，总指挥向整个舰队发出了第二道重要指令——开始进攻！

　　蓝色边疆号上的武器系统紧张地启动着，舰腹上那完美的浅灰色装甲缓缓张开，里面挂载的常规导弹和弦聚变炸弹从昏暗的弹舱中露出来。随着弹舱的指示灯逐个亮起，蓝色边疆号的武器系统完全启动。整个舰队面对来势汹汹的红矮星文明都纷纷将最强大的武器展现出来。太空中亮起星星点点的灯光，这是武器系统的指示灯在两千艘舰的舰腹亮起。江海岳望着屏幕上总指挥的影像，等待着开火的指令。

　　"各位先生，"总指挥沉稳的声音响起，"为了避免敌人过快反击，先由Y洲舰队第一至第三分队的战舰用弦聚变炸弹攻击，然后观察情况。现在，开火！"

　　蓝色边疆号的武器操作员立刻联系空间站："科学顾问，请计算炸弹的投递路线。"

　　张彦成再次在屏幕上计算着弦聚变炸弹的质量与距离，还引入了木星引力的影响，最终计算出了最精确的投递路线和投递方向。他将整个坐标系和投递路线示意图传送至Y洲舰队前三个分队的武器系统，此时在上百艘战舰的武器控制屏幕上便弹出了弦聚变炸弹的操作指令与投递路线。蓝色边疆号的武器操作员毫不犹豫地按下了屏幕上红色的"投递"按键。屏幕发出清脆的提示音，接着是弦聚变炸弹的路径监测和击中倒计时。弹舱上的指示灯转为红色，且快速闪烁起来，炸弹巨大的深灰色轮廓在弹舱中降下来，然后被弹舱的电磁弹射系统向预定方向弹出，那带着巨大能量的炸弹在强大的外力作用下向敌人的舰队飞去，而指示灯发出的光点被战舰系统捕捉，每一颗聚变炸弹的移动路径都被精确地显示在了屏幕上。上百颗聚变炸弹构成的炸弹集群在木星橙色光芒的笼罩之下向严阵以待的敌舰队飞去。从舷窗中看去，此时的炸弹集群已经变成几颗移动的小光点，正缓缓靠近行星巨大的灰色表面。

　　"等了整整八十年，终于开始打了。"马晨看着屏幕上的前线战况直播说。而让张彦成有些自豪的是，他终于能看到自己研发的技术在发挥作用，为人类的抗争提供力量了。

　　光点终于移动到陨星表面，整个舰队中的人都屏住呼吸，等待着敌方的进攻。但当爆炸的璀璨火光在陨星表面亮起时，一幅令人震惊的画面出现了：小行星的表面上突然被一个明亮的绿色光球包围着，而一团团核火球灼烧着绿色光球的表面，就像人类用一根火柴点燃了这颗巨大的光球。光球薄如蝉翼的半透明表面似乎失去了维持它们存在的力场，在爆炸的强烈火光中破碎瓦解。一颗颗喷薄而出的绿色光点在太空中飞扬，像一颗颗绿色星星洒向无垠的太空。光球上原本恒定的绿色光芒开始闪烁起来，在爆炸的火光中显得十分暗淡。木星周围的这场巨大扰动停止后，弦聚变炸弹的爆炸也结束了，它们对陨星的光场护罩产生了明显的损毁，然而破损处的光子流失很快就结束了，只是光场显得十分不稳定，本来平滑的表面不断释放零星的光点，有些地方暗淡下来，有些地方又异常明亮。但除了突然出现的绿色光球，这次轰炸并未让敌舰队进行任何反攻，反而让地球舰队知道了光场护罩的存在，同时，弦聚变炸弹可以对其进行效果可观的损毁。

　　"全体注意，"总指挥再次发布广播，"鉴于目前观察到弦聚变炸弹的破坏效果可观，且我们的弦聚变武器储量较少，在接下来的交锋中只有在大面积轰炸时才使用弦聚变武器，其他时间使用激光武器进行攻击。"整个地球舰队的武器状态显示屏上，代表弦聚变武器的图标被一个刚刚弹出的锁形图标遮住，只有总指挥权限才能将冻结的武器发射系统解冻。"接下来，洲盟舰队全体使用激光武器对陨星表面进行烧灼射击，然后观察敌方反应。开始射击。"

　　由 R 国制造的万年风雪号拥有整支舰队中最强大的激光单舰作战系统，在此前的实验中对靶船造成了十分可观的影响。曾经，由钛合金制成的模型舰仅仅与这道绿色的激光接触了 5 秒多，表面就因为超高温的烧灼而开始熔化，最终化成一团巨大的液态金属球，冷却后形成的球状金属表面布满奇怪的挤压条纹，就像是被撕裂后又胡乱拼起来一样。现在，万年风雪号以及洲盟舰队的其他上百艘巨舰正启动着它们的激光武器系统，银灰色的耐高温炮管带着棱角分明的严肃轮廓和充满冰冷与肃杀的气场在武器吊舱下方缓缓展开，冷色调的激光武器指示灯也随之闪烁着。激光炮口的准心对准了陨星表面那层闪烁不定的绿色光场。激光射击程序启动了。炮口内部的超导储存器释放出强大的电流，能量极高的激光束突破炮口，以光速向着光场护罩奔涌而去。激光束冒着绿色的冷光，炮口的绿光闪得耀眼，仿佛一只睁开的巨眼。激光束很快跨越了光场表面的宇宙空间，光束的另一头带着高温高能灼烧着同样发着绿光的光球。光球与激光束接触的地方产生了一个环形的不稳定区域，这个区域内的一切都在剧烈地闪烁着，被多条激光束灼烧着的光场护罩，似乎下一秒就要在剧烈闪烁中完全破裂。但就在舰队满怀希望地看着人类武器的可观效果时，一个个环形区域中突然向着和激光束完全相反的地方喷射出一道更明亮的光束。当一道道被光场反射出来的高能光束在几秒钟内到达洲盟舰队的各舰表面上时，所有人都倒吸了一口凉气——那些被反射光束击中的战舰装甲开始泛红，似乎在灼烧中就要被高温液化。总指挥连忙大喊一声："所有战舰，关闭激光武器，立刻启动冷却程序！"

　　洲盟舰队中的大部分战舰都在顷刻间停止发射激光束，从光场表面反射而来的反射光束在太空中消失了，本来被绿色激光束照得通明的舰体表面又暗淡了下来。这场失败的实验作战停止了，只留下淡淡的余温在战舰之间蔓延。刚才微微泛红的战舰表面升起一个长方体设备，它喷射出一团冷却气体，在太空中呈现出令人感到阵阵寒意的冰霜一般的雪白色。微微泛红的舰体在一瞬间就被冷却到常温。随即人们又惊恐地看到，还有一道从光场表面射出的反射光束并没有消失！它的目标正是万年风雪号。尽管此时的万年风雪号已经关闭了激光武器，但由于光场似乎可以将人类舰队发射的激光束增添能量后再反射回去，刚才那道激光束的残留能量和光场表面的自带能量还在源源不断地产生灼烧着万年风雪号的激光束。万年风雪号紧急喷射出了一团冷却气体，但高能激光束顿时将冷却气体燃烧成高温气体。此时的万年风雪号已经在高温下红得发亮，舰员们的惨叫声从通信路线中传来。激光束将坚不可摧的舰体表面穿透了，超高温激光束进入舰体的那一刻，高温立刻将战舰上的全部电子操作系统损坏，而和激光束直接接触的总控室乘员直接被气化，舰上其他各处舰员也在高温的近液态金属中被烫死。万年风雪号的惨烈状况被整支舰队目睹，所有战舰上的所有舰员，全都齐刷刷地站起来，向着万年风雪号的方向敬了一个无声的军礼。接下来，更猛烈的毁灭发生了，尽管激光束的能量消失殆尽，但刚才已经在灼烧下处于高温的引擎和武器系统此时突然达到了燃点，弦聚变内核驱动的引擎在摇曳中化为一片火光，舰体在爆炸的力量下剧烈地抖动着。最后，火光布满全舰，万年风雪号就在这一片绚烂的火花中彻底解体，带着爆炸产生的火球一起，在控制缺失的状态下向着深空飘去，在一片寂静中停止了燃烧，变为一块块灰暗的奇形怪状的金属，彻底在舰队的视野中消失。所幸爆炸产生的火球和舰体碎片没有撞击到其他战舰，不然整个环木舰队都有可能因为连锁爆炸而化为灰烬。敌人的这次意外反击，是战争开始以来地球舰队所挨的当头一棒，队伍中原本洋溢着的自信与骄傲顿时随着爆炸的火光一起消失了。但这次失利让他们对后面的战斗更为谨慎，而且还获得了又一项关于敌方技术的情报——在光学技术上，敌人是占优势的。所以，知己知彼，这支厉兵秣马的地球舰队也只能在战斗中慢慢熟悉远道而来的侵略者。值得欣慰的是，他们并没有因为这次失利而萎靡不振，他们仍是一支信念坚定的胜利之师，他们知道傲慢轻敌是万万不可取的，就像马晨始终信奉的真理："弱小不是生存的障碍，傲慢才是。"

地球舰队的通信系统陷入了可怕的沉寂，仿佛是对被炸毁的万年风雪号做出的默哀。但敌方来势汹汹的舰队就在眼前，如果继续沉默下去，反扑随时会到来，这样就会陷入更大的被动之中。要想快速夺回主动权，现在他们必须找到一种能够快速开辟进攻路线的战略方式——江海岳想起了他在七十年前就提出的太空游击战，于是快速连接上通信，向光荣号指挥室进行通信广播。正在焦急思考下一步行动方案的总指挥注意到沉寂下来的通信屏幕上闪烁起一个绿色的小光点，音响中传来江海岳的声音："总指挥先生，目前敌人的情况不明，而且随时可能发起反击，但我们已经无法使用巨舰大炮战略进行进攻，不然会产生更大的伤亡。我建议，用游击战战略，让航母编队中的航天母舰释放歼击机编队，快速开辟进攻路线，打击敌人的护航舰队，掩护大型武器进攻。"

"江海岳先生的战略想法是正确的，"总指挥接通了全舰队的广播，"接下来听我命令。"总指挥在指挥大屏上飞快地点击着，快速生成了一段歼击机编队打击敌方舰队的战略方案图："由量子领域号、马拉雅号，以及寰宇苍穹号航天母舰派出歼击机编队进行打击。具体的打击路线，可以将这份战略方案文件输入歼击机的操作系统中，并在预定位置释放机载小型弦聚变炸弹进行轰炸。现在，飞行员登机，游击作战开始！"

三艘航天母舰巨大的跑道门缓缓展开，里面的起飞指示灯一排排亮起，将画满指示线的跑道照得通明。飞行员们手脚麻利地戴上头盔，钻进狭窄的机舱中，曲线优美的一体式舱门缓缓盖上，升降机将歼击机运送到跑道的起点处，歼击机那棱角分明但又十分优雅的机身轮廓被起飞指示灯照亮。飞行员们很快启动了控制系统，将战略方案文件导入控制系统，面前的一整块操作屏幕顿时亮起，飞机复杂的飞行状态面板飞快地弹出。推杆已经被推到最底，机尾的发动机喷口亮起幽幽的蓝光，飞机后方传来一阵巨大的推力，在一阵轻柔的滑行后腾空而起，精确地根据战略路线在宇宙空间中翱翔着。起落架缓缓收起，飞机闪烁着绿色的条形指示灯，排成一列冲出航天母舰的巨大舰体，带着必胜的决心向敌方舰队飞奔而去。翼尖指示灯随着歼击机在敌人舰队间的翻滚不断变换位置，歼击机在远处以令人头晕目眩的滚转姿态掠过一艘又一艘敌舰。驾驶舱玻璃上映出旋转着的舱外画面，而舱内的飞行员们在强烈的滚转中仍然镇定自若地按照预定路线完成着翻滚和规避动作。蓝色的尾焰在敌战舰那完美无缺的三棱锥表面上成为一颗颗飞速移动着的小点，敌舰的灰色装甲仿佛近在咫尺。歼击机编队停止灵活的滚转机动后，开始紧贴着敌舰表面飞行，机腹的弹舱在高速飞行中缓缓展开。里面的一颗颗小型弦聚变炸弹紧紧地挂在支架上，仿佛即将带着人类对外来侵略者的痛恨被狠狠地扔下去。飞机控制屏上的小光点提示投弹点的距离已经越来越近，通信路线中传来飞行员干净利落的声音："现在投弹。"

一颗颗西瓜大小的金属外壳炸弹在支架上被轻柔地释放出来，狠狠砸在了敌方战舰的表面。只见一团团火球在敌舰上喷涌而出，弦聚变炸弹产生的绚烂火光在太空中变幻着形状。敌战舰的碎片带着浓烈的火焰在太空中无声地飘浮着，炸弹还在不断释放威力，一堵火墙在敌舰上燃烧起来，而一架架歼击机就在这绚烂的火墙中穿梭着，火光照亮了驾驶舱，飞行员们一个个目光如炬、镇定自若地操控着歼击机。接着，歼击机阵列拖着一丝丝细碎火焰冲出熊熊燃烧的火墙，远离即将解体的敌舰体，在零重力的太空中畅快地飞行着。火焰将整个敌舰都点燃了，原本从远处的舷窗中看去，只是巨大的舰体上燃起了零星火苗，但现在，整艘敌舰已经成为一块烧得正旺的煤炭，在无声的爆炸中分裂成一块一块的坚硬碎片，拖着火苗在太空中翻滚。敌人的太空力量被人类最尖端的科学技术轻松破坏，敌方舰队变得混乱起来。战舰爆炸的碎片飘向无尽的太空，有的则坠落进木星的大气层，成为罪恶的入侵者在太阳系留下的一丝印记。与此同时，整个歼击机编队在冲出那道绚丽的火墙后，一个不落地回到了母舰上。圆满完成打击任务的飞行员们英姿飒爽地走下飞机，迎接舰员们的欢呼。江海岳同样为这胜利场面感到自豪，毕竟他本人就是这个战略方案的拥趸！而远在亿万千米之外的张彦成看到自己的技术结下的种子，能这样打出人类的尊严和威风，不禁感慨这八十年科技的快速发展给人类带来的实际成效。如果根据人类的文明分级标准，能轻松抽取木星氢燃料的人类文明，已经步入一级文明的行列，和敌人的差距在不断缩小。

"接下来，"总指挥的声音再次传来，"再次使用弦聚变武器乘胜攻击。但为了避免在战略上重复使用武器，扰乱敌舰对我方的判断，这次由浩荡号导弹作战舰发射搭载了弦聚变弹头的导弹进行打击。现在,第四次作战行动开始。请位于地球边哨空间站的科学顾问将弹道的计算结果上传至浩荡号的作战系统中。"指挥大屏上出现了四次作战任务的结果评估情况,总指挥要将这场颠覆人类历史的战争全过程保存下来。

听到新指令的张彦成,正在超级计算机上争分夺秒地进行弹道计算工作。太空的失重环境和木星的引力干扰让计算变得十分复杂,原本导弹可以依靠地球引力自动降落打击敌人,但太空中的导弹只能依靠姿控发动机调整方向来规划弹道,因此这次计算比前几次都要复杂。尽管马晨根本看不懂屏幕上飞速滑过的那些数据,但此时目睹人类文明抗击外敌的光荣画面,还是让他内心产生了久违的自豪感。一条在姿控发动机的转动下形成的最完美的打击弹道被张彦成算出来了,这份弹道控制文件被迅速传送至浩荡号的控制系统中。

此时,浩荡号导弹作战舰舰首的总控室里,忙碌的导弹控制工作已经开始。紧张的工作报告声此起彼伏地响起,操作台的屏幕上闪过一幅幅弹道模拟图。舰员们紧张地处理着张彦成传来的弹道控制文件,并把产生的姿态控制程序传输给导弹发射架中那些等待发射的姿控发动机中。浩荡号的外形是所有战舰中的异类,它独一无二的长方体舰体微微有些膨胀,舰体两侧巨大的"凹"字形导弹发射架从两边包裹住舰体的后半部分,而发动机则单独挂载在舰体下方。舰体前方装载着两个六边形吊舱,那是配合导弹姿控发动机用于投射激光标识点而设置的。总之,整个狭长但又显得棱角分明的舰体都是为了导弹作战而设计的。此时,浩荡号两侧巨大弹舱的盖板已经展开,巨大的钢结构发射架从中露出,上面挂载着在弹舱中显得十分密集的光滑弹体。总控室中的弹道设置已经完成,舰长用短促有力的声音下令:"左侧弹舱所有发射架,启动发射程序!"巨大的振动通过发射架传遍整个舰体,固体发动机产生的浓烟在舰体表面翻涌着,一道道明亮的火焰从发射架的钢结构中钻出,一枚枚飞速移动的导弹如同利剑出鞘一般钻出弹舱,在姿控发动机的轰鸣声中拖着火舌飞向那久久未有变化的绿色光球。现在这些齐头并进的导弹，就要带着消灭侵略者的使命，对那阻挡脚步的绿色光球狂轰滥炸一番。长长的尾迹在宇宙空间中出现，发着光亮的火焰成为一颗颗模糊的光点，但光滑的弹体依然在飞速前进。它们严格按照预定弹道飞行着，舰队中的每一个人都希望那一行行尾迹前端的小光点能万无一失地砸到光场护罩上，将敌方的防御力量彻底瓦解。江海岳默念着："快，快！"对那直刺敌人心脏的一队导弹寄予了最真诚的期望。射程之内，皆是真理，导弹将带着自己的光明、带着人类所信奉的必胜信念，向着企图夺走太阳系的侵略者发起最猛烈的进攻！在木星大红斑那令人头晕目眩的气旋上方，一颗颗巨大导弹正气势汹汹地前进。导弹掠过已十分脆弱的红矮星护航舰队，那三棱锥形的标准舰体渐渐远去，而越来越近的是那颗布满撞击坑的陨星表面悬浮着的那层绿色光球。导弹随时准备调整弹道，将近在咫尺的绿色光球彻底摧毁。

"导弹距离光球表面仅五米，开始调整弹道！"舰长的声音再次响起，随之而来的是让人们欢呼雀跃的大爆炸。导弹编队的尾迹几乎在光球表面连成了一条线，处于编队最前方的导弹突然朝着光球下降，其他几颗也坠落了下去。当弹体接触到光球——外星文明顶尖科技产物的那一刻，当光子的海洋将冰冷的弹体浸泡起来的那一刻，爆炸的火光顿时在绿色的光球上掀起巨大的涟漪。导弹爆炸的冲击波就像盛怒的巨人一样捶打着光球的表面，爆炸的火球向敌人的护盾砸去。江海岳看见爆炸的火光在绿色光球的表面亮起，心中有一股巨大的自豪感。绿色光球原本坚不可摧的表面在核爆的冲击波中开始瓦解，巨量的绿色光子被抛洒进太空。此时的陨星变得无比明亮，与真理的火光一起，构成了一幅无比绚烂的画面。那层光球的外壳破裂了，破洞飞速扩张着。最后，空洞覆盖了整个绿色光球，光场护罩消失了，陨星的表面再次恢复了那暗淡的灰色。

就在太空舰队传来猛烈的欢呼声中，令人震惊的画面出现了：原本已在轰炸下消失殆尽的光球层突然从陨星的背面出现，接着慢慢扩张到了整个陨星的表面，那坚不可摧的光场护罩居然在极短的时间内恢复了！那可怕的光子海洋，在整个人类舰队的注视下从完全瓦解到重新覆盖，仅仅用了不到半分钟！而在这令人目瞪口呆的沉默中，敌方舰队来势汹汹的反攻也开始向震惊中的地球舰队扑来。

那些摆列整齐的三棱锥形战舰上突然爆发出一阵耀眼的绿光，一颗颗绿色光球在敌方舰体上方悬浮起来。接着在地球舰队瞠目结舌的注视下，那些绿色光球迅速爆发出更加猛烈的光芒，一道道射线从旋转着的光球上射出，穿过广阔的战线，向着地球舰队的方向飞速前进。一圈一圈的光环在射线周围出现，地球舰队的灰白色舰体上倒映着射线的绿色光芒，显出一片光怪陆离的景象。密密麻麻的射线将敌我双方的舰队连接了起来，被射线击中的战舰舰身顿时被一股强大的能量贯穿，贯穿产生的孔洞处在高温的烧灼下熔化了。里面的高气压将所有氧气从空洞处飞速挤出，一阵气流的嚓嚓声和碎片的碰撞声后，被射线击中的地球战舰轰然解体。原本坚硬的装甲很快就彻底分裂成一堆红彤彤的高温碎片，里面的舰员还来不及发出呼救声就在一片火光中粉身碎骨了。一团又一团火光在地球舰队的整齐阵列中亮起，这是外星文明用它们强大的技术进行的一场无比恐怖的攻击。

"所有幸存战舰，立刻规避！"蓝色边疆号总控室的广播里传来总指挥悲壮的声音。坐在舰长旁的舵手顿时抓紧操控杆，用他丰富的经验感受着战舰的移动，精确地避开了从远方袭来的又一道射线。在蓝色边疆号的快速制动下，窗外的景物飞快地移动起来。这片光怪陆离的景象仿佛在旋转中被摇匀了，爆炸产生的火光和冒着红光的碎片，以及宛如魔法一般的绿色射线，都在快速制动中化为一团。

光荣号指挥舰控制室的指挥大屏上，一艘又一艘战舰被击毁的信号传来。总指挥在战舰的快速制动中稳稳地站在屏幕前，用那有力的右手敬了一个悲壮的军礼，几颗在失重环境下呈球状的泪珠飘浮起来。模糊了指挥大屏上那些惨烈的消息。幸存的战舰在急剧减少，总计一千二百零三艘战舰在敌方绿色射线的攻击下化为灰烬与碎片。一阵猛烈的推动力量从幸存的大约一千艘战舰的尾部传来，地球舰队在发着幽幽蓝光的弦聚变发动机的推动下，加速到最高阈值——光速的20%——后集体撤离。敌方舰队和陨星的推进器也随即启动，它们摆脱了木星引力，带着居高临下的气势追击着这支惨遭失败的舰队。环木空港在敌舰的紧追不舍下被迫放弃，陷入被动的地球舰队只能狼狈地向太阳系中心撤退，到近月轨道上和近月空港的舰队会合。"任何先进的科技，都和魔法无异。"江海岳看着将射线熄灭的敌舰在人类飞速前进的舰队后方紧追着，口中默默念出这句名言。他知道，尽管人类已经缩短了与外星文明的科技差距，但仍然存在的技术断层让那绿色的射线在人类看来就和魔法一般神奇。

江海岳感到背后传来的猛烈力量开始慢慢减弱，隔着舷窗看去，月球那灰色的轮廓已经进入视野，而他们的母星，他们愿意用生命日夜守护着的母星——地球，在飞速地移动中也能看清形状了，碧蓝的大海和雪白的云层从舷窗中看去变成了模糊的一团。经历了数十分钟的高速飞行后，从舰体后方传来的振动与推进力完全消失了，月球表面那坑坑洼洼的地表和平滑的月海清晰地展现出来，驻守在近月空港的环月舰队也早已排好阵列。两支舰队经历简单的会合后，很快汇聚成一支由两千多艘战舰组成的庞大舰队，虽然其中一半的舰队刚刚经历了惊心动魄的战斗，但昂扬的斗志并没有熄灭，反而在敌舰的穷追猛打下变得更加坚定：必须比敌人更强大、更智慧，才能不被它们摧毁！江海岳来不及多想，他知道转移战场后的对峙很快就要开始了。

舰队刚刚从全速推进状态恢复至整齐的编队，很快就观测到陨星的新动态。原本和月球颜色相近的陨星表面突然亮起星星点点的、排列整齐的灯光，这些灯光在原本灰暗的陨星表面营造出了一番繁华的景象。江海岳透过舷窗看着在一瞬间就蔓延到陨星整个表面的灯光，疑惑地自言自语："他们这是要干什么？"他心中涌起一阵不安，而陨星接下来的变化，用一种可怕的方式回答了他的疑问。

陨星表面亮起的灯火飞快地闪烁了几下，紧接着，在整支地球舰队的注视下发生了一件无比怪异的事情：当灯火结束闪烁，再次保持常亮时，陨星正对着地球的方向出现了一个深不见底的空洞，那空洞显得那么可怖，那么黑暗，令人脊背发凉。地球舰队的所有人顿时不安起来，这种魔法般的景象往往意味着又一轮新的、怪异的进攻方式要开始了，陨星很可能要在距离地球三十八万千米的月球轨道上，直接对地球发动进攻了！总指挥看着舷窗外那让人不安的画面，立刻拿起通信器，信号跨越了数万千米的距离，在近地轨道上，在地球那蔚蓝色的海洋上空，在微微发蓝的大气层中，由整齐排列的一百艘巨舰组成的近地轨道舰队接到了总指挥的命令："展开拦截网，做好拦截敌舰飞行器的准备。"近地轨道上的舰队刚刚和地球边哨空间站完成交会，此时的空间站中，每个人都和前线的舰队一样，紧张地注视着那危险的空洞，等待着敌人做出下一步的反应。红矮星来了，有天罗地网！在近地轨道上，等待敌舰的是一张张由坚硬的纳米丝编织成的拦截网，它们在蔚蓝色的背景下显得格外精密。任何高速物体在接触到拦截网后，都会被拦截网的韧性驱使而被完全捕获。人类已经做好了迎接下一波攻击的所有准备，太空舰队已经尽了最大努力。

那原本深邃幽暗的空洞突然变得明亮起来，里面印出一片鲜艳的红色，就像被炙烤着的金属一样，冒出耀眼的绯红光芒，连银灰色的月球表面都被微微照亮。亮起红光的空洞里突然飞出一个小小的银色物体，当银色物体以令人难以置信的速度掠过整支地球舰队，在月球的背景下飞速穿梭时，江海岳仿佛感受到了它产生的巨大气流正吹过舰队。陨星表面的空洞再次转为黑色，整个舰队都在试图用雷达追踪那个飞行中的不明物体的路径，试图弄明白它的目标。但让人类感受到自己弱小的是，整支舰队没有一台雷达可以跟踪那个不明物体，它的飞行速度实在太快，而且没有任何飞行痕迹，因此当它掠过舰队向着地球的方向远去时，连肉眼都很难分辨它的移动路径。近地轨道舰队展开的拦截网还在张着大口袋等待着，而那颗在地球背景之下显得像一颗小黑点的不明物体还在高速移动着。它在近地轨道空港的巨大钢结构中灵活穿梭，飞快的速度丝毫未减。高速物体接近近地轨道舰队了，整个主力舰队都提心吊胆起来，如果失去了近地轨道舰队，最后一道防线就会瓦解。出乎意料的是，不明物体并没有攻击近地轨道舰队，也没有被拦截网拦住，而是径直冲向拦截网。那人类文明最高科技酿成的纳米材料在这个不明物体的高速飞行下就像一张纸一样被穿破，纳米丝的碎片在近地轨道上飘浮起来。而摆脱了那些碎片的不明物体居然没减速，最终化为一个极小极小的黑点。整个舰队陷入极度震惊的沉默中，在悬殊的技术较量过程中，他们能做的，只有等待空间站的观测结果。此时的江海岳看着不明物体飞行的方向，在远处突然辨认出一个巨大的环形轮廓和一根根连接着地面的细线——他突然领悟出不明物体的目标是什么了，是太空电梯和空间站！就在江海岳准备拿起通信器的前一刻，地球边哨空间站传来的呼救声如雷贯耳般响起："空间站呼叫太空舰队，空间站呼叫太空舰队！太空电梯距离地面 12376 千米处的节点被敌舰队发射的不明物体击毁，现在连锁爆炸反应开始，预计 5 分钟后空间站将受爆炸反应波及！申请执行紧急脱离程序！目前我们已通知联合政府，组织地面避灾行动！"

江海岳向舷窗外太空电梯的方向看去，令人惊奇的画面出现了：细细的黑线上突然亮起一团团明亮的火光，而那火光丝毫没有减弱的趋势，反而沿着黑线快速蔓延着，黑线周围电梯碎片飘浮着。"我的天哪！"舵手看着这惨烈的一幕惊叹着。

此时的张彦成身处警报声震耳欲聋的总控室中，长方形的舷窗外，太空电梯的碎片已经进入视野。总控室此时十分繁忙，虽然紧急脱离程序可以一次性分离，但还有总计三十个和电梯末端配重环的对接口需要分离，同时需要启动空间站的推进器，以便可以转移至更高的轨道，以远离太空电梯碎片的威胁。在他们的紧急操控下，地球同步轨道上巨大的钢结构正在慢慢分离，一个又一个对接口的锁紧结构被拧松了，里面的指示灯亮了起来。火还在向上蔓延，而空间站这个巨大的钢结构物体似乎怎么也不可能在仅有的 5 分钟时间内就可以脱离太空电梯。三十个对接口的仓促分离用了两分钟，整个空间站此时飘浮起来，这恰恰是最危险的时刻。总控室的操作员连忙按下轨道转移程序的按钮，一阵巨大的力量从张彦成背后传来，舷窗外的末端配重环移动起来。空间站尾部的喷口喷出蓝色的火舌，地球边哨空间站带着完整的太阳能板和对接紧密的舱室从处于危险中的太空电梯末端配重环全身而退。就在空间站转移到高轨后的仅仅 30 秒，火就吞噬了末端配重环的巨大钢结构，像从地狱袭来的野兽一般，将整座太空电梯化为灰烬。空间站总控室陷入久久的寂静中，地面指挥部此时正在组织紧张的避灾工作，万一拖着火光坠落的太空电梯砸到陆地上，造成的伤亡将无法估算。"太空电梯坠落，"通信员用十分沉重的声音，向着地面指挥部嘈杂的背景中说，"重复，太空电梯坠落。"

二十九　冲锋

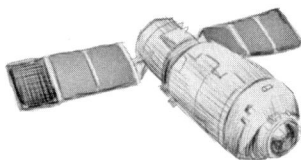

　　刚刚结束的攻击让整个舰队陷入死寂，损失一千多艘战舰后，又一次在敌人那魔法般的技术压制下惨败。似乎敌人就是在用一项又一项的神奇技术给人类文明变着魔术，意图轻而易举地占领人类文明的家园。就在这灰暗的绝望时刻，总指挥的声音突然在两千多艘战舰的通信系统中响起，他的声音依旧充满力量。此时的总指挥庄重地对着舷窗外排列整齐的战舰，举起了手中的通信器："各位同仁。在刚刚过去的 1 小时里，敌人的攻击让我们损失了一千多艘精锐战舰，还失去了人类高新科技的结晶——太空电梯。现在我们在敌人的魔爪下处于被动之中，但我们没有退路。这里已经是距离地球最近的空港，如果失去了月球轨道，人类文明就真的要毁于一旦了。同人们，保卫地球的使命在召唤我们。在征服宇宙的大军中，也许每一个人不一定都被记住，但我们要坚守太空军的核心精神，为了保卫地球，奋战到底！现在，身后就是地球，我们无路可退！"每一艘战舰的屏幕上此时都显示出一幅地球的图片——那美丽的母星，那人类文明的摇篮。每一位太空军战士看着自己的母星，都充满力量，充满信念，充满对侵略者的仇恨！总指挥接着说："我命令舰队，全体冲锋！"

江海岳的眼中有着和总指挥一样的光芒，他带着满腔的信念与斗志，在蓝色边疆号的总控室中发出震耳欲聋的一道指令："前进！"

弦聚变发动机亮起耀眼的蓝光，江海岳的脑海中响起一阵高亢嘹亮的冲锋号，整支太空舰队带着满腔怒火，向敌舰队的方向进攻。它们喷射着弦聚变发动机的蓝光，像一把把光明的刀刃划破绝境之中的黑暗。敌舰队很快做出反应，魔法般的绿色射线再次在太空中亮起。但现在，这支充满信念的胜利之师根本不惧怕沉没，因为真正会沉没的是敌人！没有人可以熄灭人类的满天星光！今天，人类军队不畏牺牲的精神要让整个宇宙为之震撼，这支由胜利信念构筑打造的太空舰队，将踏平敌人的舰队！地球舰队的冲锋就像一道曙光划破苍穹，人类文明的破晓之钟敲响了，在整整奋战了数十个小时之后，战争的规模变得更加浩大。人类的激光武器和敌人的绿色射线交织成一首光的交响曲，而人类弦聚变武器爆炸的火光连月球都要为之震动。蓝色边疆号在快速飞行中向着那些三棱锥形的战舰投下一颗又一颗弦聚变炸弹，舰体在爆炸的火光中穿行。他们丝毫不在意敌方战舰碎片刮伤了舰体的装甲，他们无畏地在火光中前进着，不断用弦聚变炸弹狂轰滥炸着那罪恶的入侵舰队。三棱锥的完美外形在爆炸中土崩瓦解，敌人整齐的作战阵列被冲锋着的地球舰队完全淹没了，而尽管人类也在敌人的猛烈反击之下不断地失去战舰，但所有舰长都命令舰员：一往无前，永不后退！人类的坚毅令风号雨泣，而张彦成此时正在机动的空间站里望向远方激战中的环月轨道，他紧握拳头默念道："加油！"

弦聚变武器的火光吞噬了敌人的侵略舰队，敌人的绿色射线渐渐在猛烈的攻势下稀疏起来。最终，在一片并未散去的绚丽火球之中，整支敌方护航舰队化为灰烬和碎片。这场用一千两百艘战舰的沉没和成千上万太空军战士的牺牲换来的胜利，让每一位士兵感到无比悲壮。所有幸存的战士对着屏幕上显示伤亡情况的数据，齐刷刷地敬了一个庄严的军礼。

战士们的手缓缓放下，总指挥的命令再次传来："继续进攻！之前的经验告诉我们，只要敌人开始反攻，我们就再也没有机会反扑了。现在，开始攻击光场护罩！"

一颗颗被电磁发射架弹射出去的弦聚变炸弹像一只只老鹰一样汇聚在一起向绿色光球的方向飞奔！当它们用爆炸的璀璨火光将绿色光球淹没之时，整个舰队都在焦急地等待着绿色光球的变化。火光在绿色光球上不断地蔓延着，翻滚着，最终整个绿色光球像一块被点燃的碳火一样燃烧起来，原本的淡淡绿光被绚丽的火光取而代之，陨星被一团火球紧紧地包裹住！从远处看去，此时的陨星仿佛真的变成了一颗燃烧着的火球。火光渐渐散去，留下的是空荡荡的陨星主体——绿色光球在核火焰的包裹之中彻底瓦解，困扰了地球舰队许久的屏障被弦聚变炸弹的强大火力推平了，舰队在不损失一个士兵的情况下就清除了这坚不可摧的护罩，弦聚变炸弹是最大的功劳。

来之不易的胜利让处于惶恐不安中的人们终于欢呼起来。尽管损失巨大，剩下的武器资源因为近半数的弦聚变炸弹被消耗掉而变得紧张起来，但胜利的曙光就在眼前了。只要乘胜将陨星彻底瓦解，人类就可以毫无悬念地在强大的敌人面前逆风翻盘，取得战争的胜利。整个地表、空间站、近地空港都在激动地注视着环月轨道上那即将迎来最后胜利的伟大舰队，他们为人类文明的紧密团结而自豪，为人类文明在八十年间的技术爆炸备感骄傲！

可正当人们一片欢腾时，令人不安的事情再次发生了：陨星表面突然发射了一种闪着光的不明物体。这次明显不同的是，朝着地球舰队飞奔而来的是一组由数个不明物体组成的编队，移动速度却极慢，因而能清晰辨识出不明物体的形状。江海岳在手边的望远镜操控台上将摄像头对准缓慢移动的编队，发现每个不明物体都是极其标准的球形。诡异的是，它们在移动过程中还拖着蓝色的尾迹。江海岳扭头对舵手说："注意那些物体，准备规避。"

舵手紧张地点点头，握住手中的操纵杆，满头大汗地看着远方正在袭来的不明物体。整个舰队都在紧张的气氛中追踪着这些不明物体的移动路线，每一个舵手都紧抓着手中的操纵杆，之前的教训实在太惨重了。不明物体越来越靠近地球舰队，舰队陷入可怕的沉默之中。江海岳目不转睛地保持着对不明物体的跟踪，内心的焦灼却并不敢写在脸上。他知道他不能慌乱，他必须镇定，他必须让战友们看到希望。不明物体突然加速飞行，慢慢靠近了地球舰队。当定位器观测到不明物体距离舰队只有一千米时，那支不明物体编队突然疯子一般猛然加速，用不亚于摧毁太空电梯的速度向舰队飞速袭来，加速之快甚至超出了士兵们的反应时间。更可怕的是，在飞速移动的过程中，那些球状的不明飞行物还在飞速旋转，蓝色的尾迹变成了围在球体周围的一圈鲜艳的光环。一千米的距离被轻松跨越，而当地球舰队反应过来时，那些不明物体已经在舰队中穿梭起来。

"规避，全体立刻规避！"总指挥的大喊声传来，蓝色边疆号和量子领域号两艘舰的舵手立刻做出了反应，缓慢转动着操纵杆，开始了无比灵活的机动过程。巨大的舰体在舵手的精确操控下快速飞向月背的隐蔽处，弦聚变发动机嗡嗡地启动，一股推力从舰体后方稳稳传来。舷窗外的景物令人头晕目眩地转动起来。江海岳焦急地打开通信频段，传来的只是胡乱的噪声和隐隐约约的爆炸声。两艘舰听到通信频段中的噪声，顿时心凉了下来。江海岳在倾斜的舰体中快速奔跑到侧面舷窗，看着身后渐渐远去的舰队。此时已经没有其他舰队跟在后面了，但很快，江海岳的双眼突然被巨大的光芒笼罩，强大的光芒将机动中的两艘战舰表面照得通明。江海岳感到眼睛一阵刺痛，连忙闭上眼睛，眼前仍然停留着强大的光幻视。三十秒后，江海岳重新睁开眼睛，强光已经缓缓减弱，他这才辨认出那是一颗正在飞速远离的蓝色光球。江海岳寻找着剩余舰队的痕迹，最终在一片黑色深空的静谧中，认识到了一个可怕的事实——整支舰队，包括近地舰队，都被敌人的光球吞没了。

两艘全速前行的战舰到达了月球背面，江海岳立刻向舷窗外已恢复清晰的图像望去，原本是地球舰队所在的地方已经空无一物，在光球的吞噬下，一切消失殆尽。江海岳感到自己心中的胜利之火好像熄灭了一半。为了找到一丝希望，他飞快地拿起通信器，接通和量子领域号舰长刘逐月的通信。

"蓝色边疆号，呼叫量子领域号！蓝色边疆号，呼叫量子领域号！"

通信器嗡嗡地蜂鸣起来，一阵杂音过后，令人重新燃起希望的声音传来："江海岳舰长，这里是量子领域号。你们还活着，太好了！目前情况如何？"

"本舰情况良好，你们也活着，真好！"江海岳心中的胜利之火再次燃起，他看到舷窗外量子领域号那同样巨大的舰体，隔着舷窗向那艘舰拼命招手，他知道，只要不是孤军奋战，就有胜利的希望，"在大反攻中受了轻微破损，但战斗能力并未损失。据大屏幕上的伤亡情况统计，"他看向大屏幕上一片红色的模拟图，"剩下的战舰应该都被刚才的不明物体击毁了。"

"指挥舰也击毁了吗？"刘逐月舰长此时正不安地望向远处那仍然一动不动的陨星，"如果连总指挥先生也牺牲了，那我们现在可真就无法确定下一步战略了！"

"是的，全部被击毁。"江海岳沉重的话音刚落，两艘舰上的全体人员肃然起立，深邃的宇宙中，是幸存的人类战士们无尽的悲啼。

而此时，数十万千米之外的地球边哨空间站中，几千名驻站人员都为刚才的巨大爆炸而震惊。尽管爆炸没有波及空间站，但如同太阳光一般强的亮光还是让很多人的眼部受到了严重损伤。张彦成的眼睛隔着总控室的滤光玻璃，未有大碍，但在庞大的地球舰队仅仅剩下两艘战舰的惨烈事实之下，连马晨也感到毫无对策。张彦成接通了和蓝色边疆号的通信。"江海岳舰长，这里是地球边哨空间站。经历两天的战斗后，我们只剩下两艘战舰，可敌方武装力量还未被完全歼灭，陨星还在眼前。江舰长目前的战略方案有了吗？"

"弦聚变炸弹只剩下五颗了，舰上其他武器对陨星本身的打击都不起作用。激光武器的能量耗尽了，在一艘舰的战力下，完全起不了攻击作用。"江海岳冷静地回答道，"量子领域号的情况也差不多。总之，两艘舰是没有办法彻底摧毁陨星的。"

"将发动机抛射至陨星表面，能不能产生攻击效果？"张彦成焦急地问道。

"有一定的效果，但要完全瓦解陨星是天方夜谭……"江海岳脑中突然浮起一个大胆的战略方案。

"难道真的没有任何办法了吗？"另一边传来的声音更加焦急了。

江海岳在如同一团乱麻的思维中抓住了那条突然浮现的战略方案，用坚定的语气对那头的张彦成说："顾问先生，还有一个方案。"

"将两台聚变发动机中剩余的燃料抽进一个弦聚变燃料储存球中，将总计19颗弦聚变炸弹中的弦聚变燃料也灌进储存球中，然后出舱，将储存球放置在舰首。另外，战舰的供电系统也由一个微型弦聚变反应堆控制，我们只保留航电系统的电力，将剩余地方的供电全部关闭，然后将反应堆中的弦聚变燃料也补充进去。整艘战舰上所有的弦聚变燃料都汇集进这颗储存球中后，我们利用航电系统计算出撞击陨星的最佳路线，然后加速至光速的20%，以这样的高速直接撞击陨星！"江海岳飞快地说着这个牺牲巨大的方案，"尽管舰上人员会全数牺牲，但在碰撞发生后，储存球里面的弦聚变燃料在高压状态下会立刻发生弦聚变反应，加上战舰的高速度，产生的能量足以瓦解陨星！"

通信器的另一头陷入了长长的沉默，一听到这个方案，张彦成已经可以想到它的惨烈，但同时张彦成又飞快地计算着舰上现有的弦聚变燃料和整条战舰高速碰撞产生的能量。一个巨大的数字在总控室的屏幕上弹出，他知道，这串能换来胜利的数字背后是蓝色边疆号几百名舰员的牺牲！时间紧迫，敌人不会留时间让他犹豫。他立刻对通信器的另一头说："江舰长，能量的确足以摧毁陨星，但舰上人员会全数牺牲，您确定要执行这个战略计划吗？"

江海岳毫不犹豫地回答道："确定。这是唯一能换来胜利的计划。我也相信，舰上的八百一十二位同人，愿意用生命换取人类的胜利！顾问先生，现在我们得省着点用电了，我将切断通信频段，感谢您对人类的付出。"

与蓝色边疆号的通信在一阵蜂鸣后断开了，张彦成还没来得及说再见，就与这位舰长做了最后的告别。

量子领域号的舰长很无奈地同意了这个作战计划，在和蓝色边疆号断开通信之前，他表达了对江海岳的由衷敬意。接着，量子领域号的巨大舰体便慢慢隐入黑暗的月背之中，为蓝色边疆号最后的冲锋留出了道路。

此时，蓝色边疆号舰上，最后冲锋的准备工作已经紧锣密鼓地开展了。

江海岳接通了全舰广播，八百多名太空军战士都以赴死的豪迈之情听着江海岳的广播："同人们，我的好兄弟们，相信各位都听到了我刚才的作战方案。时代的责任落在了我们这条战舰上，我们被人类选择要去完成这个使命，那么我们就必须面对这个使命，完成这个使命。我知道，完成使命的代价无比沉重，但八百多名同人，缺一不可，任何一个人的退出都会让这次放手一搏失败。我们已经为保卫地球人类战斗了整整两天，现在胜利就在眼前了，我们只有牺牲自己，点燃自己，才能让敌人在我们的绚烂火光中化为一团灰烬！人类文明的尊严与生存的权利，全部寄托在我们身上，现在，我们即将迈出出征的脚步！但我也理解某些兄弟想活下去的愿望，如果有人要退出本次作战行动，可以立刻乘撤离小艇转移到量子领域号上。现在，有人要退出吗？"

整艘战舰上一片寂静，接下来，一阵巨大的回答声如同爆炸的火光一般绽放，太空军士兵们炯炯有神的双眼中喷薄出不畏牺牲的光芒："没有！"

"好！"江海岳用同样巨大的声音回应道，"现在，开始燃料加注工作和航线设置工作！"

整艘战舰中储量丰富的弦聚变燃料全部被浓缩进一个直径只有半米的小球中。弦聚变供电反应堆关闭了，蓝色边疆号陷入一片黑暗之中。但战士们的心依然炽热，即将用生命守卫人类家园的炽热！那代表着正义火光的弦聚变燃料用了10分钟填注完成，整艘战舰上大部分可供利用的燃料都被抽光了，这艘被命运选择的英雄战舰，即将为人类的胜利贡献出自己的一切。同时，在漫天的璀璨星光中，航线设置的工作也在进行。计算机屏幕上映出一条条理论航线，经过技术员的紧张计算后，得出了现有燃料储量能够航行的最短航线。这条航线是人类通向胜利的唯一道路，也是傲慢的来犯者的不归之路。陷入黑暗的蓝色边疆号已经整装待发，它将以自身为代价，奔向那胜利的太阳！

全体舰员回到了位置上，充满信念的眼神撕破了无边的黑暗。江海岳坐在舰长位置上，目光如炬地看着舷窗外的陨星，用一个军人的最有气魄的声音发出了一句气壮山河的指令：

"蓝色边疆号，全速前进！"

弦聚变发动机嗡嗡地启动了，当引擎声到达顶峰之时，发动机喷口喷射出蓝色的耀眼火焰，一阵猛烈的推背感从后方直接袭来，巨大的加速度将所有舰员紧紧按在椅子上。在这片极其耀眼的亮光之中，这艘最后的希望之舰已经扬帆起航，向着敌人的方向前进。

看着远方明亮的蓝色光芒，量子领域号全体舰员、地球边哨空间站全体驻站人员、联合太空军地面指挥部全体成员，以及千千万万普通民众，热泪盈眶地看着蓝色边疆号。聚变发动机在全速推进模式下就像一枚能量巨大的小太阳，阳光洒在地月之间的空间中，为处于绝境中的人类带来了希望。

　　蓝色边疆号以惊人的速度掠过月球，远处的星光在舷窗内看去变成了一条条快速移动的细线，距离目标中的那颗陨越来越近。渐渐地，沟壑与撞击坑变得十分清晰，那颗远道而来的陨星就在眼前。蓝色边疆号丝毫没有减速，依然沐浴着阳光前进。聚变发动机源源不断的推力从后方猛烈地袭来，战舰披荆斩棘地穿越广阔的宇宙空间，载着人类最后的希望和对入侵者的仇恨，向着陨星飞去。控制台左侧屏幕上显示距离的数字在迅速地变化着，江海岳看着逐渐缩小的数字，在剧烈的飞速航行中艰难地挺直了脊背，这是他对侵略者必须保持的姿势。全世界的目光都在看着这艘希望之舰。数字已跳到以米为单位了，江海岳对着已经完全被灰色地表笼罩的舷窗，仍然保持着自己充满信念的目光。

　　数字跳到了零。一场无比剧烈的爆炸开始了，舰首的储存球开始了弦聚变反应，那19颗聚变炸弹和从战舰上抽取的弦聚变燃料共同燃烧成一个无比巨大的火球，英勇的蓝色边疆号依然怒吼着在一片岩石中向前冲锋。尖利的舰首带着核火球在陨星表面撕出一道深深的沟壑，而这巨大的能量让沟壑很快炸裂开，形成贯穿整个陨星表面的巨大裂缝。核火球与战舰爆炸的火光越烧越旺，最后，整个陨星都被巨大的火光填满了，在裂缝的扩散中早已千疮百孔的陨星内部涌入爆炸的火光，时在巨大的威力下顿土崩瓦解。陨星表面如同炼狱一般，在飞扬的战舰碎片中燃烧着熊熊的火光。终于，如同山崩地裂一样，笼罩在人类文明头上整整八十年的陨星在一片耀眼的火光中完全碎裂，爆炸成一片片燃烧着的碎片。就在这璀璨的火光中，在这胜利的火光中，蓝色边疆号被火球淹没了，成为飘散在宇宙中的一片片尘埃。

　　张彦成心中默念着江海岳的名字，想象着那伟大的尘埃在陨星的碎片中毫无畏惧地飘荡着，不禁自言自语道："星辰大海，才是他的归宿……"

三十　全球广播

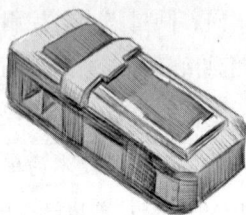

　　整整 3 小时过去了，人们才从寂静中回过神来，胜利的代价实在太惨重了。但最终人类战胜了笼罩在头顶八十年的阴霾，人类将来自 16 光年外的强大敌人摧毁了，充满希望的阳光，又一次洒在了重获新生的地球大地上。

　　此时在距离地球三十八万千米的月球轨道上，唯一的幸存战舰量子领域号正在进行着一场无比沉重的战后广播。全球所有的民众都停止了庆祝，心情沉重地聆听着幸存战舰对伤亡情况的通报。

　　量子领域号明亮的舰体中，忙碌的舰员们正在收集着战场上的碎片。刘逐月的声音通过扩音器在联合政府的全球广播频段中响起："全世界的八十五亿民众们，这里是地球联合太空军量子领域号。本舰无人员伤亡，舰体轻微损坏。目前正在进行战场打扫工作，请各部门注意跟进工作。"

　　舰员们在燃料加注舱中穿梭着，跨过巨大的钢铁加注装置，将一块又一块的战舰零部件送往运输小艇中。而在量子领域号那闪烁着绿色指示灯的浅灰色舰体表面，大大小小的运输小艇已经聚集起来，满载着战舰碎片向着地球飞行。"目前，已收集的敌我双方的战舰碎片数量巨大，我们将通过天地运输艇运回地表。我方战舰,已回收 1.77% 的燃料和 3.29% 的部件碎片,这些可作为重建太空军的技术参考。"

巨大的舰体被激战留下的舰体碎片包围着,一艘又一艘侦察艇忙清理着这些颜色各异的碎片。舰员们在舰体表面穿着舱外航天服飘动着。

"下面通报战役伤亡人数。Y 洲舰队、州盟舰队、北 M 洲舰队、南 M 洲舰队、F 洲舰队、DY 洲舰队,总计 4122 艘战舰击毁,具体伤亡人员暂时无法统计。"舰长哽咽了一阵,然后继续说,"本舰是唯一的幸存战舰,全舰共 1021 名舰员,无伤亡。"

舰长此时正和其他几十位舰员待在一起,站在一座新建的纪念碑前。纪念碑是一个铁灰色的正方体,由在战场上收集的废铁焊接而成,上面用激光雕刻刻录着每一艘战舰的名字。舰长穿着航天服进行着广播。纪念碑跟随着舰体缓缓飘荡,舰长的声音传向了千家万户:"目前,这场战役的纪念碑已在舰上建成。这场战役的胜利是成千上万太空军战士用生命换来的,他们的牺牲,捍卫了人类文明的尊严,延续了人类文明的生存。给这里调一组同位素电池和长明灯泡吧,"舰长对舰上的一位技术员说,"纪念碑就留在太空吧。因为他们的归宿,是星辰大海。"

就在这时,围着地球转动的战舰运行到了地球和太阳之间,一缕明亮的阳光勾勒着战舰的边缘,将那光荣的纪念碑镀上了一层高贵的金色,宇宙也仿佛在诉说它对弱小的人类文明无上的尊重。

一个发动机反应炉的碎片从舰长身后飘过,舰长的声音继续传来:"现在,我命令全体,向着纪念碑,敬礼!"人们眼含热泪地在阳光的沐浴下对着英雄的纪念碑举起了手臂。

他们知道,如今的胜利,是用成千上万名士兵的生命换来的!

三十一 重生

　　地球联合用了一个月的时间彻底完成了战场清理工作，而一个意外的惊喜是，陨星的碎片并没有像预计的那样被月球引力捕获，从而产生对月球的微小冲击，而是在地球引力的影响下渐渐变成细小的粉末，最终形成了地球的一道美丽的星环。地球成为第一个有环的类地行星，而这圈无比美丽的星环在人们心中是对伟大的"弑星计划"永远的纪念。战争结束两个月后，第三任的执政官程玥通过一次大会宣布了地球联合的"五年规划"，预计在五年时间内完成重建太空电梯及扩建空间站工作，并修复在这八十年时间里由于加速发展而被严重破坏的地球环境。"五年规划"顺利地执行着，"弑星计划"与陨星危机的故事仍然是人类历史上最伟大的史诗，而人类世界也从这史无前例的灾难中恢复过来，在有史以来最大的危机中重生，再次成为一个在平稳中持续进步的文明。程玥则计划在五年的任期结束后离开地球联合，从事世界范围内的公益事业，呼吁全世界人民继续团结共进，和平发展。

　　张彦成与马晨，还有其他无数为人类的胜利做出重要贡献的人，被地球联合授予"地球功臣"奖。当他们举着奖牌，走出会场面对着天空中那道清晰的银色星环时，他们知道，人们不会忘记那些永远留在太空的军魂。在这个时代，张彦成仍然在做着他的物理研究工作。经历了这么多惊天动地的大事，这位年轻物理学家还有很多梦想要实现，他依旧致力于基础物理研究。日渐成熟的他在物理学方面的新发现不计其数，而令他吃惊的是，人们居然把联合纪元元年称为新的"物理学奇迹年"，只因为张彦成在这一年提出了把所有原子模型统一起来的完整原子模型。马晨又干回了老本行，以他那双敏锐的眼睛和机智的大脑面对着各种新的、大大小小的案子，新捡起仍然保存着的传记原稿，继续进行他曾经承诺过的事业。量子领域号舰长刘逐月，作为一个科研工作者的后代，他始终谨记着父亲的教诲，成为一名优秀的战略科学家。作为战后重建太空军的总指挥，他引领着战后重生的太空军实现了一个又一个技术突破。当年的李泽栋其实并未去世，他冬眠了四十年的时间，现在已是古稀的他是人类第一台光子计算机项目的总工程师。而梁龚捷，他没能参加"增援未来"计划，已经是百岁老人。张彦成与马晨后来得知，他是第一个破解了三体问题的天体物理学家。

"弱小不是生存的障碍，傲慢才是！"当马晨将刚刚出版的新书——那本经历了近一个世纪才得以面世的《星辰之眼》递给张彦成时，他非常感慨地说，"当年如果不是我们的傲慢猜测，张老也许会继续做一位科学家，甚至为这场战役做出贡献。"张彦成看着封面上站在巨大的望远镜前那个意气风发的年轻人——张老年轻时的照片——无尽的回忆涌上心头。

同样，妄图入侵另一个文明的红矮星文明，正因为他们对人类的傲慢而彻底在宇宙中消失了。而人类尽管弱小，却因为坚定的信念最终反败为胜。这本由一个业余作家撰写的传记，不仅记录了张老先生毕生投身于天文研究的传奇经历，还记录了当年陨星危机的真正原因，从而成为跃居年度畅销书榜单榜首。它也让马晨和张兆和这两个名字再次在现代人的口中时常提起。

　　人类还在向更远的星辰大海进发，终有一天，越来越多的外星智慧生命将和人类接触，而人类也将通过这次危机，明白在浩渺的宇宙空间中能够长存的那条终极定理：弱小不是生存的障碍，傲慢才是！

　　当然，对重生的人类文明来说，一切的一切才刚刚开始。